倍斯特出版事業有限公司
Best Publishing Ltd.

用字根字首、字尾戰勝必考英文單字！

主題清楚分類＋延伸字彙

搭配相關實用例句，學習成效加倍！

倍斯特編輯部／著

1 **Step1** 善用目錄分類學習字根、字首、字尾，方便讀者快速查找！

2 **Step2** 主題單字提供字源由來，引導讀者聯想單字釋義，有效強化記憶！

3 **Step3** 每單字皆附中英對照的例句，學習更完整！

雅思、托福、新多益檢定考試，自學、教學，全面適用！

MP3

編者序

想要學好英文的關鍵之一就是熟記和多認識英文單字,想要在英文檢定考試中拿到考分,不管在聽力還是閱讀測驗,單字更是關鍵。但偏偏單字又是多數人的學習死穴,「字根字首字尾學習法」是讓讀者透過拆解和理解單字來記憶,有點像中文中使用部首來歸納單字一樣,除了讓讀者更有效率的記憶單字之外,如果在考試或是閱讀時,遇到不會的單字也可以利用拆解字根、字首和字尾來猜測它的意思,不論是學習字根還是利用字根法背單字都是很實用的英文學習法。

其實英文還有更多的字根字首字尾,本書只以主要三大英文檢定考試的範圍去收錄單字。除此之外,本書在版型設計上,以精簡的設計一頁一個字根、字首、字尾,與其他坊間厚重的單字書區別,全書共收錄356個英文檢定常見的單字。一頁一個字根、字首、字尾收錄4個單字,和各一句例句,讓讀者可以透過一天學習一個字根,一次學習到4個單字,減少學習負擔。不再毫無邏輯的背單字,背的暈頭轉向,能更有效率的學習。

編輯部

解析字源的由來
與意義！

anthrop
與人類相關的

解 源自古希臘文，有「人，人類」之義。

🔊 *Track 001*

★ **anthropology** [ˌænθrəˈpɑlədʒɪ] *n.* 人類學

Anthropology is the study of men from ancient past to contemporary society.

人類學是一門研究從古至今人類社會的學問。

採用KK音標，
輕鬆發音！

★ **anthropocentrism** [ænrəupəuˈsentrizəm] *n.* 人類中心思想主義 (anthrop+center)

It is the anthropocentrism that makes human beings ignore so many environmental issues.

正是因為人類中心思想主義讓人們忽視環境議題。

★ **anthropomorphism** [ˌænθrəpəˈmɔfɪzəm] *n.* 擬人化

Children's stories such as *Charlotte's web* and *Paddington Bear* are examples of using anthropomorphism.

《夏綠蒂的網》和《派丁頓熊》是兒童故事中使用擬人法的例子。

★ **misanthropic** [mɪsənˈθrɒpɪk] *adj.* 厭世的、不與人交往的

He is a misanthropic drunker who suffers from a serious mental disorder.

他是一個深受精神疾病所苦的厭世酒鬼。

列舉相關單字與
例句，知道如何
活用字彙！

老師推薦：

可以參考Cambridge Dictionary劍橋英語
詞典http://dictionary.cambridge.org/，
裡面的單字和例句都有中英對照喲！

Contents
目次

Part 1 字根篇

主題 3　行為動作

▶手

▶腳

▶其他

主題4　性質狀態

主題5　實務器具

主題6　顏色溫度

主題7　方位

主題8　動植物與自然界

Part 2 字首篇

主題 2　否定

Part 3　字尾篇

主題 **2** 形容詞字尾

Part 1
字根篇

anthrop
與人類相關的

解 源自古希臘文，有「人，人類」之義。

 Track 001

★ **anthropology** [ˌænθrəˈpɑlədʒɪ] *n.* 人類學

Anthropology is the study of men from ancient past to contemporary society.

人類學是一門研究從古至今人類社會的學問。

★ **anthropocentrism** [ænrəupəuˈsentrizəm] *n.* 人類中心思想主義 (anthrop+center)

It is the anthropocentrism that makes human beings ignore so many environmental issues.

正是因為人類中心思想主義讓人們忽視環境議題。

★ **anthropomorphism** [ˌænθrəpəˈmɔfɪzəm] *n.* 擬人化

Children's stories such as *Charlotte's web* and *Paddington Bear* are examples of using anthropomorphism.

《夏綠蒂的網》和《派丁頓熊》是兒童故事中使用擬人法的例子。

★ **misanthropic** [mɪsənˈθrɑpɪk] *adj.* 厭世的、不與人交往的

He is a misanthropic drunker who suffers from a serious mental disorder.

他是一個深受精神疾病所苦的厭世酒鬼。

ethno
人種

 解 源自希臘文，通常指社會文化方面相關的詞彙。

Track 002

★ **ethnic** [`ɛθnɪk] *adj.* 民族的、種族的；具有異國風味的

The issue of the ethnic minority raises the awareness of understanding and respecting to different cultures.

少數民族的議題挑起了瞭解和尊重不同文化的意識。

....

★ **ethnicity** [ɛθ`nɪsɪɪt] *n.* 種族

This international company cares more about the ability of a person than his or her ethnicity.

這家國際公司比較在乎一個人的能力而非他或她的種族。

....

★ **ethnology** [ɛθ`nɑlədʒɪ] *n.* 民族學

Ethnology is a study which focuses on human societies and cultures.

民族學是一門專精於人類社會與文化的學問。

....

★ **ethnocentric** [ˌɛθnə`sɛntrɪk] *adj.* 種族中心的、有民族優越感的

Western historical books published around 18th or 19th century are full of the ethnocentric notions of their time.

西方約十八或十九世紀出版的歷史書充滿著當代的民族優越思想。

Part **1** 字根篇

Part **2** 字首篇

Part **3** 字尾篇

fem
女，女性的，陰性的

 解 源自於拉丁文，具有「女性的」或「非男性的」的意思。

Track 003

★ **female** [ˋfimel] *n.* 女性、雌性 *adj.* 女性的、雌性的

Can you see the differences between male and female fish?
你能辨認公魚和母魚的差別嗎？

★ **feminine** [ˋfɛmənɪn] *adj.* 女性氣質的

Women with long hair are considered to be more feminine.
長頭髮的女生被認為較有女性氣質。

★ **feminism** [ˋfɛmənɪzəm] *n.* 女權主義

Emma Watson, the actress once cast as Hermione, decides to fight for feminism with her influence.
曾飾演妙麗的愛瑪・華森決定運用她的影響力為女權主義奮戰。

★ **femininity** [ˌfɛməˋnɪnətɪ] *n.* 女性氣質、女人味

In *The Danish Girl*, artist Einar first found his femininity when his wife asked him to dress like a woman and to be her painting model.
電影《丹麥女孩》中的藝術家艾納在妻子要求他裝扮成女人以當她的模特兒時，第一次發現他的女性特質。

her, heir
繼承人

解 源自於拉丁文，代表取走剩下之物的人。

 Track 004

★ **heir / heiress** [ɛr], [ˈɛrəs]　*n.*　繼承人、女繼承人

It is clearly stated in his will that only his son and daughter are his legal heir and heiress.

在他的遺囑中清楚寫明，只有他的兒子和女兒是他的法定繼承人。

★ **heredity** [həˈrɛdətɪ]　*n.*　遺傳

Many incurable diseases are found to be related to genetic heredity.

許多不治之症被發現和基因遺傳有關。

★ **heritable** [ˈhɛrɪtəbəl]　*adj.*　可遺傳的、可繼承的

Many people believe that parents' dispositions are heritable to their children, but what is more important is their teaching.

很多人認為父母的個性是會遺傳給小孩的，但更重要的是他們的身教。

★ **inherit** [ɪnˈhɛrɪt]　*v.*　繼承

The lonely wealthy businessman decided to let his sole pet inherit his large amount of heritage after his death.

這位孤單的富商決定死後要讓他唯一的寵物繼承巨額的財產。

Part **1** 字根篇

Part **2** 字首篇

Part **3** 字尾篇

mater, matr
母

解 源自於拉丁文，「母親」的意思。

 Track 005

★ **maternal** [mə`tɝnəl] *adj.* 母親（般）的；母系的

I feel the maternal care I've never experienced before from my tutor.

我從我的導師身上感受到從未有過的母親關懷。

....

★ **maternity** [mə`tɝnətɪ] *n.* 母親身分

Judgement of the real maternity of a child is one of the famous stories about King Solomon's wisdom.

判定誰是孩子真正的母親，是有關所羅門王的智慧中最有名的故事之一。

....

★ **matriarch** [`metrɪɑrk] *n.* 女族長、女首領

Many people start to believe that choosing society's matriarch equipped with wisdom and experience is not a bad choice.

許多人開始相信，選擇有智慧和經驗的女領導者不是個壞抉擇。

....

★ **matriarchy** [`metrɪɑrkɪ] *n.* 母系社會、母權社會

The best way to change the patriarchy is not turning it into matriarchy but balancing the duties of both men and women.

改變父權社會最好的方法不是將其改造成母系社會，而是讓兩性的職責取得平衡。

pater-, patri-
父，祖

解 源自於拉丁文，「父親」的意思。

 Track 006

★ **paternal** [pəˋtɝnəl]　*adj.*　父親的、如父親般的

We celebrate traditional New Year at my paternal grandparents' house.

我們農曆過年是在爺爺奶奶家度過的。

★ **patriot** [ˋpætrɪət]　*n.*　愛國者

Captain America is one famous image of patriots in American movies.

《美國隊長》是美國電影中著名的愛國者形象。

★ **patriarchy** [ˋpetrɪɑrkɪ]　*n.*　父權社會（patri 父；arch 首腦，長）

Most of the aboriginal tribes in Taiwan are patriarchy, but few of them are matriarchy.

臺灣原住民大多是父系社會，但有少數是母系社會。

★ **expatriate** [ɪksˋpætrɪət]　*n.*　僑民、旅居國外者（ex 外；patri 祖國）

More and more places in Taipei can see the gathering of expatriates from South Eastern Asia.

在台北有越來越多地方可以看到東南亞僑民聚集。

vir
男，男性的

解 源自於拉丁文「男性」、「男人」的意思，於英文衍生為人類的意思。

 Track 007

★ **virile** [ˋvɪrəl] *adj.* 有男子氣概的、陽剛的

People who watch sports admit that they enjoy not only the inspiring atmosphere but also the attractions of virile athletes.

許多愛看運動賽事的人承認他們不只喜歡感受那激勵人心的氣氛，也欣賞那些具有男子氣概的運動員。

★ **virilescent** [ˌvɪrɪˋlɛsənt] *adj.* 擁有男性特質的

The strict and unreasonable female principal Agatha in the fiction *Matilda* is a very virilescent character.

小說《瑪蒂達》中嚴格又不講理的女校長阿格莎是一個非常陽剛的角色。

★ **virility** [vɪˋrɪlɪtɪ] *n.* 陽剛氣息、男性魅力

In romance, female protagonists usually fall in love with heroes with virility.

浪漫小說中，女主角通常會愛上有男性魅力的英雄。

★ **virilization** [ˌvɪrɪlaɪˋzeʃən] *n.* 男性化，變成男人的過程

Every boy must experience a virilization process such as voice changing.

每個男孩都會經歷一段變成男人的成長期，例如變聲期。

barb
鬍鬚

解 拉丁文「鬍鬚」、或「像鬍鬚形狀的突起物」。

 Track 008

★ **barb** [barb]　*n.* （箭或魚鉤的）倒刺；帶刺的話語

Their barbs to my new designs are more hurtful than direct critiques.

他們對我新設計品的諷刺話語比直接的批評更讓我感到受傷。

★ **barber** [`barbə]　*n.* （專為男性服務的）理髮師

He only goes to that local barber for his hair before dancing competitions.

舞蹈比賽前，他只去找那個當地的理髮師整理頭髮。

★ **barbule** [`barbjul]　*n.*　羽毛上的羽小支

Shifts, barbs, and barbules can form various kinds of feathers of birds.

羽軸、羽支和羽小支可以組合成各式各樣的鳥類羽毛。

Part **1** 字根篇

Part **2** 字首篇

Part **3** 字尾篇

capit
頭

解 源自於拉丁文「頭、首、第一」的意思。

 Track 009

★ **capital** [`kæpɪtəl］ *n.* 首都；柱頭；大寫

Capitals of most countries are must-go tourist destinations nowadays, but it is also nice to visit small towns.
現在大部分國家的首都是必去的旅遊景點，但拜訪小鎮也不錯。

★ **decapitate** [dɪ`kæpətet］ *v.* 把…砍頭；去除首領（de- 去除）

In ancient China, one of the death sentences to punish the most serious crimes was to decapitate the convicts.
中國古代處罰重罪的死刑之一，就是將犯人斬首。

★ **per capita** [pɚ `kæpɪtə］ *ph.* 平均每人（的）（per- 每一）

It is reported that per capita possession of smart phones is over one now.
據報導指出，現在每人持有的智慧型手機數已超過一台了。

★ **recapitulate** [,rɪkə`pɪtʃʊlet］ *v.* 概括（re- 再）

You have to recapitulate your findings and main ideas in the abstract of a thesis so that readers can have a general picture before reading the content.
你必須在論文的摘要中概括你的發現和主旨，如此讀者才能在閱讀全文前有大略的了解。

carn, carni
肉

 解 源自拉丁文「肉體」、「肉」意思。

Track 010

★ **carnage** [ˋkɑrnɪdʒ]　*n.*　大屠殺（-age 過程。全字有取肉過程之意）

Carnages in battles are painful lessons from history. It shows how uneasy to have peace.
戰爭中的屠殺是歷史裡的慘痛教訓。它顯示和平是多麼不容易。

★ **carnal** [ˋkɑrnəl]　*adj.*　肉慾的；性慾的

Recent body liberation events challenge the society taboo of carnal desires.
最近身體解放的活動向傳統社會的肉慾禁忌挑戰。

★ **carnival** [ˋkɑrnɪvəl]　*n.*　嘉年華（val- 源自義大利文；-levare 提升、展現，整個字原有展現肉體之意）

My favorite event is the mask carnival in Venice, where I can see various refined masks.
我最喜愛的活動是威尼斯的面具嘉年華，在那裡我可以看見不同精緻的面具。

★ **carnivore** [ˋkɑrnɪvɔr]　*n.*　肉食動物

Carnivores, herbivores, and omnivores are conducive to balance the natural food chain.
肉食動物、草食動物和雜食動物有助於平衡自然食物鏈。

chiro
手

解 源自於希臘文,「手」「和手有關」的意思。

 Track 011

★ **chiropractic** [`kaɪrə`præktə] *n.* 脊椎指壓療法（practic(al)- 有「做」的意思）

Chiropractic is only a complementary treatment. You still need to consult your doctor.
脊椎指壓按摩法只是輔助性的治療,你仍必須向你的醫師諮詢。

★ **chiropractor** [`kaɪrə͵præktə] *n.* 指壓按摩師

Her interest led her to become the best chiropractor in the hospital.
她的興趣引導她成為醫院中最好的指壓按摩師。

★ **chiromancy** [`kaɪrəmænsɪ] *n.* 手相術（mancy- 占卜）

He tried to make some money by practicing chiromancy on the roadside.
他試圖在路邊幫人看手相以賺點錢。

★ **chirography** [kaɪ`ragrəfɪ] *n.* 手寫體、筆跡（和電腦字體相對）

Her beautiful chirography is derived from her long term practice since childhood.
她漂亮的字是來自從小長期的練習。

cord, cordi, cour
心

解 源自於拉丁文cordi 「心臟」的意思，衍伸出和「心靈」有關之意。

 Track 012

★ **accordance** [əˋkɔrdəns]　*n.*　依照（ac- 朝向，ance- 名詞結尾，合起來有朝向內心，衍生為依心裡想法的意思。）

Living in accordance with law is the very basic condition; living in accordance with wisdom deep inside your heart is a real human being.
依法生活不過是最基本的條件；依照內心深處的智慧而活才不愧為人。

★ **accordingly** [əˋkɔrdɪŋlɪ]　*adv.*　依照、做相對應地；因此

The society has formed its unique rules, and we have to act accordingly in most cases unless you can create a new one.
這個社會已經形成其獨特的規則，我們在大部分的情況下都依此行事，除非你能創造新規矩。

★ **cordial** [ˋkɔrdɪəl]　*adj.*　誠摯的、友好的（al- 和…相關的特質因此合起來有溫暖的特質；cordially　*adv.* ）

I've never thought that I could receive such warm and cordial welcomes in foreign countries.
我從沒想過能在國外受到如此溫暖且友好的歡迎。

corp
身體

解 從拉丁文、法文演化而來，跟人類身體有關。

 Track 013

★ **corporal** [`kɔrpəəl] *adj.* 肉身的、身體的

Corporal punishment is already forbidden in schools. More communication is needed.

體罰已經從學校教育中禁止，需要的是更多的溝通。

....

★ **corporeal** [kɔr`pɔrɪəl] *adj.* 身體的；物質有形的

In many religions, spiritual improvement is more important than corporeal stuff.

許多宗教信仰裡，心靈上的進步比物質的東西還重要。

....

★ **corpse** [kɔrps] *n.* （人的）屍體

To clarify the cause of death, forensic detective needed to investigate the corpse of the victim.

法醫需檢查受害者的屍體以釐清死因。

....

★ **corpulent** [`kɔrpjʊlənt] *adj.* 肥胖的（ulent- 拉丁字尾，大量的）

Do you have any idea who is the corpulent man in suit reclining on the door frame?

你知道那位穿西裝、斜靠在門框的胖男士是誰嗎？

dent
牙齒

解 源自拉丁文，「牙齒」的意思。

 Track 014

★ **dental** [`dɛntəl]　*n.*　牙齒的

It is suggested to have a dental examination twice a year to prevent serious decay or other diseases.
建議每年做兩次牙齒檢查，以預防嚴重蛀牙或其他疾病。

★ **dentist** [`dɛntɪst]　*n.*　牙醫

You can ask the dentist to apply topical fluorides for your child.
你可以請牙醫師幫你小孩的牙齒塗氟。

★ **dentures** [`dɛntʃə]　*n.*　假牙

Catherine needs a new pair of dentures. The old one is overused.
凱薩琳需要一副新的假牙，舊的已經使用太久了。

★ **indent** [ɪn`dɛnt]　*v.*　縮排、在…邊緣留下空間（in- 裡面，dent 於此有牙齒般大小的空間，合起來有往裡縮一點空間的意思。）

Indent one inch at the beginning of every paragraph please.
請於每段開頭留下一英寸的空間。

Part **1** 字根篇

Part **2** 字首篇

Part **3** 字尾篇

face, fici
臉；面

解 源自拉丁文，「臉」、「面容」的意思。

 Track 015

★ **deface** [dɪˋfes]　*v.*　破壞…外觀

Graffiti is not allowed in this region because it will deface the walls.

這塊區域不可以亂塗鴉，因為這會破壞牆壁的外觀。

★ **efface** [ɪˋfes]　*v.*　消除、塗抹掉、擦掉

Historical events, such as 228 Incident cannot be easily effaced because what happened in the past makes the status of today.

歷史事件如二二八事件是無法輕易被抹去的，因為過去發生的事造就了今日的狀態。

★ **surface** [ˋsɝfɪs]　*n.*　表面、外層

Seventy percent of the Earth's surface is actually water.

地球表面百分之七十其實是水。

★ **superficial** [ˌsupɚˋfɪʃəl]　*adj.*　膚淺的、表面上的

After the huge earthquake, we hired experts to check our building; fortunately, there were only few superficial damages.

大地震過後我們僱請了幾位專家來檢查大樓，還好只有幾處表面損毀。

manu, mani
手

解 拉丁文「手」的意思。

 Track 016

★ **manual** [`mænjʊəl] *adj.* 手做的；手動的

Unlike most cars, trunks, buses, and race-cars have manual gears to execute more functions.

不像一般的轎車，卡車、巴士和賽車都有手排檔以執行更多機能。

★ **manuscript** [`mænjʊskrɪpt] *n.* 手稿、原稿（script- 書寫）

Many Shakespeare's precious manuscripts will be shown on the exhibition next month.

許多莎士比亞珍貴的手稿將會於下個月的展覽中展出。

★ **manufacture** [mænjʊ`fæktʃə] *v.* 製造、大批生產

Once the medicine is proved effective, it will be manufactured on a large scale immediately.

只要 這項藥物被證明有效，將會馬上大量生產。

★ **manipulate** [mə`nɪpjʊlet] *v.* 操控、玩弄、掌握（pulate 源自拉丁文，pulu- 充滿、完全）

Politicians know how to manipulate facts and statistics, so don't trust their speech at all.

政客知道如何操控事實和數據，所以別完全相信他們的話語。

Part
1
字根篇

Part
2
字首篇

Part
3
字尾篇

neur (o)
神經

解 源自於古希臘文，代表「神經、神經系統」。

Track 017

★ **neuron** [ˋnjʊran] *n.* 神經元、神經細胞

Neurons, made from billions of nerve cells, build a network in our bodies to control our thoughts, senses, and movements.

神經元是由數十億個神經細胞構成，在身體中建造出一個可以控制我們思考、感受和動作的網路。

★ **neurology** [ˌnjʊˋralədʒɪ] *n.* 神經（病）學

Neurology is a branch of medicine and biology, and it is a study about our brain and nerve systems.

神經學是醫學和生物學的分支，它是一門關於我們大腦和神經的學問。

★ **neurosis** [ˌnjʊˋrosɪs] *n.* 精神官能症、精神病【複】neuroses

He is very obsessive to his body cleanness. I think he might suffer from some kind of neurosis.

他非常執著於身體的清潔，我想他可能患有某種精神官能症。

★ **neurotic** [njʊˋratɪk] *adj.* 神經質的、神經過於敏感的

According to the continuous observation, he has some neurotic behaviors.

根據持續的觀察，他有一些神經質的行為。

ped, pede
足

解 拉丁文「腳」、「足」的意思，通常衍生為雙腳的運動如「走、跑」等。

 Track 018

★ **centipede** [ˋsɛntəpɪd]　*n.*　蜈蚣（俗稱百足蟲；cent- 百）

Most centipedes like wet places such as bathrooms in the city.
大部分的蜈蚣喜歡潮濕的環境，如都市中的浴室。

......

★ **impede** [ɪmˋpid]　*v.*　阻止、妨礙（im- 否定。否定足部，延伸為妨礙之意）

Don't let your fear impede your improvement.
別讓你的恐懼妨礙你的進步。

......

★ **pedal** [ˋpɛdəl]　*n.*　踏板　*adj.*　腳踏的　*v.*　騎、踩踏板（前進）

I spent a leisure afternoon pedalling the duck boat through the lake.
我在湖中踏著鴨子船，度過了一個休閒的下午。

......

★ **pedestrian** [pəˋdɛstrɪən]　*n.*　行人（即用腳走路之人）

Yielding ways for pedestrians is a common sense for drivers here.
禮讓行人對這裡的駕駛是基本常識。

Part 1 字根篇

Part 2 字首篇

Part 3 字尾篇

gen
生

解 源自於希臘文,有「源頭」、「創新」、「繁殖」等意思。

 Track 019

★ **generate** [ˋdʒɛnəret] *v.* 造成、產生、引起

A small new step could generate a huge change in the end. You never know!

創新的一小步最後可能會產生巨大的轉變。你永遠無法預測!

★ **generation** [dʒɛnəˋreʃən] *n.* 一代、同輩人;產生

One theory believes that the top meaning for life is to pass down all the knowledge to the next generation for living.

某一理論相信生命的最高意義是將所有的知識傳給下一代以利生活。

★ **genesis** [ˋdʒɛnəsɪs] *n.* 起源、創新(Genesis-《聖經》中的〈創世紀〉篇)

The old man in the bar liked to talk about the genesis of his own shop, which was his pride.

那位酒吧裡的老人喜歡談他的創店史,那是他最自豪的成就。

★ **genetic** [dʒəˋnɛtɪk] *adj.* 基因的、遺傳的

Down's syndrome is a typical example of the genetic abnormality.

唐氏症是典型的基因突變。

juven-
年輕

解 源自拉丁文，「青年」、「年輕的」等意思。

 Track 020

★ **juvenescent** [dʒuvəˋnɛsənt]　*adj.*　年輕的；變年輕的

Many skin care products claim to have juvenescent effects, but I think having a healthy diet and regular daily routines are the more effective ways.

許多護膚保養品聲稱有變年輕的功效，但我認為健康的飲食和規律的生活作息才是更有效的方法。

★ **juvenility** [dʒuvəˋnɪlətɪ]　*n.*　不成熟；青少年期（juvenile　*adj.*）

Juvenility is often a period of rebellion, however it is also a time when a person begins to think profoundly.

叛逆經常是青少年時期的一段過程，但是這也是一個人開始深入思考的時期。

★ **rejuvenate** [rɪˋdʒuvənet]　*v.*　使年輕、使⋯恢復活力

Enough rest, regular exercise, balanced diet as well as a relaxed mind can rejuvenate any person who is tortured by heavy works.

充足的睡眠、固定的運動和均衡飲食，加上輕鬆的心境會使一個被繁重工作壓的喘不過氣的人恢復活力。

Part 1 字根篇

Part 2 字首篇

Part 3 字尾篇

morb
病

解 拉丁文「疾病」的意思。

 Track 021

★ **morbid** [ˋmɔrbɪd] *adj.* 病態的、病態般著迷的

His imaginary paintings are full of morbid interest of death and love.

他奇幻的畫作充滿了對死亡和愛病態般的興趣。

★ **morbidly** [ˋmɔrbɪdlɪ] *adv.* 病態地

After her mother's death, she morbidly wears her mother's jewelry every day.

母親過世後，她每天病態地配戴著母親的珠寶首飾。

★ **morbidity** [mɔrˋbɪdətɪ] *n.* 病態、發病率

The water and air pollution must be the main reasons of the increasing morbidity of cancer in this region.

水和空氣污染一定是這區癌症發病率增加的原因。

★ **morbific** [mɔrˋbɪfɪk] *adj.* 引起疾病的

The stuff used by patients of seriously infectious diseases is regarded as morbific matter, so it needs to be either thoroughly sterilized or destroyed.

嚴重傳染性病患碰過的東西被認為會引起疾病，因此需要徹底地消毒或銷毀。

mort, mori
死

解 拉丁文字根，跟「死亡」、「瀕死」等狀態有關。

 Track 022

★ **immortal** [ɪˈmɔrtəl]　*adj.*　永生的、不朽的

The spirit in an art work is immortal, like the gods and godesses in the Greek mythology.

一件藝術作品中的精神是不朽的，如同希臘神話中的男女眾神。

★ **mortal** [ˈmɔrtəl]　*adj.*　會死的；致命的

He was not happy after he joined the gang because he knew later every fight they went could be a mortal one.

他加入幫派後一點也不快樂，因為他後來發現每一次幫派去打架都有可能會致命。

★ **mortality** [mɔrˈtælətɪ]　*n.*　必死性；死亡率

With the medical advance, the mortality rate of giving-birth mothers is lower now.

隨著醫療進步，現在孕婦生產時的死亡率已經較低了。

★ **moribund** [ˈmɔrɪbʌnd]　*adj.*　垂死的、奄奄一息的；無生氣的、停滯不前的

He has to send his moribund grandfather into the hospice for the rest of his life.

他必須將垂死的祖父送進安寧病房以度餘生。

Part **1** 字根篇

Part **2** 字首篇

Part **3** 字尾篇

nat, nasc
生

解 拉丁文「出生」、「生產」的意思。

 Track 023

★ **innate** [ɪˋnet] *adj.* 天生的、原有的

Innate talent does not always show from the beginning, so it is worth trying new things all the time to initiate the potential talent.
天賦不一定會於一開始就呈現，所以不斷嘗試新事物誘發潛藏的天賦是很有價值的。

....

★ **native** [ˋnetɪv] *adj.* 土生土長的、與生俱來的；原住民的

You are not a native English speaker, so it is okay to have accent when you are talking as long as you can express your thoughts clearly.
你不是英文母語者，所以講話有腔調沒有關係，只要你能清楚表達自己的想法就好。

....

★ **nationwide** [ˋneʃənwaɪd] *adj.* *adv.* 全國性的（地）

Convenient stores have already become nationwide facilities like post offices and police offices in Taiwan.
在台灣，便利商店已如郵局和警察局般，成為全國各地都有的設施。

....

★ **nascent** [ˋnæsənt] *adj.* 新生的、剛萌芽的、剛開始發展的

Look at those nascent green leaves on the branches!
看那些樹枝上新生的綠葉！

par
生

 解 源自於希臘文，有「帶來」、「產生」、「生產」之意。

Track 024

★ **parentage** [`pɛrəntɪdʒ] *n.* 家世、出生

Transnational marriage not only brings the issue of a child's parentage, but also makes their culture identities more complicated.

跨國婚姻不僅讓小孩的家世成為一個議題，更讓他們的文化認同更加複雜。

★ **parental** [pə`rɛntəl] *adj.* 父母的、父（母）親的

She felt the lack of parental love at home.
她在家感受不到父母的愛。

★ **parturition** [ˌpɑrtjʊ`rɪʃən] *n.* 分娩、生產

The horse breeder insisted to accompany the new mother horse during its first parturition.
飼馬員堅持要在這匹母馬第一次分娩時陪在牠身邊。

★ **viviparous** [vaɪ`vɪpərəs] *adj.* 胎生的（vivi- 活生生的，胎生的定義是寶寶在母體內已經有生命的）

Most mammals are viviparous animals.
大部分的哺乳類都是胎生動物。

sen, seni
老

解 拉丁文「年老的」、「年長的」或「老年」的意思。

 Track 025

★ **senate** [`sɛnɪt］ *n.* 參議院（從法文傳來的拉丁文，原指「長老聚集的地方」，現指美、澳等國會一部份）

Every state in the U.S. can have two representatives for senate.
美國每一州都可以選出兩位議員到參議院。

....

★ **senile** [`sɪnaɪl］ *adj.* 老化的、老態龍鍾的

That all senile parents want is just more care and some caring actions from their children.
所有年邁的父母們所要的，不過是他們子女多一點的關心和關懷的舉動。

....

★ **senior** [`sɪnɪə］ *adj.* 年長的、經歷較多的

The senior editor is a kind and considerate gentleman who never asks his employers to carry impossible duties.
資深編輯是和善且貼心的紳士，他從不要求員工扛下不可能的責任。

....

★ **seniority** [sin`jɔrətɪ］ *n.* 資歷、排行較長

The company claims that the ability and the seniority are important when they want to recruit a new employee.
公司聲明他們在招募新血時，能力和資歷都很重要。

vit, vita
生命

解 拉丁文「生命」或「生活」的意思。

 Track 026

★ **curriculum vitae** [kʌ`rɪkjʊləm `vɪtaɪ]　*n.*　簡歷、履歷（＝CV）

If you are interested in any job vacancies advertising here, please email us a copy of your curriculum vitae and a cover letter.
如果您對這裡廣告的任何職缺有興趣，請寄來一份您的履歷和求職信。

★ **revitalize** [rɪ`vaɪtəlaɪz]　*v.*　復興、使…獲得生機

Revitalizing the national economy should be the top priority of the new elected president.
振興國家經濟應該是新當選總統的首要任務。

★ **vital** [`vaɪtəl]　*adj.*　生命的、生氣勃勃的；非常重要的

Air, water, and the sun are vital for life.
空氣、水、太陽對生命來說非常重要。

★ **vitality** [vaɪ`tæləti]　*n.*　生命力、活力

Healthy body with an optimistic mind generates the vitality of a person regardless of the age.
健康身體加上樂觀的心靈，使一個人無論年紀都能產生活力。

am, amor, amat
愛

解 拉丁字源，「愛」、「愛情」或「喜愛」的意思。

 Track 027

★ **amateur** [ˋæmətʃʊɚ] *n.* 業餘愛好者 *adj.* 業餘愛好的（eur-源自法文「…者」）

As one of the biggest competitions for amateur dancers, this contest attracts many contestants to come, hoping to win the championship.
作為業餘舞者最大型舞蹈比賽之一，這場比賽吸引許多希望獲得冠軍的選手參加。

★ **amatory** [ˋæmətərɪ] *adj.* 戀愛的；性愛的

She considered his obscure amatory implications as a kind of sexual harassment.
她認為他隱晦的性暗示是一種性騷擾。

★ **amorous** [ˋæmərəs] *adj.* 示愛的、情色的

Amorous adventures may sound very romantic, but they can be dangerous, too.
豔遇聽起來很浪漫，但也可能很危險。

★ **enamor** [ɪˋnæmɚr] *v.* 迷上、使迷戀

At her first visit, she was enamored of the beauty of North England.
從她第一次拜訪，她就迷上了北英格蘭的美。

cogn (i)
知

 解 源自於拉丁文，「學習」、「認知」的意思。

Track 028

★ **cognition** [kɑgˋnɪʃən] *n.* 認知、認識

To learn some basic ideas of cognition can actually help your language acquisition.

學習一些關於認知的基本概念其實可以幫助你的語言學習。

- -

★ **cognitive** [ˋkɑgnətɪv] *adj.* 感知的、認知的

Knowing is not enough in the cognitive process; one has to understand what is put in the mind.

在認知過程中，僅「知道」是不足的，一個人必須對他學到的東西有所了解。

- -

★ **incognito** [ɪnˋkɑgnɪˌto] *adj.* *adv.* 隱姓埋名的（地）

The famous actress enjoyed her freedom by going abroad incognito for a break.

著名的女演員隱姓埋名出國享受她的自由假期。

- -

★ **recognize** [ˋrɛkəgnaɪz] *v.* 識別、認出

The first step to amend regular mistakes is to recognize the inner arrogant ego which prevents you from admitting mistakes.

改正慣性錯誤的第一步，就是發現內心傲慢的自我，它會阻止你承認錯誤。

Part 1 字根篇

Part 2 字首篇

Part 3 字尾篇

cred
相信

解 拉丁文「相信」、「信仰」、「信心」或「信任」的意思。

 Track 029

★ **credibility** [krɛdə`bɪlətɪ] *n.* 可信度、可靠性

The credibility of politicians seems lower nowadays.
現在政治人物的可信度似乎較低了。

★ **creditor** [`krɛdɪtɚ] *n.* 債主、債權人

The company was bankrupt during the financial crisis because it could not pay off its creditors.
這家公司於金融海嘯時期破產，因為他們無法向債權人償還資金。

★ **discredit** [dɪs`krɛdɪt] *n.* 喪失信譽 *v.* 使信譽受損

A little misunderstanding exaggerated by the media can easily discredit a superstar.
一個小小的誤會經由媒體的渲染可以輕易地使明星的信譽受損。

★ **incredible** [ɪn`krɛdəbəl] *adj.* 難以置信的

The photos that astronauts shot from the outer space are incredible.
太空人從外太空拍的照片令人難以置信。

cur
關心

解 拉丁文「關心、關照或特別注意」之意，衍生為「治療、照顧」。

 Track 030

★ **accurate** [ˋækjʊrət] *adj.* 準確的、精確的（拉丁文原意指「小心做事或完成」）

Science is about careful observation and accurate information.
科學是有關小心觀察和精確資訊的。

....

★ **curable** [ˋkjʊrəbəl] *adj.* 可治癒的

Cancers in early stage are usually curable.
癌症在初期時通常是可治癒的。

....

★ **curiosity** [kjʊrɪˋɑsətɪ] *n.* 好奇心（形容詞 curious 在拉丁原文中有「仔細的、注意的」意思）

Never lose your curiosity and pay attentions to all new things around you.
千萬別失去你的好奇心，並留意身旁的所有新事物。

....

★ **insecure** [ˌɪnsəˋkjʊɚ] *adj.* 缺乏把握的、不安全的、沒有自信心的（in- 否定，se- 不須、沒有；secure- 不需關心）

People who feel insecure and are very dependent to others need autonomy the most.
沒有安全感、缺乏自信且非常依賴別人的人最需要的是自主性。

Part 1 字根篇

Part 2 字首篇

Part 3 字尾篇

dol, dolor
悲

解 源自於拉丁文，「哀傷」、「疼痛」、「悲傷」之意。

 Track 031

★ **condole** [kən`dol] *v.* 弔唁

He flew back to the hometown to condole his old friend who suddenly died from a heart attack.

他飛回國去弔唁突然死於心臟病的老友。

··

★ **doleful** [`dolfʊl] *adj.* 悲傷的、哀傷的

The doleful look never disappeared from the poet's face after he came back from the battlefield.

從戰場回來之後，詩人臉上的悲傷面容便再也沒消失過。

··

★ **dolorous** [`dolərəs] *adj.* 憂傷的、極度傷感的

Many Russian folk tales have a dolorous atmosphere.

許多俄國民間故事有著憂傷的氣氛。

··

★ **indolent** [`ɪndələnt] *adj.* 懶散的；【醫】無痛的（in- 否定；整個字意思由「脫離痛苦」之意轉化而來）

The comfortable and indolent lifestyle may slow your sense of danger.

安逸和懶散的生活方式會鈍化你的危機感。

dox, dogma
意見

解 源自於希臘文「相信」，衍生為「相信是對的想法」、「信條」、「律令」等。

🔘 *Track 032*

★ **dogma** [ˋdɔgmə]　*n.*　（宗教或政治的）信條、教條

Dogma is actually a set of beliefs from certain people, so it should be flexible as the time passes by.

信條其實不過是某群人信仰的總和，所以應該要隨著時間更有彈性。

★ **dogmatic** [dɔgˋmætɪk]　*adj.*　教條的、固執己見的

A boss is someone who is dogmatic and asks others to obey, while a leader is a person who listens to others and guides the group.

老闆是固執己見並要求其他人聽話的人，而領導者則是傾聽他人意見並帶領團體的人。

★ **orthodox** [ˋɔrθədɑks]　*adj.*　正統的、傳統的

The Chinese Medicine Doctors' Association appeals to the public to go to orthodox Chinese medical clinics instead of seeking folk medicine.

中醫協會呼籲民眾去正統的中醫診所看病，而不要尋求民俗療法。

latry
崇拜

解 希臘文「崇拜」或「極其投入」的意思，通常接在崇拜對象的後面。

 Track 033

★ **bardolatry** [bɑrˋdɑlətrɪ] *n.* 莎士比亞崇拜（bard- 詩人）

Don't assume that every person who studies English literature must be in the religion of bardolatry!
別以為所有唸英國文學的人都崇拜莎士比亞！

- -

★ **herolatry** [hɪrəˋrɑlətrɪ] *n.* 英雄崇拜

The danger of herolatry in Hollywood is the subconscious underestimating and weakening certain kind of people.
好萊塢式英雄崇拜的危險之處是潛意識對某些人的低估和弱化。

- -

★ **Mariolatry** [ˌmɛrɪˋɑlətrɪ] *n.* 聖母瑪利亞崇拜

Mariolatry is one of the main differences of Protestantism from Catholicism.
聖母瑪利亞崇拜是新教和天主教主要不同處之一。

- -

★ **idolatry** [aɪˋdɑlətrɪ] *n.* 偶像崇拜

True idolatry is not blind because consideration is before belief.
真正的偶像崇拜不是盲目的，因為是在思考之後才有信念。

mir
驚奇

解 源自拉丁文，有「驚嘆」、「驚奇」的意思。

 Track 034

★ **admire** [əd`maɪə]　*v.*　欣賞、欽佩、讚賞（ad- 傾向、對於）

People all around the world admired Malala's courage when facing violence.

世人對於馬拉拉面對暴力的勇氣感到欽佩。

....

★ **admirable** [`ædmərəbəl]　*adj.*　令人欽佩的、值得讚賞的

His honesty is a very admirable quality, especially in this murky business environment.

在這個爾虞我詐的商業環境中，他的誠實是非常令人讚賞的特質。

....

★ **miraculous** [mɪ`rækjʊləs]　*adj.*　如奇蹟般的、不可思議的（miracle- 奇蹟）

With confidence and self-belief in your mind, you can achieve a miraculous improvement if you try.

只要心中有信心和自信，你嘗試之後也可以達到奇蹟般的進步。

....

★ **mirage** [mɪrɑʒ]　*n.*　海市蜃樓、幻景；妄想

Winning the lottery for a better life is just a mirage.

中樂透後過好生活不過是妄想。

Part **1** 字根篇

Part **2** 字首篇

Part **3** 字尾篇

mis (o)
恨

解 希臘文「憎恨」、「厭惡」或「鄙視」的意思。

 Track 035

★ **misandrist** [mɪˋsændrɪst]　*n.*　厭惡男性者（andr- 希臘文，男性）

Feminists are sometimes misunderstood as misandrists, but they don't have a necessary connection.

女性主義者常被誤解為厭惡男性者，然而這兩者之間沒有必然關聯。

★ **misanthrope** [ˋmɪzənθrop]　*n.*　厭惡人類者，遁世者

Years of mistreatment due to his deformation made him a misanthrope.

多年來因為他畸形外貌而遭遇的虐待，使他成為一個厭世者。

★ **misogyny** [mɪˋsadʒənɪ]　*n.*　厭女（症）（gyn(o)- 希臘文，女性）

Few years ago, a book discussing misogyny complex was pretty popular, and it made people start to reflect a hidden misogynist culture in the society.

近幾年有本關於厭女情結的書十分流行，此書激發人們開始反省社會中潛藏的厭女文化。

★ **misogamy** [mɪˋsagəmɪ]　*n.*　厭惡婚姻、恐婚
（gamy- 希臘文，婚姻、結合）

The failure of her parents' marriage only deepens her misogamy.

她父母的婚姻失敗只加深了她的恐婚症。

memor
記憶

解 拉丁文「回憶」、「記憶」或「回想」的意思。

 Track 036

★ **commemorate** [kə`mɛməret]　v.　紀念、緬懷

The British government released a Peter Rabbit coin to commemorate the 150th birthday of its author, Beatrix Potter.

英國政府發行一款彼得兔的硬幣以紀念其作者碧雅翠絲 · 波特女士的 150 年冥誕。

★ **memoir** [`mɛmwɑ]　n.　回憶錄、自傳

Memoirs from generals and soldiers are another recording of the history of the Second World War.

將軍和士兵的回憶錄是另一種紀錄第二次世界大戰歷史的方式。

★ **memorial** [mɛ`mɔrɪəl]　adj.　紀念性的、悼念的　n.　紀念物、紀念碑

There is a memorial building dedicated to Princess Diana in the park.

公園中有座獻給黛安娜王妃的紀念建築。

★ **memorize** [`mɛməraɪz]　v.　記住；熟記

Memorizing the spelling of words is essential, but it is more important to understand how to use them.

熟記單字的拼法有其必要性，但更重要的是知道如何運用那些字。

Part **1** 字根篇

Part **2** 字首篇

Part **3** 字尾篇

mne
記憶

解 源自希臘文，「記憶」、「記得」的意思，也表示對於過於與現在的時間性有所察覺。 🔵 *Track 037*

★ **amnesia** [æmˋniʒɪə] *n.* 失憶症、健忘症

Some soldiers were reported suffering amnesia even though there were no physical damages of their brains. The reason might be that they wished to forget the horrible experiences on the battlefield.

根據一些報告，有些軍人儘管頭部不曾受傷，但仍會有失憶症的狀況發生，原因可能是他們希望忘卻戰場上的恐怖經歷。

....

★ **amnesty** [ˋæmnɛstɪ] *n.* 特赦、赦免

The president of Taiwan can use his or her power of amnesty when there is such necessity.

有需要時，臺灣的總統可使用他的特赦權力。

....

★ **mnemonic** [nɪˋmɑnɪk] *n.* （幫助記憶的）順口溜、詩歌 *adj.* 有助記憶的

The creative teacher revealed the secret to write so many mnemonics is to be imaginative.

那名富有創意的老師說，他寫出這麼多順口溜的祕密就是聯想力。

phil
愛

解 源自希臘文，有「愛」的意思，另有「對…特別偏愛、瘋狂喜愛」之意，多用在學術或專業用語。　*Track 038*

★ **bibliophile** [`bɪblɪəfaɪl] 　*n.*　愛書者；圖書收藏家（biblio- 書）

Miss Jong is an ancient book bibliophile; therefore, she is a regular of book auctions.
鍾小姐是古書收藏家，因此她也是圖書拍賣會的常客。

★ **philharmonic** [ˌfɪlharˋmanɪk] 　*adj.*　愛好音樂的（harmonic- 和音樂、旋律有關的）

Vienna Philharmonic Orchestra is responsible for New Year Celebration Concert every year.
維也納愛樂交響樂團負責每年的新年慶祝音樂會。

★ **philosopher** [fɪˋlasəfə] 　*n.*　哲學家（希臘文，愛智者之意）

Everyone can be a philosopher as long as they think more about some basic humanity issues and try to search for solutions.
只要多思考一些人生問題並尋找答案，每個人都可以成為哲學家。

★ **philology** [fɪˋlalədʒɪ] 　*n.*　語言學

Philology is a study focusing on the structure and historical development of languages.
語言學是一門專精在語言結構和歷史演化的學問。

Part **1** 字根篇

Part **2** 字首篇

Part **3** 字尾篇

sci
知

解 拉丁文「知道」、「學習」的意思，也衍生為「知識」之意。

 Track 039

★ **conscientious** [ˌkɑnʃɪˋɛnʃəs] *adj.* 盡責的、認真的；有良心意識的（con- 一起、scienc- 科學、準則）

She is very conscientious in her duties, even though it is merely a volunteering job.
她非常盡心盡力於她的職責，即使這只是一份志工。

★ **consciousness** [ˋkɑnʃəsnɪs] *n.* 意識、感覺、知覺、神智（清醒）

After the car accident, he lost his consciousness for three days.
車禍後他失去意識三天。

★ **prescient** [ˋprɛsɪənt] *adj.* 預知的、有先見之明的

It is not a bad thing to accept the prescient warnings from elderly people because they usually have more experiences.
接受長者的事先警告不是件壞事，因為他們通常比較有經驗。

★ **scientific** [saɪənˋtɪfɪk] *adj.* 科學的、用科學方法的、有科學根據的

The new TV show hopes to reveal mysteries through scientific approaches.
新的電視節目希望透過科學方法解開謎團。

sent, sens
感覺

解 源自拉丁文「感覺」，也指源自身體感官的感受。

 Track 040

★ **resentment** [rɪ`zɛntmənt]　*n.*　憤怒、不滿、厭惡

Resentment against others will not provide any benefit to yourself; it only disturbs your inner peace.

對別人的憎惡不會為你帶來任何益處，它只會擾亂你內心的平靜。

★ **sensation** [sɛn`seʃən]　*n.*　感覺、知覺；轟動的事件

The first step to know yourself is to observe your sensations in all the conditions. That is, to understand your reactions.

認識你自己的第一步是要在所有情況下觀察你的知覺，就是去了解你的反應。

★ **sensational** [sɛn`seʃənəl]　*adj.*　聳動的、引起轟動的

The social responsibility of a journalist is not writing sensational gossips but reporting ignored humane issues.

記者的社會責任不是撰寫聳動的八卦新聞，而是報導被忽視的人道議題。

★ **sentimental** [sɛntə`mɛntəl]　*adj.*　多愁善感的、感情用事的；感傷的

Sometimes it is hard not to be sentimental when facing personal history.

有時面對個人的過去時，難以不多愁善感。

sper, spair
希望

解 源自拉丁文spere，「希望」的意思，spair為其變體。

 Track 041

★ **despair** [dɪˋspɛr]　*n.*　*v.*　絕望、失去希望（de- 沒有）

Never be in despair of yourself. Everyone is special, and it is never too late to start anything new.

千萬別對自己感到絕望，每個人都是特別的，而新的開始永遠不嫌晚。

....

★ **desperate** [ˋdɛspərət]　*adj.*　（絕望所以）拚命的、冒險的；非常需要的；非常嚴重的

With almost no money, the immigrant had the last desperate attempt for surviving in this city.

幾乎身無分文的移民最後一次冒險地在這個城市求生存。

....

★ **prosper** [ˋprɑspɚ]　*v.*　成功；經濟繁榮（pro- 正面的，贊成的）

The government wishes to prosper the nation by broadening the international trading.

政府希望藉由擴大國際貿易使國家經濟繁榮。

....

★ **prosperous** [ˋprɑspərəs]　*adj.*　繁榮的、富裕的

It is amazing to realize that the ghetto is actually very close to the prosperous area of this big city.

我很驚訝地了解到，貧民區其實離大城市繁榮的地區很近。

vol
意志、意願

解 拉丁文「自由意志」、「自由選擇」的意思，或有「個人希望、期望」的涵義。

 Track 042

★ **benevolent** [bɪ`nɛvələnt] *adj.* 仁慈的、和藹的；慈善的
（bene- 好的，benevol- 好心的）

Her benevolent smile is an important inspiration for him.
她和善的微笑是他重要的鼓舞。

★ **malevolence** [mə`lɛvələns] *n.* 惡毒、惡意（male- 邪惡）

His hatred creates a layer of malevolence around him, and
therefore no one wants to be close to him.
他的恨意在他身邊形成一股惡意，因此沒有人想靠近他。

★ **voluntary** [`vɔləntɛrɪ] *adj.* 自願的；公益的

An international voluntary work is a new trend for students to
gain experiences in foreign countries.
當國際志工是學生體驗外國文化的新流行。

★ **volunteer** [ˌvɔlən`tɪɚ] *n.* 志願者、志工　*v.* 自願做、主動做

As a habitant, she decided to volunteer for the position of a
cultural working assistant in this town.
身為居民，她決定自願當這個鎮的文史工作助理。

Part **1** 字根篇

Part **2** 字首篇

Part **3** 字尾篇

capt
抓

解 拉丁文「抓住」、「緊握」或「被俘虜」的意思。

 Track 043

★ **captive** [ˋkæptɪv]　*n.*　俘虜　*adj.*　被俘的

The film *Room* is about a mother and a son being taken as captives for a long time.

《不存在的房間》是一部關於一對母子被長時間俘虜的電影。

....

★ **captivate** [ˋkæptɪvet]　*v.*　著迷、吸引

His cuteness and humor plus great dancing skills captivate many young women.

他的可愛和幽默加上一級棒的舞姿吸引了許多年輕女性。

....

★ **captivity** [kæpˋtɪvətɪ]　*n.*　囚禁、束縛

The opponents of zoo believe it is only a place that puts animals in captivity.

動物園的反對者相信那裡只是囚禁動物的地方。

....

★ **capture** [ˋkæptʃɚ]　*v.*　俘虜、捕捉、獲得

Her prose precisely captures the meaning of life.

她的文章精準地捕捉到生命的真諦。

cept
拿

解 源自拉丁文，有「獲取」、「攫取」、「解受」或「抓住」的意思，通常會用在比較抽象的字詞中。 Track 044

★ **conception** [kən`sɛpʃən] *n.* 概念、觀念、看法（con- 一起，concept- 一起抓住，指統一的一個大略想法）

They decided not to go into relationship due to their different conceptions of life. Being friends can last longer and are more stable.

他們由於對於生活的觀念不同決定不要成為情侶關係。當朋友可以持續更久也更穩定。

....

★ **perception** [pɚ`sɛpʃən] *n.* 洞察力、感知；看法、見解（per-完全，percept- 完全接受）

She has keen perception of human society and is able to provide precise commends.

她對人類社會有十分清晰的洞察力，能提出精闢的見解。

....

★ **susceptible** [sə`sɛptɪbəl] *adj.* 能被理解的；易受感動的（sus-靠近，拉丁文 suscept = take up for 支持）

Questions about life and human rights are not susceptible of simplifying into yes-no problems.

關於生命和人權的問題無法被簡化理解成「對或錯」的問題。

Part 2 字首篇

Part 3 字尾篇

dit
給

 拉丁文字源，有「給予、提供」等意思。

Track 045

★ **edit** [ˋɛdɪt] *v.* 編輯；剪輯（e=ex 出，edit 原指提供出版的意思）

The great novels have been edited for many times before they were published.

許多好小說都是經過多次編輯修改才出版的。

....

★ **edition** [əˋdɪʃən] *n.* 版本；第…版／期

To gain the new information, you have to always make sure to have the latest edition.

為了掌握最新的知識，你要確保總是擁有最新的版本。

....

★ **extradite** [ˋɛkstrədaɪt] *v.* 引渡

The criminal will be extradited from China to Taiwan in a special way.

嫌犯將由特殊的方式從中國引渡到台灣。

....

★ **rendition** [rɛnˋdɪʃən] *n.* 表演、表現、呈現

After listening to all the editions of this song, the original singer's rendition is still his favorite.

聽過這首所有的版本之後，原唱者的詮釋還是他的最愛。

emp, empt
拿

解 拉丁文「拿取」、「購買」或「選擇」的意思。

 Track 046

★ **exemplify** [ɪgˋzɛmpləfaɪ] 　*v.* 　舉例說明、作為典範

His new composed songs combining with various elements in the city exemplify the diversity of this environment.

他新創歌曲中融合城市中各式各樣的元素，是這環境多元性的代表。

- -

★ **exempt** [ɪgˋzɛmpt] 　*v.* 　豁免、免除 　*adj.* 　豁免的、免除義務的

Since all of you are part of this group, no one is exempt from the daily duties.

既然你們是這團體的一部份，就沒有人可以免除每日義務。

- -

★ **preempt** [prɪˋɛmpt] 　*v.* 　先發制人、搶先行動（pre- 先）

Earthquakes are unpredictable so the scientists cannot preempt and release warnings to the residents.

地震是無法預測的，因此科學家無法事先應變並警告居民。

- -

★ **peremptory** [pəˋrɛmptərɪ] 　*adj.* 　武斷的、霸道的、不容置喙的
（per- 完全，perempt- 完全奪走）

Her peremptory attitude does not help her business at all.

她霸道的態度對她的事業沒有幫助。

Part **1** 字根篇

Part **2** 字首篇

Part **3** 字尾篇

fer
拿

解 拉丁文「擁有」、「持有」或是「生產」、「帶來」的意思。

 Track 047

★ **confer** [kənˋfɝ] *v.* 賦予、授予

The university decided to confer an honor degree to the old writer who dedicated all his life to the local education.

那所大學決定給這位將其一生都奉獻給當地教育的老作家一個榮譽學位。

★ **fertility** [fɚˋtɪlətɪ] *n.* 土地的肥沃度、生產力；繁殖能力

This riverside park is just developed by the government, so its fertility cannot afford a small forest.

這座河濱公園是政府新開發的，所以這裡的土地肥沃度無法培育出一片小森林。

★ **offering** [ˋɔfɚɪŋ] *n.* 禮物；供品、（教會）捐獻；產品

They refused the unidentified offerings in order not to affect their reputation.

他們拒絕接收來路不明的禮物，以免影響他們的名譽。

★ **referendum** [ˌref.əˋren.dəm] *n.* 公民投票（拉丁文，被提及的東西）

Referendums are an important right to citizens.

公民投票是國民重要的權利。

hibit
拿

解 源自拉丁文，有「擁有」、「容易掌握」或「居住」的意思。

Track 048

Part **1** 字根篇

Part **2** 字首篇

Part **3** 字尾篇

★ **exhibition** [͵ɛksə`bɪʃən]　*n.*　展覽

Welcome to our local exhibition center. It is the first time we have a psychologist exhibition.

歡迎來到我們當地的展覽中心，這是我們第一次有關於心理學的展覽。

....

★ **inhibit** [ɪn`hɪbɪt]　*v.*　限制、約束；抑制

Overwhelming care from parents is not love, and it can inhibit the mental improvement of their children.

來自家長過度的關心不叫愛，而且還會限制他們小孩的心理成長。

....

★ **inhibited** [ɪn`hɪbɪtɪd]　*adj.*　約束的、拘謹的、受限的

He felt inhibited during the presentation because he thought he didn't prepare well.

他在報告時感到很拘謹，因為他覺得自己沒有準備好。

....

★ **prohibition** [͵proə`bɪʃən]　*n.*　禁止、禁令（pro- 事先；prohibit，拉丁文，阻止）

The government is elaborating a policy concerning the prohibition on non-environmental friendly activities.

政府正在研擬一項關於防治不環保活動的政策。

lat (e)
拿

解 拉丁文「擁有」、「具有」的意思。

 Track 049

★ **collate** [kə`let]　*v.*　整理；核對

These large quantity of data needs to be collated before we can make a decision based on the result.

這批大量的資料需經整理校對後，我們才能依其結果做決定。

★ **correlate** [`kɔrəlet]　*v.*　相關、相互有關

The study shows that self-confidence correlates with a person's ability; so self-learning is encouraged for people of all ages.

研究顯示自信心與個人能力相關，因此鼓勵所有年紀的人都該自我學習。

★ **dilatory** [`dɪlətərɪ]　*adj.*　緩慢的；拖延的

Proponents are not very happy with the government's dilatory legislation to protect animals.

擁護者不是很滿意政府對立法保護動物的拖延態度。

★ **relate** [rɪ`let]　*v.*　有聯繫、找到關聯

Our reaction to external events is related to our own experiences and memories, and that is the reason why we are so different.

我們對外在事件的反應是和我們自身經驗和記憶有關，這就是為何我們如此不同。

lev
舉，升

 解 源自拉丁文動詞，「提升」、「舉起」或「重量輕」的意思。

Track 050

Part **1** 字根篇

★ **alleviate** [əˋlivɪet]　*v.*　減輕、緩解

Many western medicines can only alleviate symptoms immediately, not really cure the illness.
許多西藥只能迅速減輕症狀，但不是真正治療疾病。

★ **elevate** [ˋɛlɪvet]　*v.*　抬高、上升；提升、改進

His international achievement elevated the status of domestic mechanics.
他在國際上的成就提升了國內技師的地位。

Part **2** 字首篇

★ **elevation** [ˌɛləˋveʃən]　*n.*　晉升、提拔；海拔高度

She got a quick elevation to the manager thanks to her ability and hardworking attitude.
她的能力和努力工作的態度使她快速晉升到經理。

Part **3** 字尾篇

★ **lever** [ˋlivɚ]　*n.*　把手；把柄　*v.*　撬開、用槓桿操縱

He levered the sealed gate of the old house out of curiosity.
他出於好奇，撬開了老房子塵封的大門。

miss
投，送

解 源自於拉丁文，「傳送」、「放出」或「投送」的意思。多用在名詞。

 Track 051

★ **dismissal** [dɪsˋmɪsəl] *n.* 解雇、解聘；請退

The government has created an appealing process for those who think they received unfair dismissal.

政府已創立一個申訴途徑給那些認為自己被惡意解雇的人。

. . . .

★ **emission** [ɪˋmɪʃən] *n.* 散發、排放；排放物

Long term emission of polluted water from the factories has already destroyed the ecology of the river.

長期從工廠排放出來的汙水已經破壞河流的生態。

. . . .

★ **missionary** [ˋmɪʃənərɪ] *n.* 傳教士

There are many missionaries visiting Taiwanese aboriginal tribes and bringing development for them.

有許多傳教士來到臺灣原住民部落並為他們帶來發展。

. . . .

★ **transmission** [trænzˋmɪʃən] *n.* 傳遞、播送、傳送

The transmission of the flu spreads quickly in this crowded city due to its droplet infection character.

因為飛沫傳染的特性，流感快速蔓延在擁擠的城市中。

mit

投，送

 解 與miss同源，同樣具有「傳送、放出或投送」的意思。多用於動詞中。

Track 052

★ **emit** [ɪ`mɪt]　*v.*　散發、射出（光、氣體或聲音）

Ancient book shops emit a unique smell that attracts book lovers.
古書店散發出獨特的氣味吸引愛書人。

······

★ **intermittent** [ɪntɚ`mɪtənt]　*adj.*　間歇的、斷續的（inter- 之間）

The weather is great for a hike and a picnic. With intermittent sunshine, it will not be too warm and not very windy!
這天氣十分適合健行和野餐，斷續的陽光不會太熱，而且風也沒有很大！

······

★ **submit** [səb`mɪt]　*v.*　投交、提交；屈服

The end of this month is the deadline for submitting the project, so we had better hurry up.
這個月底就是繳交計畫的期限，所以我們最好加緊腳步。

······

★ **vomit** [`vɑmɪt]　*v.*　嘔吐

He has to sleep during the travelling on boat; otherwise, he will vomit seriously.
他搭船時必須睡覺，不然他會嚴重嘔吐。

Part **1** 字根篇

Part **2** 字首篇

Part **3** 字尾篇

pel
推

解 拉丁文「推開」、「打擊」或是「趕走」的意思。

 Track 053

★ **compel** [kəm`pɛl] *v.* 強迫、逼迫；激發

Adversity can compel a person's greatest potentials.
逆境能激發一個人最大的潛能。

★ **expel** [ɪk`spɛl] *v.* 驅逐、開除

He was expelled from the university for his failure on studying.
他因學科被當而被大學退學。

★ **propel** [prə`pɛl] *v.* 推進、推動

They practice rowing boat every day, wishing to propel faster during the competition.
他們每天練習划船，希望比賽時能推進得更快一些。

★ **repel** [rɪ`pɛl] *v.* 排斥；擊退、逐回

It is very inconsiderate to repel foreign students who wish to stay longer and experience more after their graduation.
驅逐畢業後有意留下來多體驗的外國留學生，是非常輕率的做法。

pon
放置

 解 拉丁文「擺放」、「建立」的意思，特別強調物體間的位置關係。

 Track 054

★ **component** [kəmˋponənt]　*n.*　成分、零件
（com- 一起；compon 放在一起，組成成分）

Every person is an important component of the society, so a well-functioned community needs everyone's involvement.
每個人都是社會中重要的組成成分，因此一個完善的社區需要每個人的投入。

Part **1** 字根篇

★ **opponent** [əˋponənt]　*n.*　對手；反對者
（op- 相反、對比；oppon- 放置相反；-ent 的人）

Her opponent withdrew from the game due to the wounds.
她的對手因傷退賽。

Part **2** 字首篇

★ **proponent** [prəˋponənt]　*n.*　支持者、擁護者；提倡者（pro- 支持）

Many relatives of murdered victims are proponents of death penalty.
許多謀殺案的受害者家屬是死刑的支持者。

Part **3** 字尾篇

★ **postpone** [poˋspon]　*v.*　拖延、延期、延後

The trip to the mountains is postponed due to the bad weather.
山區之旅因天氣不佳而延後。

port
拿

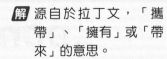

解 源自於拉丁文，「攜帶」、「擁有」或「帶來」的意思。

Track 055

★ **deport** [dɪ`pɔrt] *v.* 遣返、驅逐出境

That foreigner was deported due to his illegal staying.
那名外國人因非法居留而被遣返。

★ **export** [ɪk`spɔrt] *v.* 出口、輸出

China and Japan are two main Asian countries which export their culture to western world, but now Korea is striving to join this trend.
中國和日本是亞洲向西方世界輸出文化的兩大國，但現在韓國也努力加入這個行列。

★ **import** [ɪm`pɔrt] *v.* 進口、輸入、引進

We need to import media from the third world such as Arabic and African countries in order to broaden our horizon.
我們需要引進第三世界如阿拉伯和非洲國家的媒體以拓展我們的眼界。

★ **supportive** [sə`pɔrtɪv] *adj.* 支持的

She is very lucky to find a supportive partner during her depressive days.
她在經歷低潮時很幸運地找到一個支持她的夥伴。

pos
放置

 解 pon的同源拉丁字根，一樣是「擺放」和「建立」的意思。

Track 056

★ **composition** [ˌkɑmpəˋzɪʃən] *n.* 作文；音樂作品；構圖

We have to hand in a 200 words composition every week to this online writing group to improve our writing skill.
我們每週要交一篇 200 字作文到這個線上寫作團體以提升我們的寫作能力。

★ **depose** [dɪˋpoz] *v.* 罷免、使下台

The corrupted president was finally deposed by the citizens.
貪汙的總統終於被公民罷免下台。

★ **juxtapose** [ˌdʒʌkstəˋpoz] *v.* 並列（對照）

Juxtaposing the traditional and the modern buildings makes this area a popular touristic destination.
傳統與現代建築的並列使這個區域成為受歡迎的觀光景點。

★ **propose** [prəˋpoz] *v.* 提出建議；求婚

She proposed another trying for the next competition.
她提議下一個比賽再試一次。

pict
畫

解 源自拉丁文，「繪畫、描繪」或「圖畫」的意思。

Track 057

★ **depict** [dɪ`pɪkt]　*v.*　描繪、描述

The novel depicts the local society as a chaotic paradise.
這本小說將當地社會描寫成一個混亂的天堂。

★ **pictorial** [pɪk`tɔrɪəl]　*adj.*　圖畫的、照片的

The professor found that pictorial presentation is more understandable for most students.
教授發現用圖片講解較能讓大部分的學生理解。

★ **picture** [`pɪktʃɚ]　*v.*　以圖片呈現；想像、設想

While you are busy with your daily life or jobs, do you ever picture your future in 5 to 10 years?
當你忙於每日生活或工作時，你是否想像過五年或十年後的未來呢？

★ **picturesque** [ˌpɪktʃəˈrɛsk]　*adj.*　美麗如畫的

He likes to visit his grandparents who live in a picturesque countryside.
他喜歡去拜訪住在美麗鄉村的祖父母。

ras, raz
擦，刮

解 源自於拉丁文，「刮去、擦」或「搓揉」的意思。

 Track 058

★ **abrasive** [əˋbresɪv]　*n.* （擦洗用）磨料　*adj.* 粗礪的、清潔用磨料的

Please do not use abrasive cleaner on the fragile ceramic floor.
請不要在脆弱的瓷磚地板上使用粗礪的清潔用品。

··

★ **abrasion** [əˋbreʒən]　*n.* 磨損、擦傷（處）

He can't tolerate any abrasion on his precious car.
他無法忍受他的寶貝車子有一點刮傷。

··

★ **erase** [ɪˋrez]　*v.* 抹去、擦掉

She wishes to erase the terrible memories of the earthquake.
她希望抹去與那個地震相關的恐怖回憶。

··

★ **razor** [ˋrezɚ]　*n.* 刮鬍刀

I heard that electric razors are not allowed in the army.
我聽說軍中不能用電動刮鬍刀。

Part **1** 字根篇

Part **2** 字首篇

Part **3** 字尾篇

scend
攀，爬

解 源自於拉丁文，「攀爬、往上」的意思。

 Track 059

★ **ascend** [əˋsɛnd] *v.* 攀登、登上

This path ascends to the top of the hill as well as breathtaking views.
這條小徑通往山丘頂，也通往令人驚嘆的美景。

★ **descendant** [dɪˋsɛndənt] *n.* 子孫、後代（de- 往下）

The chaos in the society makes him consider not having descendants.
社會亂象讓他考慮不要擁有孩子。

★ **transcend** [tranˋsɛnd] *v.* 超越、越界、超出

Love can transcend nationality and cultures.
愛可以超越國籍與文化。

★ **transcendent** [tranˋsɛndənt] *adj.* 傑出的、卓越的；超出一切的

Two years of studying abroad is a transcendent experience for a university student.
在國外求學的兩年對一個大學生來說是個無與倫比的經驗。

scrib, script
寫

 源自於拉丁文，有英文「write」之意，有書寫、抄寫的含意。

🔘 *Track 060*

Part **1** 字根篇

Part **2** 字首篇

Part **3** 字尾篇

★ **ascribe** [əˋskraɪb]　*v.*　認為是⋯所創作；歸咎於

The scholars ascribed this anonymous piece of piano sonata to Bach's son after many years of research.

在多年研究後，學者認為這份不具名的鋼琴奏鳴曲是巴哈的兒子所作的。

★ **descriptive** [dɪˋskrɪptɪv]　*adj.*　描述性的；描寫的、描繪的

The analyst does not judge the situation for the employers; she just provides a descriptive passage for them to understand.

分析師不直接為雇主判斷情況，而是給予描述性的篇章讓他們理解。

★ **prescribe** [prɪˋskraɪb]　*v.*　開藥

My grandmother was prescribed another kind of pill for arrhythmia.

醫生開給我奶奶另一種處方醫治心律不整。

★ **transcript** [ˋtræn.skrɪpt]　*n.*　成績單、文字記錄

I need a copy of transcript to apply for the scholarship.

我需要一份成績單以申請獎學金。

tain
握，持

解 源自拉丁文，「持有」、「緊握」等意思。

 Track 061

★ **abstain** [əb`sten]　*v.*　戒除（abs- 遠離）

He promised to abstain from smoking for their future baby.
他答應為了將到來的孩子戒菸。

....

★ **detain** [dɪ`ten]　*v.*　居留、扣押、留下；耽擱、拖延

The plane was detained due to a false report of a suspected bomb.
飛機由於有炸彈的假消息而延誤。

....

★ **retain** [rɪ`ten]　*v.*　保持、保有；保存、容納

Smile to yourself in the mirror in the morning can retain your optimism for a whole day.
早上對鏡子裡的自己微笑，可以保持一整天的樂觀。

....

★ **sustain** [sə`sten]　*v.*　維持、使持續

A breakfast with fresh fruits is able to sustain your energy for the entire morning of work.
有新鮮水果的早餐能讓你好好工作一個早上。

text
編織

解 拉丁文「編織」的意思，衍生為「組織、建造」之意。

 Track 062

★ **pretext** [ˋpritɛkst] 　*n.* 　藉口、託詞

The new proposed project is just a pretext for more funds for his old business.

新提的計畫案不過是要求更多經費的藉口，好支持他的舊事業。

★ **textile** [ˋtɛkstaɪl] 　*n.* 　紡織品

Taiwan's textile industry has reached 70% global market share and now wishes to develop the high-tech sportswear.

臺灣紡織業已達百分之七十的世界市佔率，而現在希望發展高科技運動衣。

★ **textual** [ˋtɛkstʃʊəl] 　*adj.* 　文本的、正文的、文章文字的

The professor regards a textual analysis as one main method to understand literary works.

教授視文本分析為了解文學作品的其中一個方法。

★ **texture** [ˋtɛkstʃɚ] 　*n.* 　質感、質地；作品特色

He likes to wear clothes with natural texture and believes it is healthier not to put on artificial fabrics.

他喜歡穿有自然質感的衣服，而且相信不穿人造纖維衣物比較健康。

tort
扭

解 拉丁文「彎曲」、「扭曲」或「旋轉」的意思。

 Track 063

★ **contort** [kən`tɔrt] *v.* 扭曲、變形

The reason why villains usually don't look pretty is that their faces were contorted by hatred or jealousy.
反派角色通常長得很醜的原因是因為他們的臉因仇恨或嫉妒扭曲了。

★ **distort** [dɪ`stɔrt] *v.* 使變形、歪曲

Media and gossips can only distort the original facts.
媒體和八卦只會扭曲事實。

★ **retort** [rɪ`tɔrt] *v.* 反駁、回嘴

In this hierarchical company, retorting is not allowed.
在這間階級嚴明的公司，回嘴是不被允許的。

★ **torture** [`tɔrtʃə] *n.* *v.* 虐待、折磨、煎熬

Doing things that I don't like is a torture.
做我不喜歡的事根本是個折磨。

tract
拉

 解 源自於拉丁文「拖拉」、「拖放到一起」或「引出」的意思。

🔵 **Track 064**

★ **abstraction** [əb`strækʃən]　*n.*　抽象、抽象概念（拉丁文，脫離現實）

Global warming is no longer an academic abstraction; we have to take actions now.
全球暖化已經不是學術上的抽象概念了，我們必須對此採取行動。

★ **distraction** [dɪ`strækʃən]　*n.*　令人分心的事物；心煩意亂（dis- 分離；disctract- 分心）

Experts warn that smartphones have become a distraction of close relationships.
專家提出警告，智慧型手機已變成親密關係中的一項分心事物。

★ **extract** [ɪk`strækt]　*v.*　取出、萃取、拔出；壓榨

He forces me to give a promise, but it's like extracting gold from sands.
他強迫我給出承諾，但就像從沙粒中萃取出黃金一樣不可能。

★ **tractor** [`træktɚ]　*n.*　牽引機、拖拉機

Tractors are required equipment for American farmers, especially those who have large tracts (or: parcels) of land.
對如在美國擁有大片土地的農夫來說，牽引機是必備的設備。

Part 1 字根篇

Part 2 字首篇

Part 3 字尾篇

trud, trus
推

解 拉丁文「刺」、「推」和「推擠」的意思，通常用於動詞，改成形容詞或名詞時會變成 trus。 *Track 065*

★ **extrude** [ɪkˋstrud] *v.* 擠壓；壓製

The strongest thread invented so far is the extruded spider silk.
至今發明最強韌的線是由蜘蛛絲壓製成的線。

....

★ **intrude** [ɪnˋtrud] *v.* 闖入、入侵

You have to be clear to him that he has no right to intrude your personal private life.
你要清楚地告訴他，他沒有權力入侵你的私生活。

....

★ **intrusive** [ɪnˋtrusɪv] *adj.* 打擾的、侵擾的

LED lights on the signboards are intrusive for residences' sleeping and night sight.
招牌上的 LED 燈對居民的睡眠和夜視力來說十分困擾。

....

★ **protrude** [prəˋtrud] *v.* 突出

She prefers protruding lotus to water-lily.
她偏愛突出水面的荷花勝過水蓮。

ambul
走

解 源自拉丁文「漫遊、流浪」的意思，衍生為「行走、移動」。

 Track 066

Part **1** 字根篇

★ **ambulance** [`æmbjʊləns］ *n.* 救護車

Someone has fainted here. Please call an ambulance.
有人在這裡昏倒了，請幫忙叫救護車。

★ **ambulatory** [`æmbjʊlətərı] *adj.* 能走動的、不需臥床的；可移動的

Medical Technology Company successfully developed an ambulatory emergent curing device for heart attack. It can be used anywhere outside of the hospital.
醫療科技公司成功研發能移動的心臟病治療器，可以在醫院以外的地方使用。

Part **2** 字首篇

★ **perambulate** [pə`ræmbjʊlet] *v.* 徘徊、漫步（per- 穿越）

She enjoys perambulating along the lake on weekends.
她週末喜歡在湖邊享受漫步。

Part **3** 字尾篇

★ **perambulator** [pə`ræmbjʊletə] *n.* 嬰兒車、手推車

Pet perambulators are more and more popular, so now not only babies are in the pram!
寵物手推車越來越流行，所以現在不只小嬰兒會在推車裡了！

cede
走

解 源自於拉丁文，「行動中」、「走動」或「離開」的意思。

 Track 067

★ **concede** [kən`sid] *v.* 讓步、讓與；認輸、承認錯誤

The chairman is not willing to concede the power of judgement to the new co-operator.

主席不願意讓出判定權給新的合作者。

. . . .

★ **precede** [prɪ`sid] *v.* 在⋯之前、先於

The reason why he can get his dream job not only lies in his good preparation of the interview but also the experiences of self-improving that precede it.

他能獲得夢想工作的原因不只是他面試前良好的準備，還有他之前自我充實的經驗。

. . . .

★ **precedent** [`prɛsɪdənt] *n.* 先例、前例；慣例

There is no precedent for gaining a permanent job as a foreigner without work experience in this country.

在這國家，沒有任何無工作經驗的外國人得到全職工作的先例。

. . . .

★ **unprecedented** [ʌn`prɛsɪdəntɪd] *adj.* 史無前例的；空前的

Malala's achievement is unprecedented in Pakistan.

馬拉拉的成就在巴基斯坦是史無前例的。

cur
跑

 解 源自於拉丁文「跑動」的意思。

Track 068

★ **currency** [ˋkʌrənsɪ] *n.* 流通貨幣；流行、通用

Euro becomes a widely used currency around the world since the establishment of European Union.

歐元自歐盟成立後變成一項廣泛使用於全球的貨幣。

- -

★ **curriculum** [kəˋrɪkjʊləm] *n.* 課程（古代指戰車競速的意思，為貴族課程）

There have been tons of debates about the National Curriculum Reform, yet no result is achieved so far.

關於國家課程改革已經有大量的討論，然而目前為止仍沒有個結果。

- -

★ **incur** [ɪnˋkɝ] *v.* 招致、承受、自食惡果

As the biggest supplier of ready meals, the company has to cover all the expenses incurred by selling expired products.

身為最大的即食品供應商，這公司必須自行吸收販賣過期產品造成的損失。

- -

★ **recur** [rɪˋkɝ] *v.* 反覆發生；再發生、再出現

If the pain keeps recurring within three months, you have to ask for advices of doctors.

如果疼痛在三個月內不斷發生，你必須向醫生尋求幫助。

Part **1** 字根篇

Part **2** 字首篇

Part **3** 字尾篇

err
漫步

解 源自於拉丁文，「漫步」、「流浪」的意思，衍生為「偏離」。

Track 069

★ **aberration** [ˌæbəˈreʃən]　*n.*　反常行為、異常現象（ab- 脫離）

The doctor advised the relatives to watch James carefully because he suspected his violent behaviors might not be a temporary aberration.

醫生囑咐詹姆士的親屬好好看緊他，因為他懷疑他的暴力行為可能不是一時反常。

★ **errant** [ˈɛrənt]　*adj.*　出軌的、離家犯錯的

She finally decided to leave her errant husband and started her new life on her own.

她終於決定離開她出軌的老公，一個人重新開始生活。

★ **erratic** [ɪˈrætɪk]　*adj.*　不規則的、無法預測的

British weather is famous for its erratic patterns.

英國天氣以其詭譎多變著稱。

★ **unerring** [ʌnˈɛrɪŋ]　*adj.*　萬無一失的、永不出錯的

Charlie's friends like to travel with him because of his unerring sense of direction.

查理的朋友喜歡跟他一起出遊，因為他有永不出錯的方向感。

gress
走

 解 源自於拉丁文，有「走動」、「四處移動」或「採取行動」的意思。

Track 070

★ **aggression** [əˋgrɛʃən]　*n.*　攻擊；侵犯

As a forward in basketball team, he is trained for necessary aggressions at crucial moments.

身為籃球隊前鋒，他被訓練在關鍵時刻時需要主動攻擊。

★ **digress** [daɪˋgrɛs]　*v.*　離題、篇題

The president always digresses from his subject after the first ten minutes in the lecture.

那位主席總是在演講十分鐘後開始離題。

★ **progressive** [prəˋgrɛsɪv]　*adj.*　漸進的、逐漸的

After finding a good tutor, his English ability has a progressive advance.

在找到好家教之後，他的英語能力逐漸提升。

★ **regress** [rɪˋgrɛs]　*v.*　退化、倒退

Failing to learn anything means you're regressing when everyone is progressing.

不學習，就是當每個人都在進步時，你卻在退步。

Part **1** 字根篇

Part **2** 字首篇

Part **3** 字尾篇

it
走

解 拉丁文「走」、「離開」或「旅行」的意思。

 Track 071

★ **circuit** [ˋsɝkɪt] *n.* 環形（道路）；巡迴

He decided to start a lecture circuit about a close relationship for communities all around the country.

他決定踏上全國各社區，進行關於親密關係的巡迴演講。

★ **exit** [ˋɛksɪt] *n.* 出口 *v.* 離開

Please do not pile things around emergency exits.

請不要在緊急出口附近堆放雜物。

★ **itinerant** [ɪˋtɪnərənt] *adj.* 移動的、巡迴的

Her restless and itinerant spirit is calling her for another journey again.

她那不安且流動的心靈又再次召喚她展開另一趟旅程。

★ **transit** [ˋtrænsɪt] *n.* 運輸、運送

Don't worry. I have checked on the Internet. Our package is in transit. We will be able to receive it next week.

別擔心，我已經在網路上查過了，我們的包裹正在運送途中，下週就可以收到了。

salt, sali
跳

解 源自於拉丁文，「飛躍」、「跳躍」、「往前彈跳」的意思。

 Track 072

★ **salient** [ˋselɪənt]　*adj.*　突出的、顯著的

Her article mentioned some salient points about modern societies' reformation.

她的文章提到不少關於現代社會改革的顯著觀點。

....

★ **saltation** [sælˋteʃən]　*n.*　大躍進、突然改變；大幅度跳躍

The researchers cannot find a suitable explanation for the sudden saltation in the data.

研究人員無法為數據中突然的大幅變動找出合適的解釋。

....

★ **saltatorial** [sæltəˋtorɪəl]　*adj.*　（動物）會跳躍的、跳躍的

Rabbits are not saltatorial animals in zoology because they do not hop like grasshoppers.

兔子在動物學中不算是會跳躍的動物，因為牠們不像蟋蟀那樣可以高高跳起。

....

★ **saltatory** [ˋsæltətərɪ]　*adj.*　跳躍式的

Not many people can follow up his saltatory thoughts and expressions.

很少人能跟上他跳躍式的思考和表達。

Part 1 字根篇

Part 2 字首篇

Part 3 字尾篇

sist
站立

解 拉丁文「站立」、「留下」或「立定」的意思。

 Track 073

★ **insistent** [ɪn`sɪstənt] *adj.* 堅持的、堅決的

He is very insistent that desserts are served before the main course for the better digestion.

他非常堅持為了更好的消化，甜點要在主菜之前上。

．．．

★ **irresistible** [ɪrɪ`zɪstəbəl] *adj.* 無法抗拒的

The journalist received an irresistible offer of working and living in Switzerland for one year with sponsorship.

那名記者收到一份難以抗拒的工作邀約——在贊助下於瑞士生活和工作一年。

．．．

★ **persistence** [pə`sɪstəns] *n.* 堅持、執意；持久性、耐力

His competitors were surprised by his persistence in the game despite his young age.

他的比賽對手對他年紀輕輕卻有如此耐力感到吃驚。

．．．

★ **subsist** [səb`sɪst] *v.* 勉強度日、維持生計

The single father and his children subsisted on his low wages.

這位單親父親和他的孩子們勉強以他的微薄薪水過日子。

sta
站立

解 與 sist 同源，同樣有「站立」、「留下」或「立定」的意思。

 Track 074

★ **stance** [stæns] *n.* 立場、公開觀點

Some celebrities choose to make public of their stances on certain issues and hope to influence the public.

有些名人會選擇公開他們對某些議題的立場，並希望能影響大眾。

......

★ **statue** [ˋstætʃu] *n.* 雕像、雕塑

The boy was so shocked with the news and frozed like a statue for a few seconds.

小男孩聽到消息後十分震驚，像雕像般停格了幾秒。

......

★ **stature** [ˋstætʃɚ] *n.* 身高；聲望

Her short stature becomes her mark and makes her easy to be noticed in this group.

她矮小的身高變成她的標誌，讓她在這團體中很容易被注意到。

......

★ **status** [ˋstetəs] *n.* 身分、地位；尊重程度

He will not let a small incident ruin the high status he built for all these years.

他不會讓他多年來建立的崇高地位因一件小事被摧毀。

Part **1** 字根篇

Part **2** 字首篇

Part **3** 字尾篇

vad
走

解 源自拉丁文，「走入」、「走進」的意思。

 Track 075

★ **evade** [ɪ`ved] *v.* 逃避、躲開

You can never evade from your conscience after you committed a crime.

當你犯罪後，你不可能躲得開你的良心。

. . . .

★ **invade** [ɪn`ved] *v.* 入侵、侵略；蜂擁而至

The newly-opened cosmetic shop is so popular. The customers are invading here every day!

新開幕的化妝品店大受歡迎，每天顧客都蜂擁而至！

. . . .

★ **invader** [ɪn`vedɚ] *n.* 入侵者

The farmers regard the newly-imported strawberries as the invaders to the market.

農人視新進口的草莓為市場上的入侵者。

. . . .

★ **pervade** [pɚ`ved] *v.* 滲透、充滿、瀰漫

She just finished cooking lunch, so the smell of garlic pervaded the kitchen.

她剛煮完午飯，所以整個廚房充滿大蒜的味道。

vag, vaga
漫走

解 拉丁文「漫步」、「四處移動」或「居無定所」的意思。

 Track 076

★ **extravagant** [ɪk`strævəgənt] *adj.* 奢侈的、浪費的；過度不切實際的

The extravagant lifestyles of ancient kings is unimaginable for the modern people now.
古代君王奢侈的生活是現在現代人無法想像的。

. . . .

★ **vagabond** [`vægəband] *n.* 流浪者　　*adj.* 流浪的、無家的
v. 流浪

He vagabonded all around the Asia, wishing to know more about this continent.
他在亞洲四處流浪，希望多了解這個洲。

. . . .

★ **vagrant** [`vegrənt] *n.* 無業遊民、流浪者

She prepared a meal for vagrants around this area and tried to think of a solution for them.
她為附近的遊民準備了一餐並試著想辦法幫他們解決問題。

. . . .

★ **vague** [veg] *adj.* 含糊的、不清楚的

His answer to my question was vague, so I doubted that he lied to me.
他對我的問題回答含糊，所以我懷疑他騙我。

Part **1** 字根篇

Part **2** 字首篇

Part **3** 字尾篇

ven
來

解 源自於拉丁文，「過來」、「來臨」的意思。

 Track 077

★ **advent** [ˋædvənt] *n.* 來臨、到來、出現

The advent of smartphones changes the lifestyles of humans.
智慧型手機的出現改變了人類的生活型態。

....

★ **convene** [kənˋvin] *v.* 召開（會議）、集合

The president convened an emergency meeting for the disastrous situation caused by the typhoon.
總統為颱風帶來的災情召開緊急會議。

....

★ **intervene** [ɪntəˋvin] *v.* 干涉、阻撓；調停

It is difficult for outsiders to intervene in the argument between a couple because they are the only people who know what really happened.
外人很難去干涉情侶間的爭執，因為只有他們才知道真正發生了什麼事。

....

★ **preventive** [prɪˋvɛntɪv] *adj.* 預防的

Although the earthquake is unpredictable, there are still some preventive measures that can reduce the possible loss afterwards.
雖然地震無法預測，但仍有一些預防措施可以減少之後的損失。

audi
聽

解 拉丁文「聆聽」的意思，衍生到和「聽覺」有關的詞彙。

 Track 078

★ **audible** [ˋɔdəbəl]　*adj.*　可聽到的

The wall between these two rooms is not very thick, so every movement that makes sounds is audible.

這兩個房間的隔牆沒有很厚，所以任何會發出聲音的動作都聽得一清二楚。

★ **audit** [ˋɔdɪt]　*v.*　旁聽；審計（舊時審查帳目是由口述的）

Although he has graduated for more than five years, he still audits some courses occasionally.

雖然他已經畢業超過五年，但他仍不時去旁聽一些課程。

★ **auditory** [ˋɔdɪtorɪ]　*adj.*　聽覺的

With the deterioration of auditory ability, her grandmother has to wear hearing aids to maintain a normal life.

由於聽力退化，她外婆需要戴助聽器以維持正常生活。

★ **auditorium** [ɔdɪˋtorɪəm]　*n.*　聽眾席、觀眾席；（美）音樂廳、禮堂

Smoking and eating are forbidden in the auditorium of this theater.

在這家劇院的觀眾席禁止抽菸和吃東西。

Part **1** 字根篇

Part **2** 字首篇

Part **3** 字尾篇

clud
關閉

解 源自於拉丁文，「關閉、封合」的意思。

Track 079

★ **conclude** [kənˋklud]　*v.*　結束、斷定、做出決定

The lecture about art history concluded with a part of the new released documentary.

這場關於藝術史的演講以新上映的紀錄片片段作結。

....

★ **exclude** [ɪkˋsklud]　*v.*　阻止、排除、不包括

This secret meeting excluded all the unrelated members.

這場秘密會議排除了所有不相關的會員。

....

★ **occlude** [əˋklud]　*v.*　阻擋、阻攔、覆蓋

To prevent little children from walking into the small chink between the two buildings, they occluded the entrance with a wooden board.

為了避免小孩走入兩棟大樓間的小縫，他們用木板將其入口擋住。

....

★ **preclude** [prɪˋklud]　*v.*　防止、杜絕

Don't let your previous failures preclude your next experiment.

別讓你之前的失敗阻止你下次的試驗。

cub, cumb
躺

解 拉丁文「平躺」、「躺下」或「躺著睡著」的意思。

Track 080

★ **cubicle** [ˋkjubɪkəl] *n.* 小房間、小隔間（拉丁文原指躺下，衍生為房間）

With very small amount of budget, I can only afford a small cubicle with a shared bathroom in the capital.

我的預算非常少，只能負擔得起首都裡的一個小房間和共用浴室。

★ **incubate** [ˋɪŋkjʊbet] *v.* 孵、孵化

Male penguins are responsible for incubating eggs, while the female ones search for food.

公企鵝負責孵蛋，而母企鵝負責尋找食物。

★ **incubus** [ˋɪŋkjʊbəs] *n.* 夢魘（文言用法）

The fight between the two political parties is the incubus of a democratic country.

兩個政黨間的鬥爭是一個民主國家的夢魘。

★ **incumbent** [ɪnˋkʌmbənt] *adj.* 在職的；須履行的（in- 在…之上）

This documentary promotes the idea that it is incumbent on everyone to prevent global warming from worsening.

這部紀錄片倡導每個人都有責任防治全球暖化惡化。

Part **1** 字根篇

Part **2** 字首篇

Part **3** 字尾篇

dorm
睡

解 源自於拉丁文，「睡」、「睡著」的意思。

Track 081

★ **dormant** [ˋdɔrmənt]　*adj.*　蟄伏的、休眠的、沉睡的

Yangminshan National Park is actually a dormant volcano.
陽明山國家公園其實是一座休眠中的火山。

★ **dormancy** [ˋdɔrmənsɪ]　*n.*　冬眠、休眠

Many insects need a period of dormancy during the winter.
許多昆蟲冬天時需要冬眠。

★ **dormitory** [ˋdɔrmətorɪ]　*n.*　（學校）宿舍（-tory 指「⋯地方」）

Due to the raise of fees and privacy reasons, Lucy is considering to move out from university's dormitory.
因為費用上漲和個人隱私原因，露西正考慮幫搬出大學宿舍。

★ **dormer** [ˋdɔrmə]　*n.*　天窗、老虎窗（斜屋頂上突出的天窗）

She found a small room in the attic with her bed facing the dormer window.
她找到一間在閣樓的房間，而她的床正對著天窗。

damn, demn
傷害

解 源自於拉丁文，「傷害」、「損失」或「值得責罵」的意思。

 Track 082

★ **condemn** [kən`dɛm] *v.* 指責、譴責

While you are condemning the terrorist attacks as most people do, you can also try to understand why terrorism appears.

當你和大部份人一樣譴責恐怖攻擊的同時，你也可以試著了解為什麼會出現恐怖主義。

★ **condemnation** [͵kɑndəm`neʃən] *n.* 指責、譴責、聲討

The European Union stated a strong condemnation of the overfishing of Taiwan.

歐盟對於台灣漁業的過度捕撈提出譴責。

★ **damning** [`dæmɪŋ] *adj.* 譴責的、（證據）確鑿的

The prosecutors finally found the damning evidence for the murder case after three years' searching.

經過三年的搜查，檢察官終於找到謀殺案的確切證據。

★ **indemnify** [ɪn`dɛmnɪfaɪ] *v.* 賠償損失、保障

In the terms and conditions of the insurance policy, it states clearly that travellers will be indemnified for any loss of belongings.

在條款和條件中有清楚說明，保險有包含保障旅客的隨身物品損失。

Part **1** 字根篇

Part **2** 字首篇

Part **3** 字尾篇

fic
製造

解 拉丁文「製作」、「建造」、「造成」或「形成」的意思。

 Track 083

★ **artificial** [ɑrtɪˋfɪʃəl] *adj.* 人工的、人造的；虛假的

We can only decorate the room with artificial flowers because we don't have a garden.

我們只能用假花裝飾房間，因為我們沒有花園。

★ **fiction** [ˋfɪkʃən] *n.* 小說；虛構的事、謊言

Escapees from North Korea found the happiness idea they received in their country was merely political fictions.

來自北韓的逃離者發現他們在國內被灌輸的幸福觀不過是政治謊言。

★ **proficient** [prəˋfɪʃənt] *adj.* 精通的、熟練的

Although she is already proficient in five languages, she decided to take another one.

雖然她已經精通五種語言，她仍決定再學一種。

★ **unification** [ˏjunɪfəˋkeʃən] *n.* 統一、合併

2015 was the first election after the unification of Kaohsiung city and county.

2015 年是高雄縣市合併後的第一次選舉。

fid
相信

 解 源自於拉丁文，帶有「相信」、「信任」或「忠貞」的含意。

🔘 *Track 084*

Part **1** 字根篇

★ **confidant** [kɑnfɪ`dænt] *n.* 知己、密友

A real confidant is someone who cares about you and supports you when you are in need.

一個真正的知己是會關心你，且在你需要時支持你的人。

★ **confidential** [kɑnfɪ`dɛnʃəl] *adj.* 機密的、祕密的

The conversation record between two companies' leaders is classified as a confidential document.

兩家公司領導者的會談紀錄被列為機密文件。

Part **2** 字首篇

★ **fidelity** [fɪ`dɛlɪtɪ] *n.* 忠誠、忠貞

In her opinion toward marriage, she requires absolute fidelity of her partner.

在她對於婚姻的看法中，她要求伴侶的絕對忠貞。

Part **3** 字尾篇

★ **perfidious** [pə`fɪdɪəs] *adj.* 背信的、不忠貞的
（per- 超過，perfid- 超過忠實的限制）

The electors are already tired of the perfidious candidates who never fulfill their campaign promises.

選民已經對那些永遠不實現競選承諾的候選人感到厭煩。

flic
打擊

解 拉丁文「擊倒」、「摧毀」或「損壞／害」的意思。

 Track 085

★ **afflict** [ə`flɪkt]　*v.*　使痛苦、折磨

Air pollution during the winter afflicts people with a weak breathing system in the city.

冬季的空氣汙染對這座城市中呼吸系統較弱的人來說是種折磨。

....

★ **affliction** [ə`flɪkʃən]　*n.*　痛苦、苦惱

Searching for doctors' or friends' supports is helpful to remove the afflictions in your mind, but you can only do it when you are open to yourself.

尋求醫生或朋友的支持對於去除心中的苦惱是很有幫助的，但只有你坦白的面對你自己才能真正做到。

....

★ **conflict** [`kɑnflɪkt]　*n.*　衝突、紛爭　*v.*　衝突、牴觸

The new minister of Labor has to find a solution for the conflicts between employees and employers.

新的勞動部長必須找出解決勞雇主之間紛爭的辦法。

....

★ **inflict** [ɪn`flɪkt]　*v.*　使遭受、承受（不愉快的事）

Their parents' divorce inflicts the huge pressure on the sisters. They became very unhappy.

那兩姊妹承受了父母離異的壓力，她們變得很不快樂。

greg
聚集

 源自於拉丁文，「群集」、「聚集」或「一起」的意思。

Track 086

★ **aggregate** [ˋægrɪˌget]　*v.*　使聚集　*n.*　具集體、總數　*adj.*　合計的

The aggregate amount we have invested in this new device is over 30 million dollars.

我們投資這項新儀器的總額已經超過三千萬元了。

Part **1** 字根篇

★ **congregation** [kɑŋgrɪˋgeʃən]　*n.*　信眾；集合

Mazu procession attracts large amount of congregations every year.

媽祖繞境每年都吸引大批信眾。

Part **2** 字首篇

★ **gregarious** [grɪˋgɛrɪəs]　*adj.*　群居的、愛交際的

It is said that people who have a gregarious nature are suitable for jobs related to sales.

據說生性喜愛交際的人適合銷售相關的工作。

Part **3** 字尾篇

★ **segregate** [ˋsɛgrɪˌget]　*v.*　（種族）隔離、分隔

The mother does not want her autistic son to be segregated from other children.

這名母親不希望她的自閉症兒子和其他孩子區隔開來。

habit
居住

解 源自於拉丁文，「居住」、「生活」的意思。

 Track 087

★ **cohabitation** [ko͵hæbɪ`teʃən] *n.* 同居；共存

In countries where marriage are invalid for homosexual couples, they can only choose cohabitation.
在同志婚姻不被認可的國家裡，他們只能選擇同居。

★ **habitat** [`hæbɪ͵tæt] *n.* 棲息地、生長地

With expansion by humans, wild animals gradually lose their nature habitats and zoologists cannot find a proper place to release cured wounded animals either.
隨著人類的開發，野生動物逐漸失去牠們的自然棲息地，而動物學家也無法為受傷後治療好的動物找到地方野放。

★ **inhabit** [ɪn`hæbɪt] *v.* 居住於、佔領

That small island was inhabited by five kinds of birds and three kinds of trees, and all of them are original.
這座小島有五種鳥類和三種樹，全都是原生種。

★ **habitable** [`hæbɪtəbəl] *adj.* 適合居住的

The scientists are now searching for habitable planets like Earth in the universe.
科學家正在宇宙中尋找如地球般適合居住的星球。

mens
測量

 源自於拉丁文「測量」的意思，和空間大小有關。

Track 088

★ **commensurate** [kə`mɛnʒərət] *adj.* 相稱的、相當的

He decided to quit the current job because he found another one which provides a commensurate salary for his skills and experiences.

他決定辭掉現在的工作，因為他找到另一份薪水較相稱於他能力與經驗的工作。

★ **dimension** [daɪ`mɛnʃən] *n.* 空間、維度、層面

The dimension of this private swimming pool will be 15m x 3m.

這個私人游泳池的大小會是 15 公尺乘以 3 公尺。

★ **immense** [ɪ`mɛns] *adj.* 巨大的、無限的

Her progress is facing an immense obstacle when she refused to accept the new changes.

她的進步因她拒絕接受新的轉變而面臨巨大的阻礙。

★ **immensity** [ɪ`mɛnsətɪ] *n.* 巨大、廣大、大量

The researchers did not expect the immensity of data.

研究人員沒有預料到會有如此大量的資料。

Part 1 字根篇

Part 2 字首篇

Part 3 字尾篇

migr
遷移

解 源自於拉丁文，「遷徙」、「搬移」或「移動」的意思。

 Track 089

★ **emigrant** [ˈɛmɪgrənt] *n.* （移居國外的）移民

When encountering economic recession, many countries will try to reduce emigrant workers to protect the right of their local citizens.
許多國家遭逢經濟衰退時，會試圖減少移民工作者以保護當地居民。

....

★ **immigrate** [ˈɪmɪˌgret] *v.* 移入（國外）、移民

Her Chechnya parents immigrated to U.S. for a better life.
她來自車臣的父母為了更好的生活移民到美國。

....

★ **migrate** [maɪˈgret] *v.* 遷移、遷徙、移居

To lay eggs, salmons migrate from the ocean to the upper reaches of the river.
鮭魚為了產卵，從海裡遷徙到河流上游。

....

★ **migration** [maɪˈgreʃən] *n.* 遷移、遷徙

The Chinese workers going home during Chinese New Year is regarded as the largest modern migration of human beings.
中國春節返鄉的人潮被視為是現代人類最大的遷徙。

oper
工作

解 源自於拉丁文「工作」、「運作」的意思。

 Track 090

★ **co-operation** [ko͵ɑpəˋreʃən]　*n.*　合作

This great epic film is made in co-operation with national museums and national scenic areas.

這部史詩般的影片是和國家級博物館及國家風景區合作拍攝的。

★ **inoperable** [ɪnˋɑpərəbəl]　*adj.*　不宜動手術的；行不通的、無法操作的

The idea he presents in this model is really great, but practically, it is inoperable.

他在這個模型中呈現的概念十分地好，但在現實中是行不通的。

★ **operational** [ɑpəˋreʃənəl]　*adj.*　工作上（中）的、運作中的、實行上的

The metro system which will pass in front of my apartment is estimated to be fully operational in six months.

行經我公寓前的捷運系統預計將於六個月後完全通車。

★ **operative** [ˋɑpərətɪv]　*adj.*　有效的、實施中的　*n.*　技工

The proposal will be operative when more than one thousand people countersign.

這項提案要有超過一千人連署才可有效進行。

Part **1** 字根篇

Part **2** 字首篇

Part **3** 字尾篇

pend
懸掛

解 拉丁文「懸掛」、「有重量」或「使…下垂」的意思。

 Track 091

★ **appendix** [ə`pɛndɪks]　*n.*　盲腸；附錄（append- 掛在／加在後面）

Please see the Appendix Two of the book for the detailed data of my research.
請參見書中的附錄二，那裡有我研究的詳細資料。

....

★ **dependent** [dɪ`pɛndənt]　*adj.*　依賴的、需要照顧的；取決於

Your life is dependent on the every choice you make, so choose what you love most
你的生活取決於你的每個選擇，所以選擇你的最愛。

....

★ **pendant** [`pɛndənt]　*n.*　垂飾、有垂飾的項鍊　*adj.*　下垂的、懸垂的

The jewellery designer issued a series of necklaces with various pendants.
那名珠寶設計師發表了一系列有各式垂飾的項鍊。

....

★ **pendulum** [`pɛndʒʊləm]　*n.*　鐘擺；搖擺不定的局面或觀點

The pendulum between total forbiddance and continuous development of nuclear power is never settled in the governmental policies.
政府政策總是在全面禁止和繼續發展核能這兩個選項中擺盪。

pens
懸掛

解 與 pend 同源，有「懸掛、有重量」或「使…下垂」的意思。

 Track 092

★ **compensation** [ˌkɑmpɛnˋseʃən]　*n.*　補償金、賠償（物）
（com- 一起；compensate- 一起秤重，衍生為「補償」）

Overtime pay is no compensation for losing time with family.
加班費無法成為與家人相處時間損失的補償。

★ **dispensable** [dɪˋspɛnsəbəl]　*adj.*　非必要的、非強制的（dis- 不用的；dispense- 不用的重量，衍生為「省去」）

Pets are lives, not dispensable things, so please don't abandon them if you decide to take them home.
寵物是生命，不是可有可無的東西，所以當你決定要帶他們回家後，請不要隨意丟棄。

★ **pensive** [ˋpɛnsɪv]　*adj.*　沉思的

He was a pensive boy in school days, and now he becomes a warm philosophy teacher.
在校時他曾是個愛沉思的男孩，現在他變成一個溫暖的哲學老師。

★ **suspense** [səˋspɛns]　*n.*　懸念；焦慮、擔心

This detective novel keeps me in suspense till the end. The reading process was so exciting.
這本偵探小說讓我從頭掛心到尾，這個閱讀經驗真是太刺激了。

Part **1** 字根篇

Part **2** 字首篇

Part **3** 字尾篇

pol (y)
賣

解 源自於希臘文，常出現於單字後半，「販賣」、「交易」等意思。

 Track 093

★ **monopoly** [mə`nɑpəlɪ] *n.* 壟斷、專賣

The government decided to let go their monopoly of gasoline.
政府決定放棄他們汽油的專賣權。

....

★ **monopolize** [mə`nɑpəlaɪz] *v.* 壟斷、包辦、專售

Netherland once monopolized the trade with Japan in the 17th century.
荷蘭在十七世紀時曾壟斷和日本的貿易。

....

★ **duopoly** [dju`ɑpəlɪ] *n.* 雙寡頭壟斷

The computer operating system is dominated by Microsoft and Apple, which is a classic example of duopoly.
電腦作業系統被微軟和蘋果主宰，這就是典型的雙寡頭壟斷。

....

★ **oligopoly** [ˌɑlɪ`gɑpəlɪ] *n.* 寡頭壟斷（oligo- 少數）

TV broadcasting is no longer limited in the control of government's oligopoly.
電視播映已經不在政府寡頭壟斷的控制下了。

pute
思考

 解 源自於拉丁文,「思考」、「考慮」或「推想」的意思。

Track 094

★ **computerize** [kəm`pjutə͵raɪz] *v.* 電腦化、用電腦處理

Most processes of manufacture had been computerized; the staff are mainly responsible for monitoring.

大部分的製造過程已經都電腦化,員工主要負責監控。

....

★ **computing** [kəm`pjutɪŋ] *n.* 電腦學、資訊處理技術

Alan Turing is regarded as the father of computing due to his era-crossing invitation.

艾倫‧圖靈因他的跨時代發明被視為電腦學之父。

....

★ **dispute** [dɪ`spjut] *n.* 紛爭、爭執 *v.* 爭議、對…有異議

He left the conference early because he did not want to be involved in the meaningless dispute.

他提早離開會議,因為他不想捲入無謂的紛爭。

....

★ **putative** [`pjutətɪv] *adj.* 認定的、假定存在的

Atlantis is a putative land which sunk into the ocean before any other civilizations contact it.

亞特蘭提斯是一個被認定存在的陸地,在其他文明抵達前就沉沒到海底了。

Part **1** 字根篇

Part **2** 字首篇

Part **3** 字尾篇

reg
治理

解 拉丁文「指導」、「治理」或「統治」的意思。

 Track 095

★ **regal** [`rɪgəl] *adj.* 帝王般（莊嚴）的

Regal clothes for men are out-of-date in the current fashion world.
如帝王般莊嚴的男性服飾在時尚界已經不流行了。

★ **regent** [`rɪdʒənt] *n.* 攝政王

The regent was praised not only for his achievement in managing, but also for his respect for the later king.
攝政王不僅因他管理國家的成就受到讚賞，更因他對繼位國王的尊敬博得好評。

★ **regime** [re`ʒim] *n.* 政府、政體；體系

Hong Kong strives to preserve its democratic regime after 1997.
香港自 1997 年後一直積極爭取保有其民主的政體。

★ **regulator** [`rɛgjʊˌletər] *n.* 管理者、監管者；調節器

The person who seems doing nothing in the office is actually the industry regulator.
那位在辦公室裡看似沒在做事的人其實是產業監管者。

sed
坐

 解 與 sid 同源，拉丁文「坐下」的意思，衍生為「穩定狀態」。

🔘 **Track 096**

★ **sedate** [sɪ`det] *adj.* 平靜的、平穩的

They wished to move to a sedate village after experiencing a catastrophe in the city.
在都市經歷大災難後，他們只希望搬到一個平靜的小鎮去。

★ **sedentary** [`sɛdəntɛrɪ] *adj.* 久坐的、缺乏運動的

The sedentary lifestyle seems common for the office workers, yet it is very unhealthy.
缺乏運動的生活方式似乎是上班族的習慣，但卻非常不健康。

★ **sediment** [`sɛdɪmənt] *n.* 沉澱物、沉積物

Cobblestones are the sediments of rivers.
鵝卵石是河流的沉積物。

★ **supersede** [ˌsupɚ`sid] *v.* 取代、代替（super- 在…之上）

The functions of MP3 or CD players are gradually superseded by the smartphones.
MP3 或 CD 播放器的功能已逐漸被智慧型手機取代。

sect
切割

解 源自於拉丁文中的『secare』，有『切割』的意思。

 Track 097

★ **vivisection** [vɪvɪ`sɛkʃ(ə)n]　*n.*　活體實驗

Animal testing uses vivisection to determine whether they have found a cure for cancer or not.

動物測試是利用活體實驗來確認是否已經找到治療癌症的方法。

★ **dissect** [dʌɪ`sɛkt,dɪ`sɛkt]　*vt.*　解剖、切開、仔細分析

The high school students are required to dissect a frog in the biology class in sophomore year.

高中生必須在高二的生物課解剖青蛙。

★ **insect** [`ɪn.sekt]　*n.*　昆蟲、卑鄙的人

Even though a spider is technically not an insect, most people lump it together with all the bugs.

雖然蜘蛛不屬於昆蟲，大部分的人還是把它跟其他昆蟲歸類在一起。

★ **sectarianism** [sek`teə.ri.ə.nɪ.zəm]　*n.*　宗派主義、教派意識

Many parents refuse to send their kids to the sectarian academies because of the teachers' conservative minds.

因為老師們的保守思想，許多家長不願意將小孩送去宗教主義的學校。

sequ
跟隨

解 源自於英文的『sequence』。同等於『follow』，『跟隨』的意思。

 Track 098

★ **sequential** [sɪ`kwɛnʃəl] *adj.* 連續的、繼續的、後果的

Their sequential growth seems to have slowed down since this year.

他們持續性的成長似乎在今年開始趨緩。

★ **consequent** [`kɑnsə‚kwɛnt] *adj.* 因……的結果而起的，隨之發生的

Initially, optics was found consequent of Maxwell's equation.

光學最早是在馬克士威方程組中發現的。

★ **sequel** [`sikwəl] *n.* 續集

Most sequels are not as good as the original movies.

大部分的續集都沒有第一集的電影好。

★ **sequence** [`sikwəns] *n.* 接續，連續

The whole title sequence was cut specifically to fit the music.

這段音樂是特別為了這一個電影片頭剪接的。

Part **1** 字根篇

Part **2** 字首篇

Part **3** 字尾篇

sess
坐

解 與 sid 同源，拉丁文「坐下」的意思，衍生為「穩定狀態」或「有」的意思。

 Track 099

★ **assess** [ə`sɛs]　*v.*　評估、評價

None of us can make the decision before we assess the pros and cons of the situations.

我們在評估狀況的好與壞前，無法做出決定。

....

★ **obsessive** [əb`sɛsɪv]　*adj.*　念念不忘的、無法擺脫的；迷戀的

He is so obsessive about winning every game.

他非常著迷於贏得每場勝利。

....

★ **dispossess** [dɪspə`zɛs]　*v.*　剝奪、奪走（possess- 擁有）

The old lady refused to agree with the city reformation because she thought the government would dispossess her land.

這位年老的女士拒絕同意城市改革，因為她認為政府會奪走她的土地。

....

★ **repossess** [ˌripə`zɛs]　*v.*　收回、重新擁有（房產）

The family repossessed their old house after paying off all their debts.

這家人付清所有的債務後，重新擁有他們的舊家。

sid
坐

解 源自於拉丁文「坐下」的意思，衍生為「穩定狀態」。

 Track 100

★ **insidious** [ɪnˋsɪdɪəs]　*adj.*　潛藏的、潛害的（in- 裡面的）

Hepatitis is an insidious disease which has almost no symptom in the early stage.

肝炎是種潛伏性病症，在初期時幾乎沒有症狀。

. . . .

★ **preside** [prɪˋzaɪd]　*v.*　主持、掌管（pre- 在…前面，原指「坐在前面」）

The ex-chairman was invited to preside over the opening of a series of conferences.

前主席受邀主持一系列會議的開場。

. . . .

★ **residential** [rɛzɪˋdɛnʃəl]　*adj.*　居住的、住宅的

The new plan for urban renewal is to divide the residential and commercial areas.

新的都市更新計畫是將住宅區和商業區分開。

. . . .

★ **subside** [səbˋsaɪd]　*v.*　趨於平緩、平息

After months of negotiation, the protesting of the shelter for stray animals finally subsided.

經過幾個月的溝通協調，反對流浪動物安置所的聲浪終於平息了。

Part **1** 字根篇

Part **2** 字首篇

Part **3** 字尾篇

somn
睡

解 源自於拉丁文「睡著」或是「做夢」的意思，通常用在比較學術或文雅的詞中。

 Track 101

★ **insomnia** [ɪnˋsɑmnɪə] *n.* 失眠（in- 無法）

The architect suffered from a serious insomnia for months after he accepted a new project.

那位建築師在他接到新案件時嚴重失眠了好幾個月。

. . . .

★ **hypersomnia** [ˌhaɪpəˋsɑmnɪə] *n.* 嗜睡症（hyper- 希臘文，超過）

Sleeping too long every day and feeling tired all the time may be hypersomnia, and it could be a symptom of depression.

每天都睡很久又很累，可能是嗜睡症，也是憂鬱症的徵兆之一。

. . . .

★ **somnambulism** [sɑmˋnæmbjʊlɪzəm] *n.* 夢遊症（ambul- 走）

He was not aware of his somnambulism until one day his housemate found him sleeping at the gate entrance.

直到他室友發現他睡在玄關之前，他都不知道自己有夢遊症。

. . . .

★ **somnolent** [ˋsɑmnələnt] *adj.* 催眠的、令人昏昏欲睡的

It is very difficult to be concentrated in this somnolent hot summer's afternoon.

炎炎夏日、令人昏昏欲睡的午後真的很難專心。

spers
撒，散落

 解 源自於拉丁文中的『sapargere』，即是『散播』的意思。

🔘 **Track 102**

Part **1** 字根篇

Part **2** 字首篇

Part **3** 字尾篇

★ **disperse** [dɪˈspɝːs] *v.* 散開；分散

The company broke the law when it decided to disperse its hazardous waste into the ocean.

這間公司在決定將危險物質灑落至海中時即違法。

★ **aspersions** [əˈspɝːˌʒən] *n.* 誹謗、中傷

It is not only rude but also illegal to post aspersion on others online.

上網毀謗他人不僅無理而且違法。

★ **asperse** [əˈspɝs] *v.* 誹謗

Politicians are well-known to asperse their opponents.

政治家經常以其詆毀對手而聞名。

★ **dispersible** [dɪˈspɝsəbl] *adj.* 可被分散的

It is important to use materials that are fully dispersible, which means they can break up in water, making them safe for the septic and sewer systems.

使用可完全分解的材料非常重要，因為這表示它們可在水中分解，對化糞池和下水道系統不造成威脅。

splend
發光 照耀

解 源自於拉丁文的「splendere」，等於英文中「shining」「閃亮」。

 Track 103

★ **splendid** [ˈsplɛndɪd] *a.* 光亮的、燦爛的、壯麗的

The view out over the forest and lakes is just splendid.
這片森林和湖泊的景色非常壯觀。

★ **splendiferous** [splɛnˈdɪf(ə)rəs] *a.* 極好的、了不起的、浮華的、豪華的

That's the splendiferous wonder of the tension of ideas.
這是思想緊張的精彩奇蹟。

★ **resplendently** [rɪˈsplɛndəntlɪ] *adv.* 燦爛地、耀眼地

It was a mild and resplendently sunny afternoon.
這是一個暖和且陽光燦爛的下午。

★ **splendor** [ˈsplɛndə] *n.* 輝煌、光輝、壯麗、顯赫

During the oil splendor, the city had a professional baseball team.
在石油輝煌期間，這座城市有一支職業棒球隊。

tect
遮掩

解 源自於拉丁文「遮掩」、「掩蓋」的意思。

 Track 104

★ **detect** [dɪˋtɛkt]　*v.*　發現、察覺；測出（原拉丁字義為揭開）

His consideration is based on his ability to detect subtle emotions of others.

他的體貼來自於他能察覺別人細微的情緒。

....

★ **detection** [dɪˋtɛkʃən]　*n.*　察覺、發現、偵破

The Tourism Bureau advises travellers to keep their belongings well since the detection rate of stealing and robbery is pretty low in big cities, such as Paris or Rome.

觀光局建議遊客保管好他們的隨身物品，因為如巴黎或羅馬等大城市的竊盜和搶劫破案率偏低。

....

★ **undetectable** [ʌndɪˋtɛktəbəl]　*adj.*　無法察覺的、探測不到的

With the improvement of technology, astronomers are able to explore the space in universe that was undetectable before.

隨著科技的進步，天文學家現在可以探索以前無法探測的宇宙空間。

....

★ **protective** [prəˋtɛktɪv]　*adj.*　防護的、對…呵護的

When practicing rock climbing, wearing a pair of protective gloves is suggested.

練習攀岩時，建議戴一副保護手套。

Part **1** 字根篇

Part **2** 字首篇

Part **3** 字尾篇

thesis
放置

解 源自於希臘文的『tithenai』，『放置』的意思。

Track 105

★ **antithesis** [anˈtɪθəsɪs]　*n.*　對立；對照；對偶

In each antinomy, a thesis contradicted an antithesis.

在每個相對論中，論文都與對立相矛盾。

★ **synthesis** [ˈsɪnθɪsɪs]　*n.*　綜合體；綜合

There are many youngsters representing the ultimate synthesis of being Jewish and being American.

有許多年輕人代表了猶太人和美國人的綜合體。

★ **epenthesis** [ɛˈpɛnθɪsɪs]　*n.*　添音

Many words have gone through the process of epenthesis to make it easier for the people to pronounce.

許多單詞都經歷了增音的過程，使人們更容易發音。

★ **metathesis** [mɪˈtaθɪsɪs]　*n.*　轉移、置換、交換反應

Reactions in aqueous solutions are usually metathesis reactions.

水溶液中的反應通常是複分解反應。

vict
擊敗

 源自於拉丁文，即為『conquer』，『擊敗』的意思。

Track 106

★ **convict** [kən`vɪkt]　*v.*　使……認罪；使……深感有錯，使悔悟

He was on a jury and he voted to convict John.
他是陪審團的一員，而他投票將約翰定罪。

★ **evict** [ɪ`vɪkt]　*v.*　逐出、驅逐、趕出

All the tenants in this building agreed to evict their noisy neighbor.
這棟樓裡的所有租戶都同意驅逐他們吵鬧的鄰居。

★ **victimization** [vɪktɪmʌɪ`zeɪʃ(ə)n]　*n.*　犧牲、欺騙

The victimization survey is considered as a reliable measure of crime by the criminologists.
犯罪學家將受害者調查視為一個可靠的犯罪衡量標準。

★ **victory** [`vɪkt(ə)ri]　*n.*　勝利；成功

The team is very excited about their back-to-back victories.
球隊對連續的勝利感到非常興奮。

Part **1** 字根篇

Part **2** 字首篇

Part **3** 字尾篇

cid
墜落

解 源自於拉丁文「墜落」、「掉落」，後衍生為「降臨」。

 Track 107

★ **incidence** [ˋɪnsɪdəns]　*n.*　事件、發生率
（in- 臨、面對，incident- 降臨發生的事）

The local government wishes to decrease the incidence of the queries of parking places by revising the current policy.
地方政府希望藉由修改現行政策來降低停車糾紛的發生率。

★ **incidental** [ɪnsəˋdɛntəl]　*adj.*　附帶的、伴隨的

Holidays are just incidental happiness from a job.
休假只是工作中附帶的幸福時光。

★ **coincidence** [koˋɪnsədəns]　*n.*　巧合、碰巧、偶而機遇
（coincide- 同時發生）

All the sentences here are fictional; if any similar things happened, it is only a coincidence.
這裡所有的句子都是虛構的，如有類似事情發生，純粹是巧合罷了。

★ **recidivist** [rɪˋsɪdəvɪst]　*n.*　慣犯、累犯

The legislator proposed a draft to impose heavier punishment on sexual insulted recidivists.
立法委員提出加重性侵慣犯刑罰的草案。

clin
傾

解 原和拉丁文「床」有關，後延伸為「依靠」、「傾斜」的意思。

 Track 108

★ **cling** [klɪŋ]　*v.*　依附、緊貼著、緊抓住；堅持

The little child clung to his mother's arm due to his fear.
小朋友因害怕而緊抓著母親的手。

....

★ **incline** [ɪn`klaɪn]　*v.*　使傾向於

Her sensitivity and sentimentality incline her to cry when separating with her friends and family every time.
她的敏感和多愁善感使她每次與朋友和家人分開時都會哭泣。

....

★ **inclined** [ɪn`klaɪnd]　*adj.*　傾向於的

He was inclined to accept our suggestion until his partner proposed a more attractive one.
他本來傾向於接受我們的建議，直到他的夥伴提出另一個更吸引他的主意。

....

★ **recline** [rɪ`klaɪn]　*v.*　使斜倚、使向後靠

She made herself a cup of coffee and reclined on the sofa to enjoy own weekend afternoon.
她為自己沖泡一杯咖啡並斜倚在沙發上，享受她的週末午後。

Part **1** 字根篇

Part **2** 字首篇

Part **3** 字尾篇

fals, fall
假，錯

解 源自於拉丁文，「欺騙」、「不實」或「錯誤的」。

Track 109

★ **fallacious** [fə`leʃəs]　*adj.*　謬誤的

He has to rewrite his dissertation because all his arguments is based on a fallacious theory.

他必須重寫他的論文，因為他的論證都建立在謬誤的理論基礎上。

....

★ **fallacy** [`fæləsɪ]　*n.*　謬見、謬論

In this e-generation, there are a large amount of abundant fallacies scattered on the Internet.

在這個 e 世代，網路上夾雜大量的謬見。

....

★ **falsely** [`fɔlslɪ]　*adv.*　錯誤地

He falsely trusted the recommendation of the financial specialist and lost all his savings.

他誤信理財專員的推薦而損失了所有的積蓄。

....

★ **falsify** [`fɔlsə‚faɪ]　*v.*　竄改、偽造；證實為錯

The results of the groundbreaking discovery were falsified following an investigation.

經過調查之後，這個傳聞中突破性的發現是錯誤的。

flu
流

 解 源自於拉丁文，含有「流動」、「流暢」的意思。

🎵 **Track 110**

★ **confluence** [`kɑn͵fluəns]　*n.*　合流點；匯合、集合

She decided to move from her old house because it was on an island standing at the confluence of two rivers.

她決定搬離她的舊家，因為舊家是在兩條河流匯合點的島嶼上。

★ **effluent** [`ɛfluənt]　*n.*　汙水、廢水

The residents did not know there was an illegal factory located in the upstream of the river until one morning they found its effluent dyed the water into pink.

居民不知道河流上游有家非法工廠，直到有天早上發現河水被其廢水染成粉紅色。

★ **fluency** [`fluənsɪ]　*n.*　流利

To achieve the fluency of a foreign language, one needs four to ten years' constant learning and practice.

要達到能說流利外語需要四到十年的不斷學習和練習。

★ **fluid** [`fluɪd]　*n.*　流體、液體　*adj.*　流暢的；不固定的、易變的

The professor is impressed by the fluid style of her composition.

教授對她作文中流暢的筆調感到驚艷。

Part **1** 字根篇

Part **2** 字首篇

Part **3** 字尾篇

fus
混合

解 從拉丁文轉成法文後才傳到英文的字根，有「傾倒」、「融化」或「混合」的意思。

 Track 111

★ **confusing** [kən`fjuzɪŋ] *adj.* 含糊不清的、令人困惑的

The explanation in this manual is so confusing. Can you help me sort them out, please?

這手冊裡的說明好含糊不清，你能幫我理出個頭緒嗎？

★ **diffuse** [dɪ`fjuz] *v.* 傳播、擴散 *adj.* 擴散的、分散的

The football competitions united once diffuse citizens in South Africa.

足球比賽讓曾經分散的南非國民團結起來。

★ **fuse** [fjuz] *v.* 融合、結合、融化 *n.* 保險絲

The culture of Turkey fuses the Western and Eastern style because of its location and historical background.

土耳其因其地理位置和歷史背景，它的文化融合東西方文化。

★ **fusion** [`fjuʒən] *n.* 融合、結合、合併

This programming game is a great example of the fusion of education and entertainment.

這個程式設計的遊戲是結合教育和娛樂的好例子。

grav
重

解 源自於拉丁文，表示「沉重的」、「有重量的」。

 Track 112

★ **aggravate** [ˋægrəˏvet]　*v.*　加劇、加重、使更嚴重、惡化

The roadside construction aggravates the traffic congestion of this narrow road.

路旁的建設使這條窄路的交通壅塞更加惡化了。

★ **grave** [grev]　*adj.*　重大的、嚴重的

The country is confronted with a grave economic crisis.

這個國家正面臨險峻的經濟危機。

★ **gravitate** [ˋgrævɪˏtet]　*v.*　受吸引而轉向…

Talented people always gravitate to a better environment where they can apply their abilities.

人才總是會被吸引到較好的環境以施展他們的能力。

★ **gravity** [ˋgrævətɪ]　*n.*　重力；嚴重性

Astronauts can jump higher on the moon due to its smaller gravity.

太空人能在月球跳得比較高，因為月球上的地心引力較小。

Part **1** 字根篇

Part **2** 字首篇

Part **3** 字尾篇

luc
光

解 源自於拉丁文，「光線」、「陽光」或「光明」的意思。

 Track 113

★ **elucidate** [ɪˋlusɪ͵det]　*v.*　闡明、解釋

（e=ex- 出來，elucide- 將…清楚弄出來）

Scientists cannot totally elucidate global climate changes due to its complexity.

科學家因其複雜性還不能完全解釋全球氣候變遷。

．．．

★ **lucid** [ˋlusɪd]　*adj.*　清晰明瞭的、頭腦清楚的

He took only 3 hours sleep last night; therefore, to be lucid, he asked for two cups of coffee.

他昨晚只睡了三小時，為了保持頭腦清楚，他要了兩杯咖啡。

．．．

★ **translucent** [trænsˋlusənt]　*adj.*　半透明的

She bought a beautiful translucent glass sculpture from the glass museum.

她從玻璃工藝館買了一座漂亮的半透明玻璃雕塑。

．．．

★ **pellucid** [pɪˋlusɪd]　*adj.*　乾淨明亮的；明瞭的（pel=per- 通過）

The couple like to visit the large lake with pellucid water in the countryside.

這對情侶喜歡造訪鄉村裡有乾淨透亮湖水的大湖。

lumin
光

解 拉丁文「陽光」、「火炬」或「燈光」的意思，與luc意義相近。

Track 114

★ **illuminate** [ɪˋlumɪnet] *v.* 照亮；闡明

The sunrise illuminates the land again and brings back the vitality.
朝陽照亮了大地並帶來了生氣。

★ **illumination** [ɪˏlumɪˋneʃən] *n.* 光、照明、燈飾

They hired professionals to set up the illumination for the forthcoming ceremony.
他們雇來專業人士為即將到來的典禮裝設燈飾。

★ **luminous** [ˋlumɪnəs] *adj.* 發光的、夜光的

It is said that angels look like human beings with additional pair of wings and a luminous halo above their head.
據說天使長得像人類，不過多了一對翅膀和頭上發光的光環。

★ **luminescence** [ˏluməˋnɛsəns] *n.* 弱光、冷光
（escence- 表示一種狀態）

Luminescence of fireflies carries various meanings from mating to warning.
螢火蟲的冷光帶有許多含意，從求偶到警示都有。

Part **1** 字根篇

Part **2** 字首篇

Part **3** 字尾篇

merg
沉，浸

解 源自於拉丁文，「沉沒」、「潛入」或「跳進」的意思。

 Track 115

★ **emergence** [ɪˋmɝdʒəns]　*n.*　嶄露、出現

We need more translation experts for the emergence of markets in South East Asia.

我們需要更多翻譯人才以因應東南亞的新興市場。

★ **merge** [mɝdʒ]　*v.*　合併、融合

The independent bookshop refused to merge with the new composite mall.

這家獨立書店拒絕和新的複合式商場合併。

★ **merger** [mɝdʒɚ]　*n.*　合併

The two emerging technology companies are negotiating the possibility of their merger to confront their opponents.

兩家科技新興公司正在商議合併的可能性，以面對他們的共同對手。

★ **submerge** [səbˋmɝdʒ]　*v.*　沉入水中、浸泡

The flood came suddenly, and the first floor of the building totally submerged.

洪水突然來臨，大樓的一樓完全泡在水中。

misc
混雜

 解 源自於拉丁文，有「混合」、「混雜」等意思。

Track 116

★ **immiscible** [ɪ`mɪsəbəl]　*adj.*　不能混合的、不相容的

Oil and water are immiscible in natural condition, but detergent makes this possible.

油水在自然情況下無法相容，但洗潔精卻讓這個變成可行的。

★ **miscellaneous** [ˌmɪsə`lenɪəs]　*adj.*　各式各樣的、混雜的

The small shop sells miscellaneous cute stuffed toys from all over the world.

這家小店銷售來自世界各地各式各樣的絨毛玩具。

★ **miscellany** [mɪ`sɛlənɪ]　*n.*　混合物、大雜燴；合集

This night market is a paradise for food lovers because it is a miscellany of local special dishes.

這個夜市是饕客的天堂，因為這裡是當地特色小吃的集合地。

★ **promiscuous** [prə`mɪskjʊəs]　*adj.*　淫亂的、濫交的

Her boyfriend's accusation of her being promiscuous was the first step of his revenge.

她男友指控她濫交作為他報復的第一步。

Part **1** 字根篇

Part **2** 字首篇

Part **3** 字尾篇

mut
變化

解 來自拉丁文「變化」、「改變」或「可轉變的」的意思。

Track 117

★ **commute** [kə`mjut] *v.* 變成、折換、減刑；通勤

In the second trial, the judge commuted his 30 years imprisonment into 15 years.

在二審時，法官將他的 30 年徒刑減成 15 年。

. . . .

★ **immutable** [ɪ`mjutəbəl] *adj.* 永不改變的

Nothing is immutable in the universe and that is why there are always surprises.

這宇宙中沒有永不改變的事，所以才總會有驚喜。

. . . .

★ **mutation** [mju`teʃən] *n.* 突變、異變

The development of medicine also speeds up the mutation of virus.

藥物的發展也加速了病毒的突變。

. . . .

★ **transmute** [tranz`mjut] *v.* 完全改變（成另一種物品）

Edison transmuted his failures into indispensable products for modern people.

愛迪生將他的失敗轉化成現代人不可或缺的產品。

nihil
空無

 源自拉丁文「什麼都沒有」的意思。

🎵 *Track 118*

Part **1** 字根篇

Part **2** 字首篇

Part **3** 字尾篇

★ **annihilate** [əˋnaɪəlet]　*v.*　徹底摧毀、徹底擊敗

The little town near the seashore in Japan was annihilated by the tsunami.

日本沿海的小鎮被海嘯徹底摧毀。

★ **annihilation** [əˌnaɪəˋleʃən]　*n.*　全毀；一敗塗地

The threat of global annihilation from outer space is a popular theme in Hollywood movies..

將地球完全毀滅的異星威脅是好萊塢電影的熱門主題。

★ **nihilism** [ˋnaɪəlɪzəm]　*n.*　虛無主義

Some teenagers find nihilism attractive when they are perplexed about lives.

有些青少年在對人生感到困惑時，覺得虛無主義很有吸引力。

★ **nihilistic** [naɪəˋlɪstɪk]　*adj.*　虛無的

I can't agree with his nihilistic idea about life. I believe we have to learn and grow with the time.

我不同意他對人生虛無的觀點，我相信我們應要隨著時間去學習和成長。

ori
升起

解 拉丁文「太陽升起」的含意，衍生為「源頭」、「東方」等意思。

 Track 119

★ **aboriginal** [abə`rɪdʒɪnəl] *adj.* 土生土長的、原住民的（ab- 從）

The part of the reason why Taiwanese aboriginal cultures are disappearing is due to young people's lack of willingness to inherit.
台灣原住民文化逐漸消失的原因是年輕人缺乏傳承意願。

★ **disorientate** [dɪs`ɔrɪɛn,tet] *v.* 使迷失、使失去方向

We were totally disorientated when the heavy fog suddenly came.
突然起濃霧時我們完全迷失方向。

★ **oriental** [ɔrɪ`ɛntəl] *adj.* 東方的

The German scholar is learning Chinese and Japanese at the moment because of his interest of oriental cultures.
那名德國的學者因他對東方文化的興趣，現在正在學習中文和日文。

★ **originate** [ə`rɪdʒə,net] *v.* 起源、始於、開始於

Ramen originated in China yet it was developed and becomes world-famous in Japan.
拉麵起源於中國，卻在日本發展並舉世聞名。

plic
摺疊，重

解 源自於拉丁文 plicare，「折疊」、「重複」的意思。

 Track 120

★ **duplicate** [ˋdjuplɪkət] *adj.* 複製的、一模一樣的　*n.* 複製品、副本　*v.* 複製、拷貝（du- 二，duplic- 折兩折）

The landlord asked the blacksmith to make a duplicate key for the new tenant.

房東請鎖匠打一把鑰匙給新來的房客。

★ **explicit** [ɪkˋsplɪsɪt] *adj.* 清楚明白的、不含糊的
（ex- 開，explic- 打開）

The nice stranger gave us an explicit direction to the Eiffel Tower from the hotel.

好心的陌生人告訴我們從飯店到巴黎鐵塔的清楚路線。

★ **implicit** [ɪmˋplɪsɪt] *adj.* 含蓄的、隱晦的

Sometimes an implicit suggestion is more acceptable than a direct critique.

有時含蓄的建言比直白的批評更容易讓人接受。

★ **replicate** [ˋrɛplɪket] *v.* 重複、複製、再生

The students wanted to replicate the newly published experiment in the journal.

學生想要複製期刊上新發表的實驗。

sati
足夠的

解 源自於拉丁文的『satis』，為『足夠了』的意思。

 Track 121

★ **insatiable** [ɪn`seʃɪəbl̩] *adj.*   不知足的、貪得無厭的

The demand of the juicier gossips in News media has become insatiable.

新聞媒體對勁爆的八卦需求已經變得無法滿足。

★ **satisfy** [`sætɪs,faɪ] *v.*   滿足

The average income these days cannot satisfy most people's need.

現在的平均薪資不足以滿足大部分人的需求。

★ **dissatisfaction** [dɪssætɪs`fækʃən] *n.*   不滿、不平

She has already expressed her dissatisfaction with this aspect of the policy.

她已經表達自己對於政策方面的不滿。

★ **satisfaction** [sætɪs`fækʃən] *n.*   滿意，賠償、贖罪

Consumer culture thrives on appetite; satisfaction makes the market wither.

消費文化因食慾而蓬勃發展；滿意度使市場枯萎。

sen
老的

解 源自於拉丁文中的
『senex』，即是『年
長』的意思。

 Track 122

★ **senior** [ˋsinjɚ]　*n.*　年長者　*a.*　年長的、資深的

His mother is the senior administrator at a private elementary school.

他的母親是私立小學的資深管理人員。

★ **senator** [ˋsɛnətɚ]　*n.*　參議員、(大學的) 理事、元老院議員

Democratic senators have less backing from the wealthy donors than Republicans do.

與共和黨相比，民主黨得到比較少來自富裕贊助者的支持。

★ **senesce** [sɪˋnɛs]　*vi.*　開始衰老

Usually cells start to senesce at around 50 years-old or so divisions.

通常細胞約在五十歲左右開始衰老。

★ **seniority** [siːnɪˋɒrɪti]　*n.*　長輩、前輩、上級

The union wants workers to keep their jobs based on seniority.

工會希望工人根據資歷保住工作。

Part
1
字
根
篇

Part
2
字
首
篇

Part
3
字
尾
篇

son
聲音

解 源自於拉丁文，指「被聽到的聲音」或「噪音」。

 Track 123

★ **consonance** [ˋkɑnsənəns] *n.* 和諧、一致同意；和音

It is difficult to reach the consonance of the main color of the house since everyone's favorite is different.

要達成共識決定屋子的主要顏色很不容易，因為大家喜歡的顏色都不一樣。

★ **resonant** [ˋrɛzənənt] *adj.* 響亮的、共鳴的、回響的

He missed the days when he could hear the resonant voice of his nanny to wake him up in the morning.

他想念可以在早晨聽到保母喚醒他的宏亮聲音的日子。

★ **sonar** [ˋsonɑr] *n.* 聲納

The sight of bats is actually pretty well although they rely on their sonar to search for preys.

雖然蝙蝠依靠牠們的聲納來搜尋獵物，但是牠們的視力其實不錯。

★ **supersonic** [supəˋsɑnɪk] *adj.* 超音速的

When the supersonic fighter plane accelerates, it can produce loud but short thunder-like noise.

當超音速戰機加速時，會製造大聲但短暫如打雷的噪音。

vac (u)
空

解 源自於拉丁文，有「空洞」或「將…淨空」的意思。

 Track 124

★ **evacuate** [ɪ`vækjʊet] *v.* 撤離、疏散

The village chief evacuated the residences before the typhoon arrived for the security reasons.

村長在颱風來臨前將居民全數撤離以策安全。

....

★ **vacancy** [`vekənsɪ] *n.* 空缺、空位

They plan everything ahead for the trip to Japan in case there will be no vacancies for accommodation in April.

他們提早規劃去日本的旅行，以免到四月沒有住宿的地方。

....

★ **vacuous** [`vækjʊəs] *adj.* 空洞的、無知的

She could only hide her sadness of losing parents with a vacuous smile.

她僅能以一個空洞的微笑隱藏她失去父母的悲傷。

....

★ **vacuum** [`vækjum] *n.* 真空、空白；真空吸塵器

Thermos flask keeps the temperature inside because it contains a layer of vacuum to block the transferation.

膳魔師保溫瓶因為有一層真空層可阻止溫度傳遞而維持裡面的溫度。

val
強

 源自於拉丁文，「強壯」、「有力」或「健康的」意思。

Track 125

★ **convalesce** [ˌkɑnvəˈlɛs] *v.*   康復；療養（至恢復）

He has to spend longer time for convalescing after the major operation because of his age.
因為他年紀較大，大手術後必須花較多的時間康復。

★ **prevalent** [ˈprɛvələnt] *adj.* （古）強勢的、有力的；流行的、普遍的

Mobile games are so prevalent now as modern people have at least one smart phone.
自從現代人至少人手一台智慧手機開始，手機遊戲便十分普及。

★ **valiant** [ˈvæliənt] *adj.*   英勇的、勇猛的、大膽的

The teacher made a valiant effort to change the education situation in the remote villages.
這名老師大膽且努力地改變偏鄉的教育情況。

★ **valor** [ˈvælə] *n.*   英勇、勇敢

The gentleman displayed great valor when facing a series of crises in his life.
這位紳士在面對生命中一連串危機時展現了極大的勇氣。

ver (i)
真實

解 拉丁文「真實的」、
「誠實的」或「事實」
的意思。

 Track 126

★ **veracity** [və`ræsətɪ]　*n.*　真實性、誠實

New evidence destabilized the veracity of the witness's testimony.
新證據動搖了證人證詞的真實性。

....

★ **verdict** [`vɝdɪkt]　*n.*　依事實做出的決定、判決（dict- 說）

The judge gave a verdict of death sentence to the murderer of patricide.
法官將弒父的殺人犯判處死刑。

....

★ **verify** [`vɛrɪfaɪ]　*v.*　證實、證明

Einstein's theory of relativity has not yet been totally verified.
愛因斯坦的相對論尚未完全被證實。

....

★ **veritable** [`vɛrɪtəbəl]　*adj.*　不折不扣的、名副其實的

The "rooms" in the capsule hotel are veritable caplet! There are only beds suitable for one person each in the room.
膠囊旅館的房間真的是名副其實的膠囊！每間房都只有單人床。

vert
轉

解 源自於拉丁文，有「凹折」、「反轉」的意思。

Track 127

★ **avert** [ə`vɝt] *v.* 轉移；防止

The psychologist suggests the public avert their eye from sad but meaningless local social news to more positive information.
心理學家建議大眾將關注力從悲傷但無意義的地方新聞轉移到更正面的資訊。

★ **convert** [kən`vɝt] *v.* 轉變、改變；改信

She decided to convert her newly-bought studio into a private library targeting local school-age children.
她決定將她新買的套房轉變成一個私人的圖書館，為當地學齡兒童服務。

★ **invert** [ɪn`vɝt] *v.* 顛倒、使倒置

Put the dessert in the microwave for two minutes and then invert it on the plate. See! It is ready to eat.
將點心微波兩分鐘，然後倒到盤子上。看！這樣就可以吃了。

★ **obvert** [əb`vɝt] *v.* 轉到對立立場、轉到反面

The committee decided to obvert the parking rules in response to residences' concerns.
委員會因住戶的擔憂決定反轉原本的停車規定。

vig
有生氣的

解 源自於拉丁文中『vig or』，『有生氣的』的意思。

 Track 128

★ **navigation** [navɪˈgeɪʃ(ə)n]　*n.*　航海；航空；領航，導航

A direct satellite link allows access to a global navigation system.

一個直通的衛星鏈可以連接到全球導航系統。

- - - - - - - - - -

★ **invigorate** [ɪnˈvɪgəreɪt]　*v.*　使⋯精力充沛、賦予精神、鼓舞

His dialogue is famously real and invigorating for the readers.

他的對白非常真實，讓讀者感到振奮。

- - - - - - - - - -

★ **reinvigorate** [riːɪnˈvɪgəreɪt]　*v.*　使⋯再振作

Perhaps their close victory in the election will reinvigorate the third party's leadership.

也許第三方在選舉中差距甚小的勝利將重振他們的領導地位。

- - - - - - - - - -

★ **vigorous** [ˈvɪg(ə)rəs]　*a.*　精力充沛的、元氣旺盛的

He was recently hospitalized with exhaustion, but he appeared vigorous on Saturday.

他最近因疲憊而住院，但周六時，他卻顯得精神奕奕。

Part **1** 字根篇

Part **2** 字首篇

Part **3** 字尾篇

viv
生存的

解 源自於拉丁文中『vivere』，英文『live』，『活著』的意思。

 Track 129

★ **ovoviviparous** [ˌəʊvəʊviˈvɪp(ə)rəs] *adj.*   卵胎生的

Like the majority of rattlesnakes, tiger rattlesnakes are ovoviviparous.

跟大多數響尾蛇一樣，老虎響尾蛇是卵胎生的。

....

★ **revival** [rɪˈvaɪv(ə)l] *n.*   復活、再生、重振、信仰復興

A midrashic revival is indeed taking place in the Jewish world.

猶太世界確實發生了一場中期復興。

....

★ **survive** [səˈvaɪv] *v.*   倖免於、從…中逃生、生還、生存

She spoke of surviving a childhood full of terror and violence.

她談到自己從充滿恐懼和暴力的童年倖存。

....

★ **vivacious** [vɪˈveɪʃəs, vaɪˈveɪʃəs] *a.*   活潑的、快活的、有生氣的

People will miss her because she is caring, vivacious and funny.

人們會想念她，因為她充滿愛心、活潑又有趣。

bibli (o)
書

 源自於希臘文「書籍」的意思，也和聖經 (Bible)有關。

Track 130

★ **biblical** [ˋbɪblɪkəl] *adj.* 有關聖經的

The literature professor dedicated her whole life into biblical study.

文學教授將其一生奉獻於聖經研究。

★ **bibliolater** [bɪblɪˋɑlətɚ] *n.* 熱情愛書者；
（完全相信內容的）解釋聖經者（-later 崇拜者）

Walking into a bibliolater's studio, you can see books everywhere, no walls but bookcases.

走進狂熱愛書者的書房，你可見到處都是書，沒有牆壁只有書櫃。

★ **bibliography** [ˌbɪblɪˋɑgrəfɪ] *n.* 參考書目、文獻資料目錄

The author provides a well-classified bibliography at the end of the book.

作者在書末提供了一個歸類完好的參考書目。

★ **bibliotherapy** [ˋbɪblɪoˌθɛrəpɪ] *n.* 書目療法

The study shows that bibliotherapy is able to help children overcome their negative emotions.

研究顯示書目療法可以幫助孩童克服他們的負面情緒。

Part **1** 字根篇

Part **2** 字首篇

Part **3** 字尾篇

cart
紙

解 源自於希臘文「地圖」，後傳到拉丁文衍生為紙片的意思。

Track 131

★ **cartogram** [ˋkɑrtəˏgræm] *n.* 統計地圖、單一主題地圖

The editor of geographical textbooks tried to insert various kinds of cartograms to make the texts more understandable.
那名地理教科書的編輯試圖插入各式各樣的地圖讓文本較容易理解。

★ **cartographer** [kɑrˋtɑgrəfə] *n.* 繪製地圖者

Cartographers used to be an important position in the army because they had to provide a detailed map for commanders to make decisions.
地圖繪製員曾是軍中重要的一職，因為他們要提供詳細的地圖好讓指揮官做決定。

★ **carton** [ˋkɑrtən] *n.* 硬紙盒

The artist turned the cartons for milk bottles into a beautiful paper sculpture.
那名藝術家將裝牛奶瓶的硬紙盒變成一座美麗的紙雕像。

★ **cartridge paper** [ˋkɑrtrɪdʒ ˋpepə] *n.* 厚繪圖紙

If you wish to participate in the illustration competition, please draw or paint your work on a cartridge paper and hand it in.
若你想要參加插畫比賽，請將作品繪製於厚繪圖紙上並繳交。

clin
床

解 源自於拉丁文「床」的意思，衍生為「傾斜」等意思。

 Track 132

★ **clinic** [klɪnɪk]　*n.*　診所

You don't have to go to a hospital for common colds; a local clinic can help you recover from this kind of illness.

你不需要因為一般感冒就去大醫院，當地的診所就能幫助你從這類病症中康復。

. . . .

★ **clinical** [klɪnəkəl]　*adj.*　臨床的、門診的

Medical students need at least one year of clinical training before gaining the doctoral qualification.

醫學院學生取得醫生資格之前，需要至少一年的臨床實習經驗。

. . . .

★ **clinician** [klɪˋnɪʃən]　*n.*　臨床醫師

He suddenly decided to join Doctors Without Borders after being a clinician for ten years.

在成為一位臨床醫師十年後，他突然決定要加入無國界醫生組織。

. . . .

★ **decline** [dɪˋklaɪn]　*v.*　減少、降低、衰弱

When the days become warmer, the cases of influenza will decline.

當天氣變熱時，流行性感冒的病例就會減少。

Part **1** 字根篇

Part **2** 字首篇

Part **3** 字尾篇

fib (r)
纖維

 源自於拉丁文「纖維」
或「纖維狀的」意思。

Track 133

★ **fiber** [ˋfaɪbə] *n.* 纖維、纖維組織

Clothes made by nature fibers are better for our skin.
由自然纖維製造的衣服對我們的肌膚較好。

★ **fiber optics** [ˋfaɪbə ˋɑptɪks] *n.* 光纖

Fiber optics is able to transmit large quantity of messages fast and accurately.
光纖能夠快速且精準地傳遞大量訊息。

★ **fibrous** [ˋfaɪbrəs] *adj.* 纖維構成的、纖維狀的

Plants in deserts have wide-spreadly fibrous root systems to absorb enough water.
沙漠植物擁有分布廣闊的纖維狀根部系統以吸收足夠的水分。

★ **fibrosis** [faɪˋbrosɪs] *n.* 纖維化

Pulmonary fibrosis is an incurable symptom. The medicine can only stop the situation from deterioration.
肺部纖維化是無法治癒的病症，藥物只能防止情況惡化。

fil
線

解 源自於拉丁文「絲線」、「線狀物」等細長的意思。

 Track 134

★ **defile** [dɪˋfaɪl]　*n.*　山中狹路

They challenged the mountains climbing for two days, shuttling among valleys, defiles and peaks.

他們挑戰為期兩天的登山行程，穿梭在山谷、小徑和山峰間。

★ **filament** [ˋfɪləmənt]　*n.*　細絲、長絲；鎢絲

The silk handkerchief needs to be washed carefully, or its filaments will be easily worn.

絲質手帕清洗時須特別小心，否則其中的細絲容易被磨損。

★ **filigree** [ˋfɪləgri]　*n.*　金屬絲飾品

His vintage silver filigree earrings are stunning and shine in the handicraft exhibition.

他復古的銀絲耳環十分令人驚艷，並在手工藝展上發光。

★ **profile** [ˋprofaɪl]　*n.*　輪廓、側影；略傳、簡介

The website claimed to be an easily accessible business platform where registered companies need only to upload their profile to initiate mutual communications with others.

此網站宣稱是容易使用的商業平台，註冊的公司只要提供簡歷就可以開始和其他公司相互交流。

Part **1** 字根篇

Part **2** 字首篇

Part **3** 字尾篇

lib(e)r
天平

解 源自於拉丁文，衍生為「平衡」的意思。

 Track 135

★ **deliberate** [də`lɪbərɪt] *adj.* 蓄意的；謹慎的

His actions may seem casual to strangers yet all were done based on his deliberate decisions.

他的舉動在外人看來像是隨意的，但其實都是經過他深思熟慮後後的決定。

....

★ **disequilibrium** [dɪsˌikwə`lɪbrɪəm] *n.* 不平衡、失去平衡

The disequilibrium between supply and demand in the vegetable and fruits market makes the price easily rise and fall.

蔬果市場的供需失衡使價錢容易升降。

....

★ **equilibrium** [ˌikwə`lɪbrɪəm] *n.* 平衡、均衡；平靜、安寧

A diverse society needs to be open to various kinds of immigrants while maintaining its equilibrium.

一個多元的社會需對各式移民保持開放的態度，並維持其社會平衡。

....

★ **librate** [`lɪˌbret] *v.* 保持平衡、（月球或其他星體）震盪

In the cycle competition, the competitors are supposed to librate even at the final speed-up.

在腳踏車比賽中，選手即使在最後衝刺也應該要保持一貫的平衡。

mur

牆

解 源自於拉丁文「圍牆」、「牆壁」的意思。

 Track 136

★ **extramural** [͵ɛkstrə`mjʊrəl] *adj.* 校外的、機構或城鎮外面的；（大學）為非在校生設的

Academia Sinica subsidizes certain amount of funds for extramural researchers annually.
中研院每年補助固定額度經費給院外研究者。

★ **intramural** [͵intrə`mjurəl] *adj.* 內部的、校內的

The anniversary of the elementary school is limited for intramural staff and students.
小學的校慶活動僅限校內的教職員和學生參與。

★ **immure** [ɪ`mjur] *v.* 監禁、幽禁（常以被動態使用）

Two hostages were immured in the cellar for three days before being rescued by the police.
兩名人質在被警方救出之前被幽禁在地窖三天。

★ **mural** [`mjurə] *n.* 壁畫、壁上藝術　*adj.* 牆壁的

The art teacher led a class of schoolchildren to create a mosaic mural on the wall of the school.
美術老師帶領一班的小學生在學校圍牆上創作了一幅馬賽克壁畫。

verb
字

解 源自於法文或拉丁文中『verbe』『verbum』，即為『字』的意思。

 Track 137

★ **verbatim** [vəˈbeɪtɪm] *adj.* 逐字的

When the verbatim broadcasts started, they attracted a wide range of the audiences.
當逐字廣播開始時，他們吸引了一大群觀眾。

★ **verbal** [ˈvəːb(ə)l] *adj.* 言語的，口頭的，非書面的

Give us facts and figures, not verbal tap-dancing.
請提供我們事實和數據，而不是耍嘴皮子。

★ **verbose** [vəˈbəʊs] *adj.* 囉嗦的；冗長的

These school rules may seem unnecessarily restrictive and verbose and in fact they are all important.
這些學校規則可能看似是不必要的限制和冗長，事實上它們都很重要。

★ **verbiage** [ˈvəːbɪɪdʒ] *n.* 廢話；冗詞

It might appear to a cynic that this is meaningless verbiage.
對於憤世嫉俗的人來說，這是毫無意義的措辭。

alb
白

解 源自於拉丁文「白色」、「蒼白」的意思。

 Track 138

★ **alb** [ælb]　*n.*　天主教白麻布衣

The members of church choir will wear albs for the performance.
教會合唱團團員在表演時會穿白麻衣。

....

★ **albescent** [ˌælˈbesənt]　*adj.*　變白的、帶白色的

I was amazed by the suddenly albescent landscape outside my window in the morning. There must have been snowing last night.
早晨我對窗外突然變白的景色感到吃驚，昨晚一定下了一場雪。

....

★ **albinism** [ˈælbəˌnɪzəm]　*n.*　白化症

The albinism model dressed fairy-like and launched a series photos showing how normal and pretty they can be.
那名有白化症的模特兒打扮成仙子的模樣，並推出一系列攝影作品顯示他們可以很正常、很漂亮。

....

★ **albino** [ælˈbɪˌno]　*n.*　白化症患者、白化變種

Albinos can live like normal people except that they need to be cautious under the sun.
除了在太陽下要小心外，白化症患者能和一般人一樣正常生活。

Part 1 字根篇

Part 2 字首篇

Part 3 字尾篇

blanc
白

解 源自於古法文「白色」的意思。

Track 139

★ **blanch** [blæntʃ] *v.* 變白、變蒼白

The cold wind blanched her face, yet her sparkling eyes and firm red mouth showed her determination.

冷風使她的臉蒼白，但她炯炯有神的眼神和堅毅的紅唇展示了她的決心。

....

★ **blancmange** [blə`manʒ] *n.* 牛奶凍

You can make the delicious blancmange yourself.

你可以自己做美味的甜點牛奶凍。

....

★ **carte blanche** [kɑrt `blɑnʃ] *n.* 全權委任、完全自由

（法文指白紙，衍生為可為所欲為的權力）

The teacher only appointed you to supervise the progress of our schedule, not giving you carte blanche to ask what you like.

老師只指派你監督我們的進度，而不是全權讓你為所欲為。

....

★ **Mont Blanc** [ˌmon `blɑŋk] *n.* 白朗峰

Mont Blanc, the highest mountain of the Aples as well as West Europe, is a popular skiing place.

阿爾卑斯山脈和西歐最高的山，白朗峰是滑雪勝地。

ferv
熱

 源自拉丁文「煮沸」的意思，衍生為「燙的」、「熱的」或「熱心」的意思。

Track 140

★ **effervesce** [ˌɛfəˈvɛs] *v.*　起泡、冒泡；興奮、歡騰

The effervescing mud pond in Yanchao, Kaohsiung, is actually a ready-to-erupt mud volcano.

在高雄燕巢的冒泡泥池塘，其實是即將噴發的泥火山。

- -

★ **fervent** [ˈfɝvənt] *adj.*　熱情的、熱烈的；強烈的

Her fervent passion for astronomy encouraged her to challenge the subjects she was not so good at, such as physics and mathematics.

她對天文學的熱誠驅使她挑戰她不擅長的科目，如物理和數學。

- -

★ **fervid** [ˈfɝvɪd] *adj.*　熱情的、熱心的；熾熱的

The current education system can only wear fervid teachers into teaching machines.

現在的教育制度只會將熱情的教師磨成教育機器而已。

- -

★ **fervor** [ˈfɝvə] *n.*　熱誠、熱心

Religious fervor can lead to many weird or even dangerous behaviors.

對宗教的狂熱可能會導致許多異常或甚至危險的舉動。

frig
冷

解 拉丁文「寒冷」、「冷凍」或「冷酷」的意思。

 Track 141

★ **frigid** [`frɪdʒɪd] *adj.* 寒冷的；冷淡的

Due to the climate anomaly, we had to experience the frigid temperature in late March.

因為氣候異常，我們居然還要在三月底經歷寒冷的天候。

....

★ **frigidity** [`frɪdʒɪdətɪ] *n.* 寒冷；冷淡

He could sense the frigidity in the environment on his first day of work.

他第一天來上班就感受到這環境中的冷淡氛圍。

....

★ **refrigerate** [rɪ`frɪdʒə͵ret] *v.* 冷藏、保鮮

Refrigerate the jellies before eating. They will taste better especially in summer days.

吃果凍前先冰一下會更好吃，特別適合炎炎夏日。

....

★ **refrigerator** [rɪ`frɪdʒə͵retə] *n.* 冰箱（簡稱 fridge）

Opened jams are suggested to keep in the refrigerator for the better taste and preservation.

開過的果醬建議保存到冰箱中，以保持風味和防腐。

gel
冷

解 源自拉丁文「冷凍」、「結霜」或「凝結」的意思。後衍生為動物膠gelatin的縮寫。

 Track 142

★ **gelatinous** [dʒəˋlætənəs] *adj.* 動物膠的；膠狀的

She likes to eat gelatinous agar, known as kanten in Japan, which is made by her grandmother.

她喜歡外婆做的石花凍，也就是日本的寒天。

....

★ **gelation** [dʒəˋleʃən] *n.* 凍結、凝膠化

Jelly is easy to make as long as you know the correct proportion of all the ingredients and successfully make the gelation.

果凍不難做，只要你知道原料的正確比例並成功讓它凝結。

....

★ **gelid** [ˋjɛlɪd] *adj.* 極寒的、冰冷的

We went to Finland for our Eastern vacation but did not expect to face a gelid weather.

我們去芬蘭過復活節，但沒料到要面對寒冷的天氣。

....

★ **regelate** [ˋrɛdʒəˏlet] *v.* 重新凝結、重新結冰

The sunshine melted the snow on the ground, but it regelated during the night.

陽光融化了地上的積雪，不過一到晚上就會重新結冰。

Part **1** 字根篇

Part **2** 字首篇

Part **3** 字尾篇

negr, nigr
黑

 **解** 拉丁文中「黑色」的意思，有時和膚色有關。

Track 143

★ **denigrate** [`dɛnəˌgret] *v.* 抹黑、詆毀

Winning the election by denigrating the opponents is not respectable at all.

藉由詆毀對手贏得的選舉一點也不值得尊敬。

......

★ **negroid** [`nigrɔɪd] *adj.* 具有黑人特質的

She still carries some negroid characteristic inherited from her African great grandmother.

她仍帶有遺傳自非洲曾祖母的黑人特質。

......

★ **negrophobia** [ˌnigrəˈfobɪə] *n.* 黑人恐懼症（phobia- 恐懼症）

People who have negrophobia may carry the serious stereotype toward African descents.

有黑人恐懼症的人可能會對非裔人士持有嚴重的偏見。

......

★ **nigrescent** [ˌnaɪˈgrɛsənt] *adj.* 發黑的、帶黑色的

No one in this school dares to walk alone on this nigrescent passage with only one dim light at the far end.

學校中沒有人敢一個人獨自通過遠端只有一盞暗燈的、黑暗的通道。

rub
紅

 解 源自於拉丁文「紅色」，亦指「帶有紅色的」意思。

Track 144

★ **rubicund** [ˋrubɪkənd]　*adj.*　臉色紅潤的

The teacher is happy to see rubicund children with smile coming into the classroom every morning.

老師很高興每天早上能看到臉色紅潤、帶著微笑的孩童進到教室。

Part 1 字根篇

★ **rubric** [ˋrubrɪk]　*adj.*　（古）書中用紅色強調的標題；標題；指示、說明

The rubric of the article– "Education and Art" indicates the theme of this week's book club.

這篇文章的標題「教育與藝術」指出了本週讀書會的主題。

Part 2 字首篇

★ **rubricate** [ˋrubrəˌket]　*v.*　以紅色標記

Archaeologists found an ancient textbook rubricated with red ink.
考古學家發現一本有紅色墨水標記的古老教科書。

Part 3 字尾篇

★ **ruby** [ˋrubɪ]　*n.*　紅寶石

The crown of princess is decorated with five dazzling rubies to demonstrate her delicacy.

公主的皇冠上鑲有五顆耀眼的紅寶石以示其嬌貴。

scot
黑

解 源自於希臘文「黑暗的」的意思，在醫學上也有「盲」的意思。

 Track 145

★ **scotoma** [skə`tomə] *n.* （醫）盲點、黑點

People with ages might suffer from some sight-related degenerations, such as scotoma, loss of vision, or blurred vision.
上了年紀的人可能會受一些和眼睛退化有關之苦，如盲點、失明或視力模糊。

★ **scotomatous** [skə`tomətəs] *adj.* 盲點的

With a glance of the sun, you can create a temporary scotomatous phenomenon.
只要瞥一眼太陽，你就能製造出暫時的盲點現象。

★ **scotomize** [`skotəmaɪz] *v.* 視而不見
（指對想否認或逃避的事在心理上製造盲點）

Scotomizing the problems in the life only reduces the quality of life and makes the problems even bigger.
對生活中的問題視而不見只會降低生命的品質，並讓問題擴大。

★ **scotopia** [sko`topɪə] *n.* 夜視力

Cats have better scotopia than human beings.
貓擁有比人類好的夜視力。

verd
綠

解 源自於拉丁文「綠色」或「帶點黃的綠色」。

 Track 146

Part
1
字根篇

Part
2
字首篇

Part
3
字尾篇

★ **verdancy** [`vɝdənsɪ] *n.* 翠綠

The musician likes to hike on the hills and admire the verdancy of the forest which brings him tranquillity.

那名音樂家喜歡到小山丘健行，欣賞能為他帶來平靜的翠綠森林。

★ **verdant** [`vɝdənt] *adj.* 翠綠的、草木青翠的、蓊鬱的

The story about a little girl who lives in the countryside has a secret place in verdant valley where she meets her best animal friend, the fox.

故事關於一個住在鄉村的小女孩，她在蓊鬱的山谷中有個秘密基地，在那裡她遇見了她最好的動物朋友—小狐狸。

★ **verdigris** [`vɝdɪɡrɪs] *n.* 銅綠、銅鏽

Although verdigris covers all over the copper mirror, the fine carvings on the frame are still very admirable.

雖然銅鏡上佈滿了銅鏽，邊框上精細的雕刻仍十分令人讚嘆。

★ **verdure** [`vɝdʒɚ] *n.* 翠綠的草木；青綠

City residents like to visit large parks, such as Hyde Park to enjoy the verdure surrounding them.

都市居民喜歡造訪如海德公園的大綠地，享受翠綠草木環繞身旁。

vir
綫

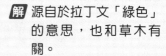
解 源自於拉丁文「綠色」的意思，也和草木有關。

Track 147

★ **virescence** [vɪˋrɛsəns]　*n.*　呈綠色；綠化、變綠

One of the goals in the urban renewal plan is the virescence of central city.

都市更新計畫中的其中一個目標為市中心的綠化。

. . . .

★ **viridescent** [ˌvɪrɪˋdɛsənt]　*adj.*　帶綠色的、淡綠的

In comics, authors who like to paint characters' faces viridescent when they get seasick.

漫畫中，作者喜歡在角色暈船時將他們的臉色塗成淡綠色的。

. . . .

★ **viridian** [vəˋrɪdɪən]　*n.*　鉻綠、藍綠　*adj.*　藍綠色的

Viridian eyeshadow is the fashion of this spring.

藍綠色的眼影是今年春天的流行。

. . . .

★ **viridity** [vəˋrɪdətɪ]　*n.*　青綠、草綠

Standing on top of the hill, he can see the various hues of viridity of hills nearby in this sunny summer morning.

站在山丘頂上，他可見夏日晴天的早晨中附近山頭的各種青綠色調。

alt
高

 解 源自拉丁文「高度」的意思，衍生為「高的」或「提高」的意思。

🔵 *Track 148*

Part **1** 字根篇

★ **altitude** [ˋæltɪtjud]　*n.*　高度、海拔

International flights usually fly at the altitude over 35 thousand feet.

國際航空通常飛行在海拔三萬五千英尺以上。

....

★ **altocumulus** [ˌæltoˋkjumjʊləs]　*n.*　高積雲

One Chinese proverb says that the appearance of fish-scale like altocumulus is able to use as the weather forecast.

某一中國古諺說魚鱗般的高積雲能用來做天氣預報。

....

Part **2** 字首篇

★ **exalt** [ɪgˋzɔlt]　*v.*　晉升、提拔；讚揚

The manager decided to exalt Lewis due to his great performance last month.

經理覺得路易斯上個月表現非常好，因此決定要提拔他。

....

★ **exaltation** [ˌɛgzɔlˋteʃən]　*n.*　晉升、提拔；興高彩烈

The main issue of this conference is to discuss the exaltation of associate professor for Dr. Lin.

這會議的主要議題是討論林博士晉升副教授。

Part **3** 字尾篇

dext(e)r
右

 拉丁文「右手邊」的意思，傳統中有「幸運」或「靈活」、「能幹」的涵義。

Track 149

★ **dexter** [`dɛkstə] *adj.* 右側的；幸運的

According to Fengshui, doors setting on the dexter or the left side of the facade can bring different lucks for a company.

根據風水，門開在正面的右邊或左邊會為公司帶來不同的運氣。

- -

★ **dexterity** [dɛk`stɛrətɪ] *n.* 嫻熟、靈巧、敏捷

His height does not impact on his dexterity when playing tennis.

他的身高並沒有影響他打網球的靈敏度。

- -

★ **dextrad** [`dɛkstræd] *adv.* 向右（-ad- 向）

The doctor asked the patient to lift his right arm dextrad and up in order to see how serious the strain was.

醫生要求病患向右和向上抬起他的右手臂以檢查扭傷的嚴重程度。

- -

★ **dextral** [`dɛkstrəl] *adj.* 右邊的、右撇子的

All altos and basses go to the dextral of the stage and all sopranos and tenors on the sinistral side, please.

請所有女男生低音部站到舞台右邊，而男女高音部到左邊來。

dors
背，背後

 解 源自於拉丁文「背部」
或「背後」的意思。

Track 150

★ **dorsal** [`dɔrsəl]　*adj.* （動物）背部的、背側的

Fishermen cut the dorsal fin of sharks and let them die in the ocean.

漁夫割去鯊魚的背鰭後任牠們在海裡死去。

★ **dorsum** [`dɔrsəm]　*n.* 器官背面

His dorsum of right foot suffered severe cramps.
他的右腳背嚴重痙攣。

★ **endorse** [ɪn`dɔrs]　*v.* 背書、公開贊同、支持、廣告代言
（on- 在…上，原指在背面寫上）

Products endorsed by celebrities do not mean they have no problems.
受名人背書的產品不見得就沒有問題。

★ **endorsement** [ɪn`dɔrsmənt]　*n.* 支持、認可、代言

This local museum successfully operates without government's endorsement.
這間地方博物館不靠政府支持就成功營運。

Part
1
字
根
篇

Part
2
字
首
篇

Part
3
字
尾
篇

ext(e)r
外

解 拉丁文「外部」、「外面」或「超越」的意思。

Track 151

★ **exterior** [ɪkˋstɪrɪə] *adj.* 外部的、外表的　*n.* 外部、外面

The exterior of the building is painted white and blue, making it look like the Greek style.

大樓的外部被漆成白藍相間，看起來帶有希臘風。

- -

★ **external** [ɪkˋstɚnəl] *adj.* 外面的、來自外部的

She could find little information in the university's library, so now she has to search for external sources.

她在大學圖書館能找到的資料很少，因此她現在必須尋找外部資源。

- -

★ **externals** [ɪkˋstɚnəls] *n.* 外表、外觀、外在

This photo shows only the externals of all the members but not their splendid experiences.

這張照片只顯示出所有團員的外貌，並沒有記錄他們精彩的經驗。

- -

★ **extrovert** [ˋɛkstrəvɚt] *n.* 性格外向的人　*adj.* 外向的

The carnival-like social event attracted not only extroverts. Introverts came to enjoy a great show as well.

這場嘉年華似的社交活動不只吸引到外向的人，內向者也來享受表演。

levo
左

解 源自拉丁文「左邊」或
「向左」的意思，多用
在學術名詞中。

 Track 152

★ **levodopa** [ˌlivəˈdopə]　*n.*　左旋多巴

Levodopa is a medicine mainly for the treatment of parkinsonism.
左旋多巴是一種藥物，主要用來治療帕金森氏症。

....

★ **levorotary** [ˌlivoˈrotətorɪ]　*adj.*　左旋的、逆時針旋轉的

Due to the effect of Coriolis force, depressions like typhoons in
the north hemisphere are levorotary.
因為科氏力的影響，北半球的低氣壓如颱風都是左旋的。

....

★ **levorotation** [ˌlivoroˈteʃən]　*n.*　左旋

Isomers of a compound may have mirroring structures which are
the differences of levorotation and dextrorotion.
同一化合物的同分異構物可能會有鏡像的結構，這就是左旋和右旋的差
別。

Part **1** 字根篇

Part **2** 字首篇

Part **3** 字尾篇

medi
中

 源自於拉丁文「中間」的意思，衍生為「不偏袒」或「不突出」的意思。

Track 153

★ **intermediate** [ˌɪntəˈmidɪət] *adj.* 中間的、居中的

This book is suitable for intermediate learners who already have the basic knowledge of English yet wish to broaden their vocabulary base.
這本書適合中等程度、對英文有基本概念且希望增加單字量的學習者。

....

★ **mediate** [ˈmidɪet] *v.* 調停、調解、斡旋

Their parents know what are the best ways of mediating between brothers and sisters when they fight.
他們父母知道如何調解兄弟姊妹間打架的方法。

....

★ **medieval** [ˌmɛdˈivəl] *adj.* 中世紀的

They were excited about seeing medieval castles.
他們對去看中世紀古堡感到十分興奮。

....

★ **mediocre** [ˌmidɪˈokə] *adj.* 中等的、普通的、平庸的

His mediocre performance cannot help him gain the scholarship.
他平庸的表現無法讓他拿到獎學金。

sinistr
左

 拉丁文「左手邊」的意思，在傳統中左邊有代表邪惡的意思。

Track 154

★ **sinister** [`sɪnɪstə] *adj.*　不祥的、凶兆的；邪惡的

The dark cloudy sky seems a sinister sign for a bad day.
灰黑的陰天似乎是個不祥的預兆，預示著糟糕的一天。

★ **sinistral** [`sɪnɪstrəl] *adj.*　左邊的、左撇子的

My sinistral brother uses everything with his left hand except for chopsticks.
我左撇子的哥哥除了使用筷子以外都是用左手做事。

★ **sinistrorse** [`sɪnɪˌstrɔrs] *adj.*　向左旋轉的、左捲的

It is said that the spinning dancing girl on the screen can be regarded as sinistrose or dextrorse, depending on how the viewers' brain work.
據說螢幕上這個旋轉的跳舞女孩可被視為向左或向右轉，就看觀者的大腦如何運作。

★ **sinistrous** [`sɪnɪstrəs] *adj.*　笨拙的；不吉利的

The principal saw the sinistrous smile of that naughty child. Something bad was going to happen.
那名校長瞥見那頑皮小孩不吉利的笑容，看來有什麼壞事要發生了。

term
邊界

解 源自於法文及拉丁文中
『terminare』，『界
線』和『邊界』的意
思。

 Track 155

★ **termination** [təːmɪˈneɪʃ(ə)n]   *n.*   終止 , 結束 , 結局

Termination was announced after the close of stock market trading.

終止是在股市交易結束後宣布的。

. . . .

★ **undetermined** [ʌndɪˈtəːmɪnd]   *adj.*   未確定的、不果斷的

An undetermined number of guerrillas were killed.

不確定數量的游擊隊員被殺了。

. . . .

★ **terminology** [ˌtəːmɪˈnɒlədʒi]   *n.*   術語、專門用語、術語學

It does help that in basketball the universal terminology is English.

在籃球界，普及術語為英文是有幫助的。

. . . .

★ **determination** [dɪˌtəːmɪˈneɪʃ(ə)n]   *n.*   決定，決心

They had more determination to win this game than we did.

他們比我們更有決心贏得這場比賽。

anth
花

解 源自於希臘文「花朵」、「開花」的意思。

Track 156

★ **amaranth** [ˋæməˌrænθ]　*n.*　傳說的不凋花；莧菜；紫紅色

They grow amaranth, which is rich in protein and calcium.
他們栽種富含蛋白質和鈣的莧菜。

★ **anther** [ˋænθɚ]　*n.*　花藥、花粉囊

Cutting the anthers of lilies can prolong the florescence, and the petals won't be dirtied as well.
減掉百合的花藥可以延長花期，而花瓣也不會被弄髒。

★ **anthesis** [ænˋθisɪs]　*n.*　開花期

The botanists are searching for the ways to extend the anthesis of ornamental flowers.
植物學家正研究如何延長觀賞用花的開花期。

★ **anthemion** [ænˋθimɪən]　*n.*　花狀平紋（金銀花花瓣或細長的葉子紋路）

Anthemion can be seen on the walls of many Greek or Roman ancient buildings.
花狀平紋可見於許多希臘或羅馬古老建築的牆壁上。

Part 1 字根篇

Part 2 字首篇

Part 3 字尾篇

aqu
水

解 源自拉丁文「水」或「含水溶液」的意思。

 Track 157

★ **aquaculture** [ˋækwəkʌltʃə] *n.* 養殖漁業

Aquaculture in the West part of Taiwan is prosperous, yet over-pumping of underground water causes the problem of subsidence.
台灣西部的養殖漁業十分繁盛，但過度抽取地下水造成地層下陷的問題。

★ **aquarium** [əˋkwɛrɪəm] *n.* 水族箱；水族館

The little boy's wonder of ocean started from the day when his parents brought him to visit an aquarium on his ninth birthday.
小男孩對海洋的驚奇始於他父母在他九歲生日時，帶他去參觀水族館的那天。

★ **aquatic** [əˋkwætɪk] *adj.* 水上的、水中的；水生的、水棲的

The illiberal heroine wishes that she could be an aquatic duckweed floating to anywhere.
不自由的女主角希望她是水上的浮萍能到處漂流。

★ **aqueous** [ˋekwɪəs] *adj.* （含）水的、似水的

The conductivity of an aqueous solution depends on its/the number of ions.
一個水溶液是否導電關鍵在於裡面的離子。

avi
鳥

 解 源自拉丁文「鳥群」的意思，也含有「飛翔」之意。

Track 158

★ **avian** [ˋevɪən] *adj.* 鳥類的、禽類的

The price of chicken suddenly soared high due to the avian flu.
雞肉的價格因禽流感的關係突然飆升到難以置信的高點。

★ **aviary** [ˋevɪərɪ] *n.* 鳥舍、大鳥籠

There used to be a large amount of illegally built aviaries on the top of buildings for racing pigeons.
以前大樓屋頂上有大量違法加蓋的賽鴿鳥舍。

★ **aviculture** [ˋevɪ͵kʌltʃə] *n.* 鳥類飼養

She wishes to dedicate her profession of aviculture to helping endangered birds instead of making money.
她希望奉獻自己鳥類飼養的專業幫助瀕臨絕種的鳥類而不是賺錢。

★ **aviation** [evɪˋeʃən] *n.* 飛行；航空（學）

After the serious terror attack happened, the aviation security becomes stricter.
嚴重的恐怖攻擊事件發生後，飛航安全變得更加嚴謹了。

Part **1** 字根篇

Part **2** 字首篇

Part **3** 字尾篇

botan
植物

解 從希臘文傳到拉丁文，原意為「藥草」、「草地」後衍生為「植物」之意。

 Track 159

★ **botany** [ˈbɑtənɪ]　*n.*　植物學

Pharmaceutical botany is one basic study of traditional Chinese medicine and pharmacy.
藥用植物學是中醫藥學中的一門基礎學。

★ **botanical** [bəˈtænɪkəl]　*adj.*　植物（學）的

Although my grandfather goes for exercise and walks every day, he still knows no plants in the botanical garden.
雖然我爺爺每天去運動散步，他仍不認識植物園的植物。

★ **botanist** [ˈbɑtənɪst]　*n.*　植物學家

She likes to visit her botanist neighbor and watches the botanical specimens.
她喜歡造訪她的植物學家鄰居，看他收藏的植物標本。

★ **ethnobotany** [ˌɛθnoˈbɑtənɪ]　*n.*　民族植物學

The Native American scholar hopes to use his knowledge of ethnobotany to understand the wisdom of his ancestors.
這名美洲原住民學者希望利用他民族植物學的知識來了解祖先的智慧。

brut
獸

解 源自於拉丁文「野獸」，衍生為「愚笨」或「野蠻」的意思。

 Track 160

Part 1 字根篇

★ **brute** [brut]　*n.*　殘忍的人、野獸

While most people called the killer as cold-blooded brute, maybe we can also think how to reduce the this kind of behaviors.
當大部分的人都在罵殺害小女孩的兇手為冷血畜生時，也許我們也該想想如何減少這種行為的發生。

Part 2 字首篇

★ **brutal** [`brutəl]　*adj.*　野蠻的、殘忍的；不顧他人感受的

His brutal critiques are annoying ,but they are too true to ignore easily.
他冷酷批評令人討厭，但卻很真實，讓你無法輕易忽視。

★ **brutish** [`brutɪʃ]　*adj.*　野蠻的

The most civilized environment hides the most brutish greed.
最文明的環境藏著最野蠻的貪婪。

Part 3 字尾篇

★ **brutalize** [`brutəlaɪz]　*v.*　殘忍對待

The newly released prisoners revealed that they were brutalized in the prison.
新釋放的囚犯透露他們在監獄中被殘忍對待。

cani
犬

解 源自於拉丁文「犬」、「狗類」的意思。

 **Track 161**

★ **canine** [`kenaɪn] *n.* 犬隻 *adj.* 犬的、狗的

With the execution of TNR (Trap, Neuter, and Return), the population of stray canines in this community has declined into a stable status.

隨著捕捉、絕育和放回的政策，這個社區的流浪狗數量降到了一個穩定的狀態。

★ **canine tooth** [`kenaɪn `tuθ] *n.* 犬齒

Her canine teeth missed the correct growing moment; therefore, her dentition is not in a normal order.

她的犬齒錯失了正確的長牙時間，因此她的齒列不正。

★ **canicular** [kə`nɪkulər] *adj.* 天狼星的

Sirius, the so called Dog Star in ancient time, rises at dawn around midsummer, and these days are called canicular days when is usually pretty hot.

古代所謂的狗星─天狼星在仲夏左右從清晨時分開始東昇，而這幾日就被稱為是天狼星日，通常會是很熱的時候。

caval
馬

 拉丁文「馬匹」的意思，後來與「騎士」相關的意思連結。

Track 162

★ **cavalcade** [ˌkævəl`ked]　*n.* （遊行的）馬隊、車隊、騎兵隊

When a cavalcade passed through the avenue, little boys watched it with his admiration.

當一隊遊行車隊經過大道時，小男孩都欽佩地看著。

★ **cavalier** [ˌkævə`lɪə]　*n.* （古）騎士、護花使者　*adj.* 傲慢的、目空一切的；輕率的

The celebrity's notorious cavalier attitude is widely known among all airlines.

所有航空公司都知道那位名人惡名昭彰的傲慢態度。

★ **cavalry** [`kævəlrɪ]　*n.* 騎兵部隊；裝甲部隊

He is proud of being part of the cavalry and wishes his family can come to watch his first military exercise.

他很驕傲身為裝甲部隊的一員，並希望他的家人能來看他的第一次軍事演習。

★ **cavalryman** [`kævəlrɪ͵mɛn]　*n.* 騎兵

It was believed that a cavalryman who did not care for his horse could not be called a cavalryman at all.

以前相信一個騎兵若不在乎他的馬，就不能被稱呼為騎兵。

chival
馬

解 源自於法文chevalier「騎馬的人」，衍生為騎士。

 Track 163

★ **chivalric** [ʃɪˈvælrɪk] *adj.* 騎士的

She loved to read chivalric romances in her childhood and wished to find a partner similar to the main male characters.
她小時候很喜歡看騎士小說，並希望能找到一個像小說中男主角的伴侶。

★ **chivalrous** [ˈʃɪvəlrəs] *adj.* 有騎士風度的、體貼有禮的

However, she found that there are very few chivalrous gentlemen in this society when she grew up.
然而她長大後，發現這個社會上很少有這種體貼有禮的紳士。

★ **chivalrously** [ˈʃɪvəlrəslɪ] *adv.* 俠義地；如騎士一般地、彬彬有禮地

He was taught to act chivalrously toward everyone since his childhood.
他從小就被教育要對每個人彬彬有禮。

★ **chivalry** [ˈʃɪvəlrɪ] *n.* 騎士制度；騎士精神、騎士風度

Her current main research is about the chivalry in the legend of King Author.
她最近的主要研究是關於亞瑟王傳奇中的騎士精神。

dendr
樹

解 希臘文「樹木」或「似樹木形狀」的意思。

 Track 164

★ **dendriform** [`dɛndrə,fɔrm] *adj.* 樹狀的

The hostess adores the newly designed dendriform clothes hanger.
女主人很喜歡新設計的樹狀掛衣架。

★ **dendritic** [dɛn`drɪtɪk] *adj.* 樹枝狀的

Taiwan is a narrow and long island with high mountains in the middle; therefore, we rarely have a dendritic river system.
台灣是個中間有高山的狹長島嶼，中間還有高山，因此我們幾乎沒有樹枝狀的水系。

★ **dendrite** [`dɛndraɪt] *n.* （神經）樹突；樹枝狀結晶

Dendrites are able to receive signals from axons.
神經樹突能接收神經軸突發出的訊息。

★ **dendrology** [dɛn`drɑlədʒɪ] *n.* 樹木學

The old man who lives in the forest never studied dendrology, but has greater knowledge than many experts.
住在森林中的老先生沒學過樹木學，但卻有比許多專家更豐富的相關知識。

Part **1** 字根篇

Part **2** 字首篇

Part **3** 字尾篇

equi, eque
馬

解 源自於拉丁文「馬」的意思。

 **Track 165**

★ **equerry** [ɪˋkwɛrɪ] *n.* （古）馬官；英國皇室侍從

She heard many interesting stories from her grandfather who was an equerry of the royal family.

她從曾是皇家侍從的爺爺口中聽到許多有趣的故事。

....

★ **equestrian** [ɪˋkwɛstrɪən] *adj.* 騎馬的、馬術的 *n.* 馬術師、騎馬者

Mongolians were regarded as an equestrian nation.

蒙古人曾被視為是騎馬的民族。

....

★ **equine** [ˋikwaɪn] *n.* 馬科動物 *adj.* 馬的、似馬的

Equine okapis look like the combination of horses and zebras, but they are actually the kin of giraffes.

像馬的㺀狤狓鹿看似是馬和斑馬的融合，但其實是長頸鹿的近親。

....

★ **equitation** [ˌɛkwɪˋteʃən] *n.* 騎術、馬術

The family does not expect that there is an equitation club in this small town.

這家人沒想到這個小鎮會有馬術俱樂部。

foli
葉子

 解 源自於拉丁文中植物的
「葉子」。

Track 166

★ **defoliate** [di`foliet]　*v.*　除葉、使落葉

Before transplanting a tree, it needs to be defoliated so that it will not wither for lack of water.

移植一棵樹之前必須先將其除葉，才不會讓樹木在之後因水分不夠枯死。

....

★ **foliage** [`foliɪdʒ]　*n.*　樹葉（總稱）

In the summer afternoon, she likes to sit under luxuriant foliage to cool off and cool down her inner troubles.

炎炎夏日午後她喜歡坐在秘密的樹蔭下消暑，並冷卻心中的煩惱。

....

★ **foliate** [`foliət]　*adj.*　葉狀的、葉飾的

The new emerging illustrator prefers to decorate pictures with foliate frames of Art Deco style.

新銳插畫家喜歡將圖片四周加上裝飾藝術風格的葉狀邊框。

....

★ **foliar** [`foliɚ]　*adj.*　葉子的

Using foliar fertilizer is able to quicken the absorbability of essential nutritious elements.

使用葉面施肥噴霧劑可以加速植物吸收重要營養物質。

Part 1 字根篇

Part 2 字首篇

Part 3 字尾篇

fruct
果實

解 遠自於拉丁文「果實」，「可以享受的食物」的意思。

 Track 167

★ **fructify** [ˋfrʌktɪfaɪ] *v.* 使結果、使有成果

The teacher wishes to fructify her students not only with the marks but also with their creativity and critical thinking.
那名老師希望不只能培養學生成績的成果，還有在創意及批判性思考上亦有成果出來。

. . . .

★ **fructose** [ˋfrʌktoz] *n.* 果糖

Fructose has been used as the sweetener for a while.
果糖已經被用於做甜味劑許久。

. . . .

★ **fructiferous** [frʌkˋtɪfərəs] *adj.* 結果實的

Children cannot believe their uncle is going to chop down the fructiferous tree in grandparents' backyard.
小孩子們不敢相信舅舅要砍掉外祖父母家後院結果的果樹。

. . . .

★ **fructuous** [ˋfrʌktʃʊəs] *adj.* 多果實的、多產的

The writing class includes many discussions and brain storming sections, hoping to help each member reach fructuous results.
寫作班包含許多討論和腦力激盪時間，希望幫助每位學員達到多產的結果。

glaci
冰

解 源自於拉丁文「冰」的
意思。

 Track 168

★ **glacier** [ˋglesɪɚ] *n.* 冰河

Walking on the glacier with the crampons was a very special
experience. I felt as if I was walking on a huge piece of glass.

在冰河上穿著冰爪行走是十分獨特的體驗，我感覺好像走在一大片玻璃
上。

★ **glacial** [ˋgleʃəl] *adj.* 冰河形成的；極冷的

Some scientists predict that there will be a small scale of glacial
epoch soon.

有些科學家預測很快就會有一場規模較小的冰河時期。

★ **glaciate** [ˋgleʃiet] *v.* 被冰覆蓋、受冰川作用、被冰凍

U-shaped valleys are one of the iconic glaciated terrains.

U 型谷是受冰河作用產生的標誌性地形之一。

★ **deglaciation** [ˌdiglesɪˋeʃən] *n.* 冰消期、冰河消退

Due to the global warming, both the Arctic and Antarctica are
suffering from the deglaciation.

因全球暖化的關係，南北極正遭受到冰河消退的現象。

Part **1** 字根篇

Part **2** 字首篇

Part **3** 字尾篇

herb
草

解 拉丁文「綠色植物」或「草」的意思，後特別指「藥草」。

 Track 169

★ **herbal** [ˈhɝbəl] *adj.* 藥草的，草本的

She does not like drinks with caffeine; fortunately, they still provide many choices of herbal or fruit teas.
她不喜歡含咖啡因的飲品，還好這裡還有許多花草或水果茶。

★ **herbage** [ˈhɝbɪdʒ] *n.* 牧草、草本

Healthy herbage is the base of good quality milk, so the ranch owner is very careful of any potential pollution of ground.
健康的牧草是高品質鮮奶的基礎，因此牧場主人非常小心任何可能的土地污染。

★ **herbalism** [ˈhɝbəlɪzəm] *n.* 藥草學

Herbalism is regarded as a kind of alternative medicine.
藥草學被視為替代醫療的方式之一。

★ **herbivorous** [hɝˈbɪvərəs] *adj.* 草食的

Pandas are not herbivorous bears. They eat only bamboo,grass but also insects.
熊貓不是草食性的熊，牠們除了吃竹子和草外，還會吃昆蟲。

ign
火

解 源自於拉丁文「火」或「燃燒」的意思。

 Track 170

★ **igneous** [ˋɪɡnɪəs] *adj.* 火成的；似火的

Igneous rocks are the most common rocks which is composed of solidified lava on Earth.
火成岩是凝固的岩漿，也是地球上最常見的岩石。

★ **ignescent** [ɪgˋnɛsənt] *adj.* 火爆的、敲擊而冒火的

On the first day of life to experience in an uninhabited island, he tried to search for ignescent stones before sunset.
在第一天體驗荒島求生時，他試圖在天黑之前尋找可生火的石頭。

★ **ignitable** [ɪgˋnaɪtəbəl] *adj.* 可燃的、易起火的

During the drought season, we should be careful of the storage of ignitable materials.
在乾旱時節，我們應小心存放易燃物質。

★ **ignite** [ɪgˋnaɪt] *v.* 點燃、使燃燒、爆炸

One unquenched cigarette is able to ignite the whole forest.
一根未熄滅的香菸可點燃整片森林。

Part **1** 字根篇

Part **2** 字首篇

Part **3** 字尾篇

mari
海

解 源自於拉丁文「大海」、「海洋」的意思。

 Track 171

★ **marina** [məˋrinə] *n.* 小港口、娛樂用小船塢

The yacht slowly approached the private marina, and they found they reached the greatest hotel they have ever seen.
遊艇慢慢駛進私人港口,他們發現他們已經抵達他們見過最輝煌的飯店。

....

★ **marine** [məˋrin] *adj.* 海洋的、海運的、航海的

Garbage and oil emitted into the ocean endanger the marine life.
排放到海洋中的垃圾和油汙危及海洋生態。

....

★ **maritime** [ˋmærɪtaɪm] *adj.* 海事的;沿海的

Even though she was so excited about the trip, she did not forget to bring a jacket because she knew it would be very windy in maritime areas.
雖然她很興奮要去旅行,但她沒忘記要帶件夾克,因為她知道海岸邊的風很大。

....

★ **submarine** [ˋsʌbmərin] *n.* 潛水艇

Currently, only seven countries have the technology to develop nuclear submarines around the world.
目前全球只有七個國家有發展核能潛水艇的技術。

ophi (o)
蛇

 解 源自於希臘文「蛇類」或「像蛇的」意思。

Track 172

★ **ophidian** [oˋfɪdɪən]　*n.*　蛇類　*adj.*　蛇的

Common ophidians do not attack human beings unless they feel threatened.

一般蛇類不會主動攻擊人類，除非牠們感受到威脅。

★ **ophiolatry** [ˌɑfɪˋɑlətrɪ]　*n.*　蛇類崇拜

Paiwan tribe is known for its ophiolatry and the totem of hundred-pacer can be seen everywhere in the tribe.

排灣族以蛇類崇拜著名，百步蛇圖騰部落內到處可見。

★ **ophiology** [ˌɑfɪˋɑlədʒɪ]　*n.*　蛇類學

She never imagined that her mother's snakeskin bags would trigger her interest of ophiology.

她從沒想到她母親的蛇皮包會是啟發她對蛇類學的興趣。

ornith
鳥

解 源自希臘文「鳥類」的意思。

 Track 173

★ **ornithic** [ɔr`nɪθɪk]　*adj.*　鳥類的

The team found a suspected ornithic fossil at the South East China.

這個小組在中國東南方發現疑似鳥類的化石。

★ **ornithoid** [`ɔrnɪθɔɪd]　*adj.*　鳥形狀的、結構似鳥的

Early aircrafts were built in ornithoid forms because human wished to fly like birds.

早期的飛機都是仿照鳥的形狀而建，因為人類想要像鳥一樣飛行。

★ **ornithology** [ˌɔrnɪ`θɑlədʒɪ]　*n.*　鳥類學

This German paleontological study indirectly influences the current ornithology.

這個德國的古生物學研究間接地影響了現在的鳥類學。

★ **ornithophobia** [ˌɔrnɪθə`fobɪə]　*n.*　鳥類恐懼症

Ornithophobia is more common than we supposed, and to those who suffer from serious ornithophobia, a glance of a feather can cause panic.

鳥類恐懼症其實比我們認為的還要常見，對患有嚴重鳥類恐懼症的來說，看一眼羽毛就足夠造成恐慌。

pisc
魚

 解 源自拉丁文，和「魚類」有關的。

Track 174

★ **piscary** [ˋpɪskərɪ]　*n.*　捕魚權

Due to the territorial disputes in the South China Sea, piscary of our fishermen is occasionally interrupted by other nations' coast guards.
由於南海海域紛爭，我國漁民的捕魚權偶爾會受到他國海巡隊的干擾。

★ **piscatorial** [ˏpɪskəˋtorɪəl]　*adj.*　漁民的、漁業的、捕魚的

Piscatorial tradition in this little coastal town is fading since young generation moves out to big cities.
當年輕的一代搬到大城市，這座濱海小鎮的漁業傳統也跟著式微了。

★ **piscine** [ˋpɪsaɪn]　*n.* （法）浴池　*adj.*　魚的

The repopulation of Danayi Valley is very successful, so visitors are able to see abundant of piscine inhabitants here.
達娜伊谷的復育非常成功，因此遊客可以在這裡見到許多的魚群。

★ **piscivorous** [pɪˋsɪvərəs]　*adj.*　吃魚維生的

Colorful kingfishers are piscivorous birds which mostly live in the tropical places.
色彩鮮艷的翠鳥是生長在熱帶區域以吃魚維生的鳥類。

Part 1 字根篇

Part 2 字首篇

Part 3 字尾篇

porc, pork
豬

 解 源自於拉丁文「豬家」的意思。

Track 175

★ **porcine** [ˋporsaɪn]　*n.*　豬的、像豬的

The little girl ran back from the garden and told her nanny that she saw a little porcine dwarf.

小女孩從花園跑回來告訴保母說她看到一個豬似的矮人。

....

★ **porcupine** [ˋpɔrkjʊpaɪn]　*n.*　豪豬

Porcupines are rodents and are different from hedgehogs in size and order.

豪豬是囓齒科的動物，而且在體型科目上都和刺蝟不一樣。

....

★ **porker** [ˋpɔrkɚ]　*n.*　食用豬；肥胖的人

The fate of protagonist in *Charlotte's Web* changes from a porker to a pet.

《夏綠蒂的網》故事中的主角命運從一隻食用豬變成寵物豬。

....

★ **porky** [ˋpɔrkɪ]　*adj.*　肥胖的

She always complains that she is so porky and needs to lose some weight, yet actually she just wants to hear the compliment from her husband.

她總是抱怨說自己很胖需要減肥，但她其實不過是想聽丈夫的讚美而已。

radi (c)
根

解 源自於拉丁文「根部」的意思。

 Track 176

Part **1** 字根篇

★ **deracinate** [dɪˋræsɪnet]　*v.*　迫使離鄉背井、流離失所

Refugees are forced to deracinate and now face a difficult dilemma of where to go.

難民被迫流離失所，現在正面臨不知何去何從的困境。

★ **eradicate** [ɪˋrædɪket]　*v.*　根除、滅絕、連根拔除

We plant negative thoughts by ourselves, so it is not easy to eradicate them when we are aware of their danger.

我們自己種下負面的念頭，因此當我們警覺到其危險時，已不容易根絕了。

★ **radicle** [ˋrædɪkəl]　*n.*　胚根；根狀部

When the spring comes, the farmer moves the budding plants carefully to the field, not hurting their fragile radicles.

當春天來臨，農夫小心翼翼地將剛發芽的植物移到田中，不傷害到其脆弱的胚根。

★ **radish** [ˋrædɪʃ]　*n.*　小蘿蔔、櫻桃蘿蔔

The slightly spicy radish salad with sweet-sour vinegar is her favorite starter.

微辣的櫻桃蘿蔔沙拉，配上酸甜醋是她最愛的前菜。

Part **2** 字首篇

Part **3** 字尾篇

stell
星

解 拉丁文中『stella』即為『星星』的意思。

 Track 177

★ **stellar** [ˈstɛlə] *adj.* 星的；星形的；出色的

This stellar record is bound to command instant respect on campus.

這個出色的記錄必將在校園馬上獲得關注。

……………………………………………………………………………………

★ **interstellar** [ˌɪntəˈstɛlə] *adj.* 星際的

This time, NASA is going after comet and interstellar dust.

這一次，美國宇航局正在追蹤彗星和星際塵埃。

……………………………………………………………………………………

★ **stelliform** [ˈstɛlɪˌfɔrm] *adj.* 星形的；放射線狀的

Most wireless data systems are in stelliformdesign.

大多數無線數據系統都採用放射狀的設計。

……………………………………………………………………………………

★ **stellular** [ˈstɛljʊlə] *adj.* 小星形的；布滿星狀物的

The teacher decorated the Christmas tree with the stellular LED lights.

老師利用小星型的 LED 燈佈置聖誕樹。

the
神

解 源自於希臘文中的『theos』，『神』的意思。

 Track 178

★ **authentic** [ɛnˋθɛtɪk]　*adj.*　可信的，真實的，可靠的

Teens in Asia and Europe have long coveted authentic American garbs.

亞洲和歐洲的青少年一直渴望真正的美國服裝。

★ **anathematize** [əˋnaθəmətʌɪz]　*v.*　詛咒、將⋯逐出教門

If anyone acts contrary to this, let him be anathematized.

如果有人違反這一項行為，那就將他逐出教門吧！

★ **apothecary** [əˋpɒθɪk(ə)ri]　*n.*　藥劑師、藥材商

Keats had originally trained to be an apothecary and a surgeon.

濟慈最初是接受藥劑師和外科醫生的訓練。

★ **hypothetically** [ˌhʌɪpəˋθɛtɪkli]　*adv.*　假設地、假想地

He was invariably willing to discuss the possibilities hypothetically.

他總是願意假設性地討論這些可能性。

Part **1** 字根篇

Part **2** 字首篇

Part **3** 字尾篇

vacc, bov, bu
牛

解 vacc, bov源自於拉丁文關於乳牛、牛隻的意思，而bu則是源自於希臘文。

 Track 179

★ **vaccine** [ˋvæksɪn]　*n.*　疫苗（早期疫苗使用牛痘的病毒來對抗天花）

Children and elderly people have the priority of accessing publicly funded vaccines during the flu period.
流感期間，小孩與年長者可優先使用公費疫苗。

★ **bovine** [ˋbovaɪn]　*adj.*　牛屬的；遲鈍的、愚笨的

Both cattle and buffaloes are from the bovine family.
家牛和野牛同屬牛科家族。

★ **bucolic** [bjuˋkɑlɪk]　*adj.*　鄉村的、田園的

We cannot see the bucolic scene of farmer with cattle in Taiwanese countryside now.
農夫和水牛一起在田地上的田園景象已不見於台灣的鄉村了。

★ **bugle** [ˋbjugəl]　*n.*　號角、喇叭（古代號角由牛角製成）

The tourist saw a person playing bugle on the towel and felt as if being in ancient time.
遊客看見一個人在塔上吹號角，感覺彷彿置身在古代。

vent
風

 解 拉丁文「空氣」或「風」的意思。

Track 180

★ **vent** [vɛnt]　*n.*　排氣口、通風口　*v.*　發洩（情緒）

During the security check, they have to make sure there is enough vents in the chemical laboratory.

在安全檢查時，他們要確定化學實驗室有足夠的通風口。

★ **ventiduct** [ˋvɛntɪdʌkt]　*n.*　通風管

The female staff could not believe she has to hide into the ventiduct to escape like in the movie.

女職員不敢相信她居然要像電影裡面一樣躲進通風管裡以避開危險。

★ **ventilate** [ˋvɛntɪlet]　*v.*　使空氣流通；提出、說出

He cannot withstand to stay in a poorly ventilated space because it leads to dizziness or even headache.

他無法忍受待在通風不良的空間，因為那會導致頭暈甚或頭痛。

★ **ventilator** [ˋvɛntɪˌletɚ]　*n.*　通風設備、人工呼吸器

More than one intern had complained the noise made by the old ventilator, so the supervisor finally decided to change it.

不只一位實習生抱怨過來自老舊通風設備的噪音，主管終於決定要將它換掉。

ZOO
動物

解 源自希臘文「動物」的意思，也衍生為「生命」、「生命體」。

 Track 181

★ **zoogenic** [ˌzoəˋdʒɛnɪk] *adj.* 源自動物的、動物生成的

A vegan is a person who neither eats nor uses any zoogenic products.

一個全素主義者就是不吃也不用動物製品的人。

★ **zoology** [zuˋɑlədʒɪ] *n.* 動物學

Her interest of zoology led her to become a partial veterinarian in East Africa.

她對動物學的興趣帶領她成為東非的兼職獸醫。

★ **zoologist** [zuˋɑlədʒɪst] *n.* 動物學家

As a zoologist, he feels sad to observe the behavior alteration of various kinds of animals caused by climate changes.

身為一名動物學家，他很不捨地觀察到多種動物因氣候變遷而導致行為改變。

★ **zoological** [ˌzuəˋlɑdʒɪkəl] *adj.* 動物的、動物學的

Zoological gardens were originally for the research purpose, yet now they are open to the public as an educational institution.

動物公園原本是作為研究用途，但現在也對大眾開放，成為一個教育機構。

Part 2
字首篇

ante-, anti-, anci
前

解 源自於拉丁文，有「之前」、「在…前面」的意思。

 Track 182

★ **ancient** [`enʃənt] *adj.*　古老的、古代的

Ancient Egyptian culture is still very attractive to modern researchers due to its mysteriousness.
古埃及文化因其神秘性，仍吸引許多現代研究者。

．．

★ **antenna** [æn`tɛnə] *n.*　觸角 、天線（複數：antennae）

Antennae on the top of buildings destroy the beauty of city skyline.
在建築樓頂的天線破壞了城市的天際線美感。

．．

★ **anterior** [æn`tɪərɪə] *adj.*　前部的、向前的、先前的

According to scientists, the anterior part of the brain is mainly responsible for receiving information from the body.
根據科學家的解釋，腦部前端主要負責接收來自身體的各種訊息。

．．

★ **anticipate** [æn`tɪsɪpet] *v.*　預期、期盼、預見（anti 先前，cip 擁有 ，-ate 動詞結尾）

You can never anticipate the twists and turns in your life, so why not enjoy it?
你永遠無法預期人生路上的轉折，所以何不享受一切？

pre-
前

 源自於拉丁文，在時間或空間上「之前」的意思。

Track 183

★ **preface** [ˋprɛfəs]　*n.*　前言、序幕

The author states in the preface that all the main characters in this historical fiction are real people.

作者在前言中表示，這本歷史小說中的主角都是真有其人。

★ **prejudice** [ˋprɛdʒʊdɪs]　*n.*　偏見（judice- 審理，先於審斷的意見即偏見）

Prejudice against the foreign workers and newly recruited staffs only lowers the willingness of talent people to stay in the company.

對外國員工和新聘人員的偏見只會降低人才留下來的意願。

★ **prehistoric** [prɪhɪˋstɔrɪk]　*adj.*　史前的

Xia Dynasty is still regarded as a prehistoric period because no written document is found from this time.

由於還沒發現當時的文字紀錄，夏朝仍被視為是史前時代。

★ **premature** [ˌpriməˋtjʊr]　*adj.*　過早的、不成熟的

The athlete's excellent performance and robust physique cannot associate that she used to be a premature baby.

這位運動員的傑出表現和強壯體格，讓人無法聯想她是個早產兒。

Part **1** 字根篇

Part **2** 字首篇

Part **3** 字尾篇

pro-
前

解 源自古希臘文，也有
「之前、從前」或
「在…前面」的意思。

 Track 184

★ **proceed** [prə`sid] *adj.* 繼續進行、接著做；前進

During the group climbing competition, no one can proceed alone and leave the wounded team member behind.
團體登山競賽中，沒有人能丟下自己受傷的隊友獨自前進。

★ **pronoun** [`pronaʊn] *n.* 代名詞

In spoken Chinese, there is no difference in the third person pronouns such as in English.
在口語華文裡，第三人稱代名詞並不像英文一樣有特別的差異。

★ **propel** [prə`pɛl] *v.* 推動、推進（pel- 由拉丁文「驅使」演化而來）

The experienced punter propelled the boat skilfully while telling the stories about this beautiful and ethereal River Cam to us.
經驗老到的船夫一面熟練地將船推進，一面和我們講和這條美麗且空靈的康河有關的故事。

★ **prospective** [prə`spɛktɪv] *adj.* 潛在的、預期的（spect- 看）

A good seller should be equipped with the ability to detect prospective buyers in a very short time.
好的銷售員應具備可在短時間內偵測到潛在客戶的能力。

fore-
前

 源自於德語系字首，有「前面」或「預先」的意思。

Track 185

★ **forecast** [`fɔrkæst] *v. n.* 預報、預測

One famous financial magazine released an economic forecast of Asian countries for the next half year.
某份著名財經雜誌發表了一則亞洲國家下半年的經濟預測。

★ **forecourt** [`fɔrkɔrt] *n.* 前院；（網球場）前場

My friend bought a new villa near the lake and invited me to have a celebrating party with her family at the big forecourt.
我的朋友在靠近湖泊處，並邀請我到大前院和她們家人一起參加慶祝派對。

★ **foregoing** [`fɔrgoɪŋ] *adj.* 上述的、前面提及的

I remember there being a difficult question on the exam about analyzing a foregoing paragraph.
我記得考試中有道很難的題目，要我分析上述的段落。

★ **foremost** [`fɔrmost] *adv.* 領先的、最重要的、最佳的

He was chosen to join the foremost mechanical engineering research institution.
他獲選進入最頂尖的機器工程研究院。

post-
後

解 源自於拉丁文「之後」、「後面」或「晚」的意思。

 Track 186

★ **post-war** [post`wɔr] *adj.* （二次世界大戰）戰後的

Post-war reconstruction was a long way for both the victor and the vanquished.

戰後的重建對戰勝和戰敗國來說都是漫漫長路。

....

★ **postscript** [`postskrɪpt] *n.* 附筆、附言、補充說明（簡寫成 ps）

He does not have much impression on his travelling father during his childhood, except the postscripts on every letter he wrote to his mother—"Give Michael a hug for me".

他對在他童年時期總是遠行的爸爸沒有太多印象，除了每次在寫給他母親的信後附筆—「替我給麥克一個擁抱」。

....

★ **postdoctoral** [post`dɑktərəl] *adj.* 博士後的

After teaching in the university for one year, she is encouraged to do a postdoctoral study in Canada.

在大學教書一年後，她獲鼓勵去加拿大進行博士後研究。

....

★ **posterior** [pɑ`stɪrɪɚ] *adj.* 後部的、尾端的；稍晚的

Since the construction date is posterior to the announcement, the new policy can be applied to the building.

既然建造日期是在公布政策之後，那這棟建築便可適用新政策。

retro-
後

解 源自於拉丁文「後面」、「背後」或「倒退」的意思。

 Track 187

★ **retroact** [ˌrɛtroˈækt] *v.* 追溯既往

The policy does not retroact the case that happened before the announcement day.

這項政策不追溯公告日期以前的案件。

★ **retroflex** [ˈrɛtroflɛks] *adj.* 翻轉的；捲舌音的

Retroflex consonants are difficult for people whose native language does not include them.

卷舌子音對那些母語中沒有這類子音的人來說相當困難。

★ **retrogress** [ˌrɛtroˈgrɛs] *v.* 倒退、衰退

Her phobia retrogresses to the starting point because of the failure of the treatment.

由於治療失敗，她的恐懼症退化成原本的狀態。

★ **retrospective** [rɛtroˈspɛktɪv] *adj.* 回顧的、追溯以往的

The singer was not aware of how long he is dedicating to music until the producer asked him to do a retrospective album.

這位歌手沒意識到自己投入音樂的時間有多長，直到製作人要求他做一張回顧專輯。

Part 1 字根篇

Part 2 字首篇

Part 3 字尾篇

over
上

解 源自古德文「在⋯之上」、「超過」的意思。

 Track 188

★ **overlap** [ovə`læp]　*v.*　交疊、部分重疊、有共通處

We decided to revise our team project again because part of our topic overlaps with the other team.

我們決定要重新修改我們的小組報告，因為我們有部分主題和別組重複。

. . . .

★ **oversee** [ovə`si]　*v.*　監督、監察

As a chief financial manager, he has to oversee the liquidity of the funding within the company.

身為財務長，他必須監督公司內部的資金流動。

. . . .

★ **overturn** [ovə`tɜn]　*v.*　打翻、弄倒、顛覆

The result of their experiment overturned the professor's hypothesis.

他們的實驗結果推翻了教授的假說。

. . . .

★ **overwhelming** [ovə`wɛlmɪŋ]　*adj.*　難以抵擋的、大量的、巨大的

She felt the overwhelming pressure from the deadline of the project after her colleague's withdrawal.

她同事退出後，計畫的截止日期讓她感受到極大壓力。

super
上

 解 源自於拉丁文，over 的原形，也有「在…之上」、「超過」的意思。

Track 189

★ **superficial** [ˌsupɚˋfɪʃəl] *adj.* 膚淺的

Superficial knowledge about other cultures can easily cause misunderstandings.

對其他文化膚淺的認知容易導致誤會。

★ **superintendent** [supɚɪnˋtɛndənt] *n.* 主管、負責人

After the incident happened, the police could not find the superintendent of this commercial building.

事發後警方竟找不到這棟商業大樓的負責人。

★ **superiority** [suˌpɪrɪˋɔrətɪ] *n.* 優勢、優越性

The superiority of this car that was just launched lies in that it saves more energy than most others in its class.

新推出的這款車子最大的優勢就是比其他車款更節能。

★ **superstition** [ˌsupɚˋstɪʃən] *n.* 迷信

The old grandmother does not allow her grandchildren to point the moon with fingers due to her superstition.

由於迷信，老奶奶不准她的孫子用手指著月亮。

Part **1** 字根篇

Part **2** 字首篇

Part **3** 字尾篇

sur-
上

解 源自於拉丁文，和
super同源，「在…之
上、上面」的意思。

 Track 190

★ **surmount** [sə`maʊnt] *v.* 在…頂端、聳立於…；解決、克服

Although he had seen pyramids dozens of time on photos, he was
still in awe when facing the real ones surmounting among the
desert.

雖然他在照片中看過好幾次金字塔，但當他真正面對沙漠中矗立的金飾
塔時仍感到敬畏。

★ **surname** [`sɝnem] *n.* 姓氏 *v.* 冠姓；給…起別名、稱號

In the old times, people changed their surnames to avoid political
persecution.

舊時許多人為避免政治迫害而改姓。

★ **surrender** [sə`rɛndɚ] *v.* 屈服、投降、放棄

The child refused to surrender to his coach in the chess game even
after hearing the explanation.

這小孩即使在聽過解釋後，仍不願在西洋棋賽中向教練投降。

★ **surround** [sə`raʊnd] *v.* 包圍、圍繞（原拉丁文義為「淹沒」）

She likes to sit quietly in her studio surrounded by her books and
toys.

她喜歡安靜地坐在她的書房裡，被她的書籍和玩具包圍。

de-
下

解 源自拉丁文「往下」、「遠離」的意思。

 Track 191

★ **degenerate** [dɪˋdʒɛnərət] *v.* 衰退、品質下降 *adj.* 下降的、退化的

A gourmet found the quality and taste of the food of his favorite restaurant is degenerating.
一位美食家發現，他最喜愛的餐廳的食物品質和口味正在衰退中。

★ **descent** [dɪˋsɛnt] *n.* 下沉、下降；墮落

The witness reported that the airplane went into a steep descent before it crashed.
目擊者指出飛機墜毀前突然陡降。

★ **deteriorate** [dɪˋtɪrɪəret] *v.* 惡化、變壞

With the involvement of Western countries, the political situation in the Middle East only deteriorated.
隨著西方國家的介入，中東的政治情勢只會惡化。

★ **deviate** [ˋdivɪet] *v.* 脫離、違背（via- 方向、道路）

The teacher found that one of her students received punishment when his behavior is deviated from his parents' expectation.
老師得知她的某個學生會因違背父母的期待而受到處罰。

infra-, infer-
下

 解 源自於拉丁文「在…之下」、「下面」的意思。

Track 192

★ **inferior** [ɪnˈfɪrɪə] *adj.* 差的、低層級的

U.S female soccer players believe they are not inferior to males, so they should not get relatively low salary.
美國的女足球員相信她們表現並不比男性差，因此她們不該拿比較低的薪水。

★ **infracostal** [ɪnfrəˈkɑstəl] *adj.* 肋骨下方的

The article compares the difference between supercostal and infracostal approaches of the treatment of upper ureteral stones.
這篇文章比較從肋骨上方和下方治療上輸尿管結石的不同。

★ **infrasonic** [ˌɪnfrəˈsɑnɪk] *adj.* 低音頻的

Some zoologists suspect that whales are able to use infrasonic sounds to communicate.
有些動物學家懷疑鯨魚能用低音頻的聲音溝通。

★ **infrastructure** [ˈɪnfrəˌstrʌktʃə] *n.* 基礎建設

Nowadays, the government pays more attentions on the balance between infrastructure and ecology.
現在政府比較注重基礎建設和生態之間的平衡。

hypo-
下

解 源自於希臘文「底下」、「在…之下」的意思。

 Track 193

★ **hypocenter** [ˋhaɪposɛntɚ] *n.* 震源

Earthquakes with shallow hypocenters could cause serious damage.

淺源的地震有可能會造成嚴重損害。

★ **hypocrisy** [hɪˋpɑkrəsɪ] *n.* 偽善、虛偽（源自希臘文「判斷之下」，衍生為「假裝」的意思）

The city councilman was accused of hypocrisy because he seemed fighting for minority group, but on the other hand, he asked for privilege for his daily activities.

市議員遭指控是偽君子，因為他看似為弱勢族群爭取權益，但另一方面卻在日常活動中處處要求特權。

★ **hypothesis** [haɪˋpɑθəsɪs] *n.* 假說、假設（thesis- 放置，原指「基礎」的意思）

A psychiatrist proposes a hypothesis that our souls come to this world again and again to acquire knowledge for a better life.

一位精神科醫師提出一項假設，他認為我們的靈魂不斷來到這個世上以學習更多知識，讓生命更美好。

Part 1 字根篇

Part 2 字首篇

Part 3 字尾篇

under
下

解 源自於古德文「在…之下」的意思。

 Track 194

★ **undermine** [ʌndəˋmaɪn] *v.* 損害…基礎、削弱信心或權力

Constant raining undermined the bridge piers, and the bridge finally broke due to a lack of support.

連日降雨淘空橋墩，而橋樑終因失去支撐而斷裂。

. . . .

★ **undergo** [ʌndəˋgo] *v.* 經歷

It is time to carefully examine what this land has undergone in the past hundreds of years.

該是時候好好檢視這片土地在過去幾百年到底經歷了什麼。

. . . .

★ **undergraduate** [ʌndəˋgrædjʊət] *n.* 大學生（graduate- 研究生）

She told me that she already had a research topic in mind for PhD when she was an undergraduate.

她告訴我，她還是大學生時就已經想好博士研究主題了。

. . . .

★ **underneath** [ʌndəˋniθ] *adv.* *prep.* 在…底下、下面

Her cat likes to go underneath her blanket with her when she is sleeping.

她的貓喜歡在她準備睡覺時一起鑽進被子下面。

sub-
下

解 源自於拉丁文「在…之下」、「底下」的意思。

 Track 195

★ **subordinate** [sə`bɔrdɪnət] *adj.* 從屬的、次要的　*n.* 下屬
v. 使從屬於

The famous writer believes that in a good story; characters should not be subordinate to the plot.
這位知名作家相信一個好的故事裡，角色不該從屬於劇情。

....

★ **subsequent** [`sʌbsɪkwənt] *adj.* 隨後的、接著的

Revenges are subsequent to hatred, and hatred comes from misunderstanding.
復仇是隨著憎恨而來，而憎恨則是來自誤解。

....

★ **subsidize** [`sʌbsɪdaɪz] *v.* 給予津貼、資助

Some students planned a program of fundraising, wishing to subsidize children in remote villages for education.
一些學生擬定了一個募款計畫，希望能資助偏鄉兒童的教育。

....

★ **subtle** [`sʌtəl] *adj.* 隱約的、微妙的、細微的、不易察覺的

Her colleague noticed a subtle change in her smile, but she was reluctant to talk about it.
她的同事察覺她的微笑有些細微的改變，但她不願多談。

Part 1 字根篇

Part 2 字首篇

Part 3 字尾篇

intra-
內

 解 源自於希臘文「內部」
或「裡面」的意思。

Track 196

★ **intracellular** [ˌɪntrəˈsɛljʊlɚ] *adj.* 細胞內部的

Most life operational reactions occur within intracellular organelles.

大部分生命的運作反應都發生在細胞內部的胞器。

....

★ **intramural** [ˌɪntrəˈmjʊrəl] *adj.* 內部的、學校內的

He won the intramural sprint competition and represent the school for citywide one.

他贏得了校內的短跑比賽，將代表學校參加全市比賽。

....

★ **intranet** [ˈɪntrənɛt] *n.* 內聯網、局域網

The company created a fast and organized intranet so that all departments are able to share information immediately.

公司建立一個快速且有系統的內聯網，讓所有部門都能立刻交換資訊。

....

★ **intrapersonal** [ˌɪntrəˈpɚsənəl] *adj.* 內省的、自我意識的

Intrapersonal ability is never easier than criticizing others.

自省的能力從來不比批評簡單。

endo-
內

解 源自於希臘文「內部」、「內層」等意思。

 Track 197

★ **endocardial** [ˌɛndoˈkɑrdɪəl]　*adj.*　心臟內部的

The doctor suggests him to install an endocardial artificial vessel; otherwise, there is a very high rate for myocardial infarction.
醫生建議他安裝心臟內人工血管，否則發生心肌梗塞的機率很高。

....

★ **endocrine** [ˈɛndokraɪn]　*n.*　內分泌

His abnormal burps are said to do with the endocrine disorder.
他的異常打嗝據說是和內分泌失調有關。

....

★ **endogenous** [ɛnˈdɑdʒɪnəs]　*adj.*　源自內部的、內生的

While most research tries to detect the external factors of cancers, some scientists suggest the possibility of endogenous ones.
多數研究都在尋找癌症的外部成因，但有些科學家也提出內部成因的可能性。

Part
1
字根篇

Part
2
字首篇

Part
3
字尾篇

exo-
外

解 源自於希臘文「外部」、「外側」的意思。

 Track 198

★ **exocarp** [ˋɛksokɑrp]　*n.*　外果皮

Exocarps usually contain a rich nutritional value, and experts suggest us not to peel fruits, such as apples.
外果皮通常含有豐富的營養價值，專家也建議不要將如蘋果等水果削皮。

★ **exodus** [ˋɛksədəs]　*n.*　（大批人）離開、退出；出埃及記

The Ministry of Economy tries to create a better environment for business to prevent large companies' exodus.
經濟部試著創造更好的商業環境，以防止大企業出走。

★ **exogamy** [ɪkˋsɑgəmɪ]　*n.*　異族通婚

Exogamy is a way to keep genetic diversity within an area.
異族通婚是保持一個地區基因多樣性的方法。

★ **exotic** [ɪgˋzɑtɪk]　*adj.*　異國的

She likes to visit exotic places and carefully observe things that are different from what she knows.
她喜歡拜訪有異國情調的地方，她可以藉此仔細觀察有別於她所知的生活。。

extra-
外

解 源自於拉丁文「外面」、「外在」等意思。

Track 199

★ **extractive** [ɪk`stræktɪv]　*adj.*　萃取的、提取的

The extractive technique has become a very important part within food industry.

萃取技術已成為食品產業中重要的一環。

★ **extraneous** [ɪk`strenɪəs]　*adj.*　外來的、無關的

Meditation is a way to practice ignoring extraneous noises and focusing on oneself.

冥想是一種練習屏除外來雜音並專心於己身的方法。

★ **extracurricular** [ɛkstrəkə`rɪkjʊlə]　*adj.*　課外的、業餘的

Extracurricular experiences such as club activities and internship are great benefits for the employment nowadays.

現在如社團活動和實習等課外經驗可為就業加分。

★ **extravagant** [ɪk`strævəgənt]　*adj.*　奢侈的、浪費的、過度的

Those who are used to an extravagant lifestyle often cannot imagine what common life is.

那些慣於奢侈生活的人通常無法想像一般生活是如何過的。

Part **1** 字根篇

Part **2** 字首篇

Part **3** 字尾篇

inter
中間

解 源自於拉丁文「在…之間」或「裡面」的意思。

 Track 200

★ **interaction** [ɪntəˈækʃən]　*n.*　互動、交流、相互作用

From the way of their interaction, you can judge that they just met each other.

從互動模式來看，他們不過是剛認識而已。

....

★ **interim** [ˈɪntərɪm]　*n.*　過渡時期；暫時、中間時間　*adj.*　過渡的

The new president is elected, but there are still 3 months before the inauguration, so in the interim the Executive Yuan promises not to promote any new policy.

新的總統已經選出，但仍有三個月才是就職典禮，因此行政院答應於此期間他們不會推動任何新政。

....

★ **interruption** [ɪntəˈrʌpʃən]　*n.*　打斷、中止

The composer needs absolute quietness and no interruption during his working hours.

作曲家工作需要絕對的安靜和零干擾。

....

★ **intervene** [ɪntəˈvin]　*v.*　干涉、干預

My aunt never intervenes their children's playing unless there is a life-threatening danger.

我阿姨從不干涉孩子們玩耍，除非涉及威脅生命安全的危險。

meso
中間

解 源自於希臘文「中間」、「介於…之間」的意思。

 Track 201

★ **Mesoamerica** [ˌmɛsoəˋmɛrɪkə]　*n.*　中美洲

The archaeologist went for a trip to Mesoamerica to join a symposium related to Maya civilization.
考古學家去了一趟中美洲，參加了一場關於馬雅文明的研討會。

★ **mesolithic** [ˌmɛsoˋlɪθɪk]　*adj.*　中石器時期的

Mesolithic people knew how to make more delicate stoneware, and the period ended when agriculture started.
中石器時代的人們知道如何製作更精細的石器，而農業開始後此時期便宣告結束。

★ **mesophyll** [ˋmɛsofɪl]　*n.*　葉肉（phyll- 希臘文「葉子」的意思）

Mesophyll is a place for photosynthesis as well as for water storage.
葉肉是行光合作用的場所，也是儲存水分的地方。

★ **mesosphere** [ˋmɛsəsfɪɚ]　*n.*　中氣層

The top mesosphere is the coldest place in the whole atmosphere.
中氣層頂是大氣層中最冷的地方。

Part 1 字根篇

Part 2 字首篇

Part 3 字尾篇

circum-
周圍

解 源自於拉丁文「圓內」
的意思，衍生為「周
圍、附近」之意。

 Track 202

★ **circumambulate** [ˌsəkəmˋæmbjʊlet] *v.* 繞行

During the ritual, the believers circumambulated the fire in the
center and heard the priest reciting.
儀式中，信眾們繞火而行，並聽著祭司念誦。

....

★ **circumference** [səˋkʌmfərəns] *n.* 圓周、周長

The easiest way to measure the circumference of a table is to
measure it with a rope.
測量桌子周長最簡單的方法就是用一條繩子來測量。

....

★ **circumfluent** [səˋkʌmflʊənt] *adj.* 環流的、週流的

Circumfluent ocean currents are very important for the global
climate; a little change can cause a huge impact.
環流的海流對全球氣候非常重要，只要一點小改變就會造成巨大影響。

....

★ **circumscribe** [ˋsəkəmskraɪb] *v.* 畫外接圓；限制、約束

Any worldly power should be circumscribed, or it could possibly
lead to corruption.
所有世俗權力應受限制，否則便可能導致腐敗。

peri
周圍

解 源自於希臘文「附近」、「接近」的意思。

Track 203

★ **periarterial** [ˌpɛrɪɑrˋtɛrɪəl] *adj.* 動脈周邊的（artery- 動脈）

Periarterial fat can easily accumulate and difficult to remove.
動脈周邊的脂肪容易堆積但不易去除。

★ **perigee** [ˋpɛrɪdʒi] *n.* 近地點（gee- 地球）

A total eclipse can happen only when the moon is on perigee.
只有月亮在近地點時才會發生日全蝕。

★ **perihelion** [ˌpɛrɪˋhilɪən] *n.* 近日點（helion- 拉丁文「太陽」的意思）

The next time Halley's Comet is close to the perihelion is 2061.
下次哈雷彗星靠近近日點是 2061 年。

★ **perilune** [ˋpɛrɪlun] *n.* 近月點（luna- 拉丁文「月亮」的意思）

The spacecraft came close to the perilune and used the gravity to throw itself toward Mars.
太空梭來到近月點，並藉由月亮的重力將自己甩向火星。

macro-
大

解 希臘文「巨大」、「放大」或「極長」的意思。

 Track 204

★ **macrobiotic** [͵mækrobaɪˋɑtɪk] *adj.* 健康的（食物）（bio- 生命，原指「長壽」的意思）

The macrobiotic diet is the key for health and longevity.
養生的飲食是健康和長壽的關鍵。

....

★ **macrocosm** [ˋmækrokɑzəm] *n.* 宏觀世界、宇宙

In his idea of macrocosm, even our earth is only a very small part of the whole universe, not to mention human beings.
在他宏觀世界的想法裏頭，就連我們的地球也不過是全宇宙中非常小的一部分，更別提人類了。

....

★ **macroeconomic** [͵mækroikəˋnɑmɪk] *adj.* 總體經濟學的

After the financial crisis, the government tried to sustain macroeconomic stability and reviewed related policies.
金融危機過後，政府試著維持總體經濟穩定，也同時重新檢討相關政策。

....

★ **macroscopic** [͵mækroˋskɑpɪk] *adj.* 宏觀的、肉眼可見的

The article is only a macroscopic piece of British poet William Wordsworth's life.
這篇文章只是英國詩人威廉 · 華茲華斯生平的宏觀描述。

mega-
大

解 源自於希臘文「龐大」、「巨大」或「有力」的意思。

Track 205

Part **1** 字根篇

★ **megabyte** [ˋmɛgəbaɪt]　*n.*　百萬位元組（簡稱 MB）

Memory cards with few megabytes are already not enough in this digitalized world.

容量只有幾 MB 的記憶卡在這個數位化的時代已經不敷使用了。

Part **2** 字首篇

★ **megahertz** [ˋmɛgəhɚts]　*n.*　百萬赫（簡稱 MHz）

Sub-Millimeter Array in Hawaii detected an abnormal frequency of megahertz from the outer space.

在夏威夷的次毫米波陣列望遠鏡，偵測到一個來自外太空的百萬赫異常頻率。

Part **3** 字尾篇

★ **megalopolis** [ˌmɛgəˋlɑpəlɪs]　*n.*　大都市

Shanghai becomes a megalopolis by its lucrative market and great business environment.

上海憑著利潤豐厚的市場和良好的商業環境成為一個大都市。

★ **megaphone** [ˋmɛgəfon]　*n.*　擴音器、大聲公

The leader of a demonstration group fervently lectured their appeals with a megaphone on the plaza.

抗議團體的領袖在廣場上以擴音器激昂地訴說他們的訴求。

mini-
小

解 源自於拉丁文「小的」或「少量」的意思。

 *Track 206*

★ **minibus** [ˋmɪnɪbʌs] *n.* 小巴士

Since the road leads to the village is narrow, there is only one minibus that carries villagers to the city at the foot of the mountain and fro.
由於到村落的路窄，因此僅有一輛小巴士載村民來往山腳下的城市。

★ **miniature** [ˋmɪnɪtʃə] *adj.* 微小的、小型的 *n.* 微型畫

She loves exquisite miniatures very much.
她十分喜愛精緻小模型。

★ **minimal** [ˋmɪnɪməl] *adj.* 極小的、極少的

The report reveals that while we buy coffee with an expensive price, the actual income for a coffee farmer is minimal.
這篇報導揭露當我們以極貴的價格購買咖啡時，咖啡農的實際收入卻相當微薄。

★ **minimize** [ˋmɪnɪmaɪz] *v.* 降到最低、減到最少；輕描淡寫、淡化

Some manufacturers do anything to minimize the cost of products yet ignore their quality.
有些製造商極力將產品成本降到最低，卻忽略產品的品質。

micro-
小

解 源自於希臘文「極小」、「微小」的意思。

 Track 207

★ **microbe** [`maɪkrob] *n.* 微生物、細菌

Unlike microbes which can survive by their own, viruses are parasites that need hosts.
不像微生物能自己維生,病毒是需要宿主的寄生生物。

★ **microbiology** [ˌmaɪkrobaɪ`ɑlədʒɪ] *n.* 微生物學

Microbiology is an important study for the medical science and environment today.
微生物學是與當今醫學和環境有關的重要學科。。

★ **microchip** [`maɪkrotʃɪp] *n.* 晶片、積體電路片

The invention of transparent microchips is going to create another wave of computer revolution.
透明晶片的發明將掀起另一波電腦革命。

★ **microphone** [`maɪkrəfon] *n.* 麥克風

He bought a new microphone because the quality of the inbuilt one in his laptop was poor.
因為筆電內建的麥克風品質太差,所以他買了一個新的。

Part
1
字根篇

Part
2
字首篇

Part
3
字尾篇

221

multi-
多

解 源自於拉丁文「許多」的意思。

Track 208

★ **multicultural** [mʌltɪˈkʌltʃərəl] *adj.* 多元文化的

Taiwan is a multicultural society, but sadly sometimes we do not know how to react to its diversity.

台灣是個多元文化的社會，只可惜有時候我們不知道要如何應對其多元性。

★ **multifarious** [ˌmʌltɪˈfɛrɪəs] *adj.* 各式各樣的、多種類的

The newly established toy mall claims to provide multifarious options for children from zero to fifteen.

新開幕的玩具百貨號稱為零到十五歲的兒童提供各式各樣的選擇。

★ **multinational** [mʌltɪˈnæʃənəl] *adj.* 多國經營的、跨國的

He chose to work in a multinational company because he hoped to have broader perspectives.

他選擇到跨國公司上班，因為他希望能有更寬闊的視野。

★ **multitude** [ˈmʌltɪtjud] *n.* 許多；大眾

The pope stood on the balcony and addressed his concern about humanity toward the multitude.

教宗站在陽台上向大眾提出他對人性的憂慮。

poly-
多

解 源自於希臘文「多樣」、「豐富」或「大量」的意思。

 Track 209

Part 1 字根篇

Part 2 字首篇

Part 3 字尾篇

★ **polyamory** [ˌpɑlɪˋæmərɪ]　*n.*　一夫多妻制

While some lambaste polyamory, others consider it an alternative lifestyle.

儘管有些人嚴厲撻伐一夫多妻制，有些人則認為那是另一種生活方式罷了。

★ **polychromatic** [ˌpɑlɪkrəˋmætɪk]　*adj.*　多色彩的

Her best friend gave her a polychromatic braided bracelet, wishing to bring her good luck while studying abroad.

她的摯友送她一條多彩編織的手環，希望為她的海外留學帶來些好運。

★ **polyester** [ˌpɑlɪˋɛstɚ]　*n.*　聚酯纖維

Polyester clothes are cheaper than the nature fabrics but not good for the skin.

聚酯纖維比自然纖維的衣服還要便宜，但對皮膚不太好。

★ **polygon** [ˋpɑlɪgən]　*n.*　多邊形

The architect tried to design this compound building with various polygons.

建築師嘗試用各類多邊形設計這座複合式建築。

olig-
少

解 源自於希臘文「少量」、「極少」的意思。

 Track 210

★ **oligarchy** [ˋɔlɪɡɑrkɪ] *n.* 寡頭團體、寡頭政治國家

Myanmar is transforming from an oligarchy to a democracy.

緬甸正從一個寡頭政治國家轉型成為一個民主國家。

......

★ **oligarchic** [ˋɔlɪɡɑrkɪk] *adj.* 主張寡頭政治的

People's Republic of China currently complies with the oligarchic idea.

目前中華人民共和國仍遵循寡頭政治的主張。

......

★ **oligopsony** [ɔlɪˋɡɑpsənɪ] *n.* 商品採購壟斷

Dairy farmers complained the low income caused by the oligopsony of the suppliers market.

酪農抱怨少數中盤商壟斷市場導致收入低迷。

......

★ **oligotrophy** [͵ɔlɪˋɡɑtrəfɪ] *n.* 營養貧乏

The deforestation and over-exploitation led to the oligotrophy of the lake and disappearance of fish.

濫伐樹木和過度開發導致這座湖營養貧乏且魚群消失。

under-
少

解 源自於古德文「偏少」、「不足」的意思。

 Track 211

★ **underage** [ˋʌndə͵edʒ]　*adj.*　未成年的、未達法定年齡的

Cigarettes and alcohols cannot be sold to underage buyers.
不能將菸酒賣給未成年的顧客。

★ **undercapitalized** [ʌndəˋkæpɪtəlaɪzd]　*adj.*　投資不足的

Cultural and sport business are often undercapitalized because of their uncertain ROI.
由於投資報酬率不穩定，文化和運動類事業與活動常常資金不足。

★ **underdeveloped** [ʌndədɪˋvɛləpt]　*adj.*　不發達的、低開發的

In many outsiders' impression, Bhutan is an underdeveloped country, yet according to an international survey, it is the happiest country in the world.
在許多外人眼裡，不丹是個低度開發的國家，但根據一項國際調查，不丹卻是全世界最幸福的國度。

★ **underestimate** [ʌndəˋɛstɪmet]　*v.*　低估、輕視

The tennis player lost the chance to win the championship because he underestimated the ability of his young opponent.
網球選手因低估年輕對手的實力而失去了贏得冠軍的機會。

Part
1
字根篇

Part
2
字首篇

Part
3
字尾篇

bene
好

解 源自於拉丁文「好的」、「善良的」。

 Track 212

★ **benefactor** [ˋbɛnɪfæktɚ]   *n.*   贊助人、捐助者

The team of the documentary received a sponsorship from an anonymous benefactor when they faced the shortage of funds.
當紀錄片劇組面臨資金短缺時，他們收到來自一位無名贊助者的資助。

★ **beneficent** [bɪˋnɛfɪsənt]   *adj.*   行善的、慈善的

Stray-animal-friendly campaign in this community started from the beneficent women next to our door.
社區裡的流浪動物友善活動是從我們家隔壁慈善的婦女開始的。

★ **beneficial** [bɛnɪˋfɪʃəl]   *adj.*   有益的、有利的

"The clean air in the countryside will be beneficial to his respiratory system", said the doctor.
醫生說：「鄉下的乾淨空氣對他的呼吸系統有益。」

★ **benevolent** [bɪˋnɛvələnt]   *adj.*   仁慈的、有愛心的

The neighbors could not believe the benevolent gentleman had a violent past.
鄰里們不敢相信這位仁慈的紳士過去有暴力紀錄。

eu-
好

解 源自於希臘文「好的」、「正常的」或「令人愉悅的」意思。

 Track 213

★ **eulogy** [ˋjulədʒɪ]　*n.*　頌詞、頌文；悼詞

The writer is surprised to know that a eulogy writing competition for the president still exists in this country.

作家很驚訝地得知這個國家還有獻給國家元首的頌詞創作比賽。

★ **eupeptic** [juˋpɛptɪk]　*adj.*　有助消化的；愉快的

Focusing on what you are eating is more eupeptic than watching TV.

專心你的食物上比看電視更助於消化。

★ **euphemism** [ˋjufəmɪzəm]　*n.*　委婉說法、婉辭（phem- 說話）

This composition contains too much euphemism and does not express the thesis clearly.

這篇文章用了太多婉辭，沒有清楚表達主旨。

★ **euphoric** [juˋfarɪk]　*adj.*　狂喜的、亢奮的

When she finally proved herself on the stage, she could not help but feel a euphoric sense of satisfaction.

當她終於在舞台上證明自己時，她忍不住感覺到心滿意足的狂喜。

Part 1 字根篇

Part 2 字首篇

Part 3 字尾篇

mal-
壞

解 拉丁文「壞的」、「糟的」或「邪惡的」、「錯誤的」意思。

 Track 214

★ **maladjusted** [ˌmælə`dʒʌstɪd] *adj.* 適應不良的、不適應社會環境的

The tutor established a studio, especially for the maladjusted children.
那名輔導老師特別為適應不良的兒童成立一個工作坊。

★ **maladroit** [ˌmælə`drɔɪt] *adj.* 不靈活的、笨拙的

He still remembers how maladroit he was on the first day he joined the dancing class.
他仍記得他第一天加入舞蹈課程時多麼地笨拙。

★ **malady** [`mælədɪ] *n.* 疾病；問題、弊病、沉痾

Because there are many serious maladies in this society, those who have great chance often choose to leave the country.
由於這個社會有太多嚴重的弊病，那些有大好機會的人大多選擇離開這個國家。

★ **malefactor** [`mælɪˌfæktɚ] *n.* 壞人、罪犯

Punishment may deter malefactors from crimes, but education and care may truly avoid people from being one of them.
懲罰也許會嚇阻壞人犯罪，但教育和關心才可能真正讓人們免於成為罪犯。

mis-
壞

 解 源自於上古英文「壞的」、「錯誤的」意思。

Track 215

★ **misbehavior** [mɪsbɪˋhevjɚ]　*v.*　失禮、行為不當

The counselors believe that there are always reasons for teenagers' misbehavior and that what they need is love.
輔導員相信青少年做出不當行為背後總有原因，而他們需要的正是關愛。

- -

★ **mischievous** [ˋmɪstʃɪvəs]　*adj.*　愛惡作劇的、搗蛋的；惡意的、有害的

Whenever I saw the mischievous grin on his face, I knew there would be something fun.
每當我看到他淘氣地咧嘴一笑，就知道有趣的事要發生了。

- -

★ **misfortune** [mɪsˋfɔrtʃun]　*n.*　不幸、厄運、災難

Misfortunes came to him one by one, but he never lost his optimism.
厄運一個接著一個來，但他卻從沒失去他的樂觀天性。

- -

★ **mistaken** [mɪˋstekən]　*adj.*　錯誤的、弄錯的

I am afraid that you are mistaken about the goal of this course.
恐怕你弄錯這門課的目的了。

Part **1** 字根篇

Part **2** 字首篇

Part **3** 字尾篇

omni-
全

源自於拉丁文「全部」、「所有」的意思。

 Track 216

★ **omnibus** [ˋɑmnɪbəs] *n.* 選集；公車 *adj.* 綜合性的，多項的

The students were asked to read some omnibuses of proses and poems during the summer vacation.
學生們被要求暑假期間閱讀散文和詩的的綜合選集。

....

★ **omnifarious** [͵ɑmnɪˋfɛrɪəs] *adj.* 多方面的、五花八門的

He was planning to stay in Japan for one year and to experience omnifarious festivals on this land.
他計畫到日本待一年並體驗這塊土地上各式各樣的祭典。

....

★ **omnipresent** [ɑmnɪˋprɛzənt] *adj.* 無所不在的、遍及各地的

During their discussion, they were amazed at the omnipresent influence of Disney animations.
他們在討論中對迪士尼動畫無所不在的影響力感到十分驚訝。

....

★ **omniscient** [ɑmˋnɪsɪənt] *adj.* 全知的、無所不知的

The third person omniscient narrator seemingly knows everything in the story, but when it describes the "unknown" power of the protagonist for example, it contradicts the previous claim.
第三人稱的全知敘述者似乎知道故事裡的所有事，但例如它在描述主角的「未知」能力時，卻和上述的論點構成矛盾。

pan-
全

解 源自於希臘文「所有」、「完全」或「全部」的意思。

Track 217

★ **pandect** [ˋpændɛkt]　*n.*　法令全書

The Law publishing company is very proud of their refined hardcover pandect series during the book fair.

在書展上，法律出版社為他們的精裝法律全書系列感到驕傲。

....

★ **pandemic** [pænˋdɛmɪk]　*adj.*　大規模流行的、廣泛擴及的

With the convenience of international transportation, a temporarily incurable disease can be fast pandemic all around the world.

藉著便利的國際交通，一個暫時無解藥的疾病可在全球快速流行。

....

★ **panorama** [pænəˋrɑmə]　*n.*　全景；全貌、概要

She presented a magnificent photo taken in Jiuzhaigou with the camera of the panorama function.

她展示了在九寨溝時，使用相機裡的全景功能所拍的壯麗照片。

....

★ **pantheism** [ˋpænθiɪzəm]　*n.*　泛神論

She found that pantheism may be regarded as an uncivilized religion, but it also teaches people to respect the nature.

她發現泛神論雖被認為是不文明的信仰，但它也教我們去尊重大自然。

Part **1** 字根篇

Part **2** 字首篇

Part **3** 字尾篇

demi-
半

解 源自於拉丁文「一半」的意思。

Track 218

★ **demigod** [ˋdɛmɪɡɑd] *n.* 半人半神；被神化的名人

Some fans already view their idol as a demigod and cannot accept the news of his errors.

有些歌迷已將他們的偶像神化，無法接受他犯錯的消息。

....

★ **demilune** [ˋdɛmɪlun] *n.* 半月形

We rented a jeep and found the Demilune Lake in the desert.

我們租了一輛吉普車並找到了沙漠中半月形的湖泊。

....

★ **demi-pension** [͵dɛmɪˋpɛnʃən] *n.* 兩餐制旅館

This cheap hostel also provides a demi-pension package, including breakfast and dinner.

這家廉價的青年旅館也提供一個兩餐制套裝行程，包含早餐和晚餐。

....

★ **demirelief** [͵dɛmɪrɛˋlif] *n.* 半浮雕

The homework for this week's photography class is to observe the light and shadows among demirelieves on the pillars and walls in a temple.

這週攝影課的作業是觀察廟宇裡牆面或柱子上半浮雕中的光影。

hemi-
半

 解 源自於希臘文「一半」的意思。

Track 219

★ **hemicrania** [hɛmɪˋkrenɪə]　*n.*　偏頭痛（crain- 拉丁文「頭蓋骨」）

In the winter, she has to wear a bonnet in windy days; otherwise, she will suffer from the hemicrania for the whole night.

冬天時她必須在風大時戴頂毛帽，否則她會偏頭痛一整晚。

★ **hemicycle** [ˋhɛmɪsaɪkəl]　*n.*　半圓形

The experimental theatrical troupe built a hemicycle stage for their new play.

實驗劇團為他們的新戲打造了一個半圓形的舞台。

★ **hemisphere** [ˋhɛmɪsfɪə]　*n.*　半球

When we are about to enter hot summer days, countries in the southern hemisphere just begin their cold winter.

當我們正要進入炎熱的夏日時，南半球國家的冷冬正要開始。

★ **hemiplegia** [ˌhɛmɪˋplidʒə]　*n.*　半身癱瘓

A mischief of her classmate made her hemiplegia for the rest of her life.

同學的一個惡作劇使她終身半身癱瘓。

Part **1** 字根篇

Part **2** 字首篇

Part **3** 字尾篇

semi-
半

解 源自於拉丁文「一半」、「部分」的意思。

 Track 220

★ **semiconductor** [ˌsɛmɪkənˋdʌktɚ] *n.* 半導體

Taiwan is called the kingdom of semiconductor; however, we should think of our next step to move into innovation business.
台灣被稱為是半導體王國，不過我們應該想想往創新產業發展的下一步。

★ **semicolon** [ˌsɛmɪˋkolən] *n.* 分號

Add semicolons between each email address when sending emails to multiple recipients.
若你要寄電子郵件給多個收件人時，記得在每個郵件帳號中間加入分號。

★ **semi-final** [sɛmɪˋfaɪnəl] *n.* 準決賽

The best record of this young player was the advance to semi-final.
這名年輕選手最好的成績是挺進準決賽。

★ **semirigid** [sɛmɪˋrɪdʒɪd] *adj.* 半硬質的、半剛硬的

Semirigid athletic track is the most ideal one for sprint competition.
半硬質的運動跑道是短跑比賽最理想的跑道。

neo-
新

 解 源自於希臘文，有「新穎的」、「新生的」或「年輕的」含意。

Track 221

★ **neoclassical** [nio`klæsɪkəl]　*adj.*　新古典主義的

Japanese government built several neoclassical buildings in Taiwan to test the construction technique they learnt from the Western world during their colonial period.

日本政府於殖民時期在台灣蓋了幾座新古典主義的建築，以測試他們向西方國家所學的技術。

★ **neologism** [nɪ`alədʒɪzəm]　*n.*　新詞彙

To promote handwriting and admire the beauty of Chinese characters, a cultural foundation holds a neologism creating competition with a high premium.

為了鼓勵手寫體和欣賞漢字的美麗，一個文化基金會舉辦了一場高額獎金的新詞彙創作比賽。

★ **neon** [`nian]　*n.*　氖氣；霓虹燈（源自希臘文「新東西」的意思）

When he faced the neon lights on the street once again, he sensed the vulgarness as well as the atmosphere of home.

當他再次遇上街上的霓虹燈時，他感到庸俗但也感受到家的氛圍。

Part
1
字根篇

Part
2
字首篇

Part
3
字尾篇

paleo-
舊

 解 源自於希臘文，有「原本的」、「古老的」等意思。

Track 222

★ **paleoanthropology** [ˌpælɪoænθrəˈpɑlədʒɪ] *n.* 古人類學

After he becomes a professor, he often brings his students to the venue where he stepped into the field of paleoantrhopology for the first time.

在他成為教授之後，他經常帶學生來他第一次踏入古人類學界的場所。

★ **paleoclimate** [ˈpælɪoˌklaɪmət] *n.* 古氣候學

The study of paleoclimate originates from the investigation of fossils in the ancient time.

古氣候學的研究始於古代化石的研究。

★ **paleocene** [ˈpælɪosin] *n.* 古新世（紀）

According to the studies, modern avian species first appeared in the Paleocene.

根據研究顯示，現代鳥類最早出現在古新紀。

★ **Paleolithic** [ˌpælɪoˈlɪθɪk] *adj.* 舊石器時代的

In the Paleolithic period, human beings began to know how to use stones as tools or weapons.

在舊石器時代，人類開始知道如何使用石頭當作器具或武器。

sur-
超

解 源自於拉丁文，和 super同源，「在…之上」、「超過」的意思。

 Track 223

★ **surpass** [sə`pæs] *v.* 勝過、優於、超過

Computers have surpassed human beings in many areas with their more and more diverse abilities.

電腦憑藉其越趨多元的能力，已經在許多領域超越人類。

★ **surplus** [`sɝpləs] *n.* 剩餘、多餘　*adj.* 多餘的、過多的

The rich countries face food surpluses, while the poor countries suffer from the lack of resources.

較富有的國家有食物剩餘的問題，較貧窮的國家卻苦於資源不足。

★ **surreal** [sə`rɪəl] *adj.* 超現實的、離奇的

The play presents a surreal dream-like experience for all the audiences.

這部戲為所有觀眾帶來超現實又如夢境般的體驗。

★ **surveillance** [sə`veləns] *n.* 監視、盯哨（veill- 拉丁文，看）

The rock music festival is included in the surveillance of the police due to the history of violence and drug dealings.

搖滾音樂節因為之前有暴力和毒品買賣的紀錄，被警方列入監視名單中。

Part
1
字根篇

Part
2
字首篇

Part
3
字尾篇

ultra-
超

 解 源自於拉丁文「超越」、「另一側」或「極致」的意思。

Track 224

★ **ultra vires** [ˌʌltrə ˋvaɪriz] *adj.* *adv.* 超越權限的（地）

The major refused to deal with the case which he claimed to be ultra vires.

少校不願處理這件他聲稱超越其權限的事。

★ **ultra-high frequency** [ˌʌltrə haɪ ˋfrikwənsɪ] *n.* 超高頻

The students successfully applied for the license of ultra-high frequency band for their university radio broadcasting.

學生們成功為播送學校廣播申請到超高頻段的執照。

★ **ultraist** [ˋʌltrəɪst] *n.* 極端主義者

Those who think narrowly and do not accept contradictory opinions can easily become ultraists.

那些想法狹隘且不接受相反意見的人容易變成極端主義者。

★ **ultraviolet** [ʌltrə ˋvaɪələt] *n.* *adj.* 紫外線（的）

In a modern building where large pieces of glass window are preferred, a layer of anti-ultraviolet film is needed.

現代建築偏好使用大片玻璃窗，因此需要一層抗紫外線貼膜。

meta-
超

解 源自於希臘文「之後」、「超越」或是「改變」的意思。

 Track 225

★ **metabolic** [mɛtə`balɪk]　*adj.*　新陳代謝的（原指「改變」的意思）

Progeria is a genetic disease which causes a metabolic disorder of the cells.
早老症是一項基因疾病，會造成細胞代謝失調。

★ **metaphor** [`mɛtəfɚ]　*n.*　暗喻、隱喻（希臘文「轉換」的意思）

Using metaphors in compositions can help to explain some difficult ideas.
在文章中使用隱喻可以幫助有助於闡釋難以表達的想法。

★ **metafiction** [`mɛtəfɪkʃən]　*n.*　後設小說

The author did an experiment in her new metafiction which involves herself and the writing process.
作者在她的新後設小說中做了一個實驗，將自己和寫作的架構都涵蓋進去。

★ **metagalaxy** [`mɛtə,gæləksɪ]　*n.*　總星系

In astronomy, the system beyond a galaxy is called metagalaxy.
在天文學當中，星系再往上一個層級的系統叫做總星系。

Part 1 字根篇

Part 2 字首篇

Part 3 字尾篇

hyper-
超

解 源自於希臘文「超越」、「在…之上」、「異於一般」的意思。

Track 226

★ **hyperacidity** [ˌhaɪpɚəˈsɪdətɪ]　*n.*　胃酸過多

The reasons for hyperacidity vary from person to person, but regular and proper meals can usually prevent its occurrence.
胃酸過多的原因因人而異，但規律和正常的飲食可避免這樣的情形發生。

. . . .

★ **hyperbaric** [ˌhaɪpɚˈbærɪk]　*adj.*　高壓的

Transmission of hyperbaric gas needs to be handled in a special and cautious way.
運輸高壓氣體須以特殊且謹慎的方式處理。

. . . .

★ **hyperlink** [ˈhaɪpɚlɪŋk]　*n.*　超連結

Current website-creation tools include easy-to-manage functions like the embedding of hyperlinks.
現在的網站製作工具都有容易處理的超連結嵌入功能。

. . . .

★ **hyperopia** [ˌhaɪpɚˈopɪə]　*n.*　遠視

His nickname of "eagle eyes" is derived from his hyperopia.
他因有遠視而獲得「鷹眼」的暱稱。

ac-
加強

解 拉丁字首ad的變形，有「向…」、「靠近」或「面對」等加強的意思。

 Track 227

★ **accelerate** [ək`sɛləret]　*v.*　加速、加快、促進

The drunken driver was afraid of sobriety test, so when he saw the police car, he simply accelerated his car and ran away.

酒醉的駕駛害怕接受酒測，因此當他看到警車時他便加速逃逸。

★ **accumulate** [ə`kjumjʊlet]　*v.*　累積、逐漸增加

A retired teacher accumulated her volunteering hours as an achievement for her retired life.

一位退休的教師不斷累積她的志工時數作為她退休生活的成就。

★ **accede** [ək`sid]　*v.*　同意、允許；登基；就任

The organizer accedes to our performance proposal.

主辦單位同意我們的表演提案。

★ **acquire** [ə`kwaɪɚ]　*v.*　學習；獲得、購得

What most people concern about home-schooling is the lack of opportunity to acquiring social skills.

多數人對在家自學的疑慮是缺少學習社交技能的機會。

Part
1
字根篇

Part
2
字首篇

Part
3
字尾篇

ad-
加強

解 源自於拉丁文「向…」、「靠近」或「面對」等加強的意思。

 Track 228

★ **addicted** [əˋdɪktɪd] *adj.* 成癮的、沉溺的、入迷的

After an accident make him to lose the job, he did not know how to seek help and was addicted to alcohol.

遭遇一場意外並丟掉工作以後，他不知道要如何尋求幫助，且開始酗酒。

·····

★ **adhere** [ədˋhɪɚ] *v.* 依附、附著；堅持、擁護

He claimed that the new transparent hook can adhere to the wall very tightly but will be stainless when taking it off.

他宣稱新的透明掛勾可以緊緊依附在牆上，且拿下來時不會留痕跡。

·····

★ **adjacent** [əˋdʒesənt] *adj.* 鄰近的、比鄰的

She has a roommate who is just adjacent to her room, but she never meets that person.

她的室友就在她房間隔壁，但她從來沒見過這個人。

·····

★ **advent** [ˋædvənt] *n.* 來臨、到來

The advent of three-dimension printing is going to change the manufacturing industry.

3D 列印的來臨將會改變製造業。

af-
加強

解 拉丁字首ad的變形，有「向…」、「靠近」或「面對」等加強的意思。

 Track 229

★ **affectionate** [ə`fɛkʃənət]　*adj.*　表示愛的、充滿感情的

The boy left home for his dream, and he always remembered the affectionate kiss from his mother when he faced difficulties.

男孩為夢想離家，每當面對困難時，總會想起母親充滿關愛的吻。

★ **affiliate** [ə`fɪlɪet]　*v.*　使併入、隸屬　*n.*　隸屬機構

Affiliating smaller schools to larger ones can reduce some personnel costs, but it infringes students' educational right.

將小學校併入較大的學校可減少人事成本，但會侵害到學童的教育權益。

★ **affirm** [ə`fɝm]　*v.*　證實、確認；聲明

The prosecutor affirmed that the investigation has finished, and the criminal is accused of murder.

檢察官證實偵查終結，罪犯將以殺人罪起訴。

★ **afflict** [ə`flɪkt]　*v.*　折磨、使痛苦

Depression is a mental illness which afflicts people no matter of what their genders are.

憂鬱症是種精神疾病，無論性別為何皆受折磨。

Part **1** 字根篇

Part **2** 字首篇

Part **3** 字尾篇

ag-
加強

解 拉丁字首ad的變形，有「向⋯」、「靠近」或「面對」等加強的意思。

 Track 230

★ **agglutinate** [ə`glutɪnet] *v.* 黏著、凝集、接合

My grandpa asked me to find an adhesive to agglutinate his denture.

我爺爺要我去為他找可以黏合假牙的黏著劑。

....

★ **aggradation** [ˌægrə`defən] *n.* 沉積

Cross bedding is formed by the aggradation of rivers or wind on the coastline.

交錯層是由河流或風在海岸邊的沉積作用所形成。

....

★ **aggrandize** [ə`grændaɪz] *v.* 強化、增加；誇大、吹捧

You must collect statistics from all companies regardless of who is in charge, since the management might try to aggrandize their achievements.

你必須收集各公司的數據，無論他們是否為業界權威，因為這些公司他們也有可能誇大他們的成就。

....

★ **aggrieved** [ə`grivd] *adj.* 憤憤不平的、受到委屈的

People often feel aggrieved in a situation that they consider unfair; but do they treat other people as fairly as they wish to receive?

人們在他們認為不公的情境下常感到憤憤不平，但 這些人有給予其他人他們同樣期望的公平對待嗎？

ap-
加強

解 拉丁字首ad的變形，有「向…」、「靠近」或「面對」等加強的意思。

 Track 231

★ **appall** [ə`pɔl]　*v.*　使震驚、驚駭

When she first stepped into this African school, she was appalled by the sadness in children's eyes.

當她第一次踏進這所非洲小學時，她對小孩眼中的憂傷感到震驚。

★ **apparatus** [ˌæpə`retəs]　*n.*　（全套）設備、儀器；組織、機構

The professor was impressed by the result of the experiment of a group of students despite their lack of proper apparatus.

教授對一群學生在缺乏良好儀器下所做出的實驗結果印象深刻。

★ **applicable** [ə`plɪkəbəl]　*adj.*　適用的、生效的

One medical expert says that not all foreign studies are applicable to domestic situations.

一位醫學專家表示不是所有國外研究都適用於國內的情況。

★ **apprehension** [æprɪ`hɛnʃən]　*n.*　憂慮、擔心、忐忑

It is normal to have apprehension about your future before graduating from universities.

畢業前對未來感到忐忑是很正常的。

Part **1** 字根篇

Part **2** 字首篇

Part **3** 字尾篇

as-
加強

解 拉丁字首ad的變形，
有「向…」、「靠近」
或「面對」等加強的意
思。

 Track 232

★ **ascertain** [ˌæsə`ten] *v.* 弄清楚、查明、確定

We don't need to ascertain some life questions, such as "the meaning of life" in a short period but need a lifetime to answer.
有些人生的問題如「人生的意義是什麼？」，不需要在短時間內弄清楚，這種問題是要用一生來慢慢回答的。

★ **assert** [ə`sɜt] *v.* 堅持、表現堅定；肯定地說；主張

Telling a shy person to assert oneself is not enough. It would be better to help them build their self-confidence.
要一個害羞的人表現堅定一點是不夠的，幫助他們建立自信才是較好的方法。

★ **assignment** [ə`saɪnmənt] *n.* 任務；功課

The first assignment which the master gave to the pupils was to stay quiet for one morning, but they could not fall asleep.
師父給眾弟子的第一項功課是安靜一個早上但不能睡著。

★ **assumption** [ə`sʌmpʃən] *n.* 假定、假設

Assumptions without evidences are dangerous.
沒有根據的假設是十分危險的。

com-
加強

解 源自於拉丁文「一起」、「增強」等加強的意思。

 Track 233

★ **commodity** [kəˋmɑdətɪ] *n.* 商品、貨物（modity- 原「測量」之義，與 com 合起來為「獲益」的意思）

Rare earth elements are commodities that are more valuable than most people regard.

稀土金屬是比一般人所認為還要更有價值的商品。

★ **communal** [ˋkɑmjʊnəl] *adj.* 共有的、公共的、集體的

Despite the rent is higher than average, they still decided to move into this apartment with a communal garden.

雖然租金比其他地方貴，他們仍決定搬進這棟有公共花園的公寓。

★ **communicative** [kəˋmjunɪkətɪv] *adj.* 健談的；表達的、溝通的

The new comer of the dance club seemed shy, but after while we found him very communicative.

舞蹈社新來的社員似乎很害羞，但一陣子之後我們發現他很健談。

★ **competence** [ˋkɑmpɪtəns] *n.* 能力、才幹

The short interview cannot really show a person's competence, so the company arranged a special test for all candidates.

短暫的面試無法真正的顯示一個人的能力，因此公司為所有面試者安排了一項特別的測試。

Part **1** 字根篇

Part **2** 字首篇

Part **3** 字尾篇

con-
加強

解 拉丁字首com-的變形，有「一起」、「增強」等加強的意思。

 Track 234

★ **conceal** [kən`sil] *v.* 隱藏、隱匿

She could not conceal her surprise when the seemingly young guy revealed his age.

那位看起來年輕的男子透露他的年紀時，她無法隱藏她的驚訝。

★ **congregate** [`kaŋɡrɪɡet] *v.* 聚集、集合

The crowds congregated at the plaza to watch the magic performance from a street artist.

群眾聚集在廣場上看一位街頭藝人的魔術表演。

★ **contractor** [kən`træktə] *n.* 承辦者、承包商

The boutique on that street corner did not open because they have dispute with its internal decoration contractor.

街角那家精品店並未如預期開業，因為他們和室內裝潢的承包商發生糾紛。

★ **constellation** [ˌkɑnstə`leʃən] *n.* 星座

When I was little, I liked to listen to the ancient Greek stories of those 88 constellations.

我小時候喜歡聽古希臘關於八十八個星座的故事。

en-
加強

解 源自於希臘文「靠近」、「啟蒙」或「造成」等加強的意思。

 Track 235

★ **enact** [ɪˋnækt]　*v.*　實行；制定

The student association pressured the university to enact the new student benefit policy.

學生會向學校施壓，希望促成新的學生福利政策執行。

- -

★ **energize** [ˋɛnədʒaɪz]　*v.*　使有活力、激勵

My partner's massage energized me for a whole day's working.

我伴侶的按摩讓我有活力去面對一整天的工作。

- -

★ **enthusiasm** [ɪnˋθuzɪæzəm]　*n.*　熱忱、熱情；熱衷的事物或活動

One classic work and a great lecture started my enthusiasm for picture books.

一本經典的作品和一場很棒的演講啟發了我對圖畫書的熱忱。

- -

★ **enzyme** [ˋɛnzaɪm]　*n.*　酶

We have to chew the food slowly in the mouth and let the enzyme in the saliva break it down for a good digestion.

我們要細嚼慢嚥，讓口水中的酶分解食物以助消化。

Part
1
字根篇

Part
2
字首篇

Part
3
字尾篇

col-
共同

解 源自於拉丁文，有「一起」、「共同」的意思。

 Track 236

★ **collaboration** [kəlæbə`reʃn] *n.* 合作

The local government holds a great cultural festival in collaboration with several foundations.

當地政府與幾個基金會合作舉辦了一場盛大的文化節。

★ **collected** [kə`lɛktɪd] *adj.* 收集成冊的；鎮定的、泰然自若的

A record company released a collected album of Mozart's piano sonatas from a famous pianist.

一家唱片公司推出了由一位著名鋼琴家演奏的莫札特鋼琴奏鳴曲精選專輯。

★ **collective** [kə`lɛktɪv] *adj.* 集體的、共同的

Since we worked as a group, we should take the collective responsibility as well.

既然我們是團體合作，那麼我們也該承擔共同責任。

★ **collector** [kə`lɛktɚ] *n.* 收藏家；剪票員、收款者

The old ticket collector watched the last train left and retired together with this small station.

年老的剪票員目送最後一班列車駛離後，便和這個小車站一起退休。

sym-
共同

 解 源自於希臘文「一起」、「融合」或「相似」的意思。

Track 237

★ **symbolic** [sɪmˋbɑlɪk] *adj.* 象徵（性）的

Four leaves clovers are symbolic of luck as well as St. Patrick for Irish people.

四葉酢漿草對愛爾蘭人來說是幸運和聖徒聖派翠克的象徵。

....

★ **symmetrical** [sɪˋmɛtrɪkəl] *adj.* 對稱的

According to the nature rule, nothing is exactly the same, so there is no perfect symmetrical face.

根據大自然的法則，沒有東西是完全一樣的，因此也沒有完全對稱的臉。

....

★ **symmetry** [ˋsɪmətrɪ] *n.* 對稱（性）

The symmetry of the palace presents its majesty and grandeur.

皇宮的對稱性呈現出它的雄偉與壯麗。

....

★ **sympathy** [ˋsɪmpəθɪ] *n.* 同理心、理解；支持

Showing sympathy is not to pity someone but to think and feel their negative emotions in their shoes and help them get rid of those feelings.

表現同理心不是去可憐他人，而是以他們的角度思考並感受他們的負面情緒且幫助他們脫離那些感受。

Part 1 字根篇

Part 2 字首篇

Part 3 字尾篇

251

syn-
共同

解 與sym同源，希臘文「一起」、「融合」或「相似」的意思。

 Track 238

★ **synchronize** [ˋsɪŋkrənaɪz]　*v.*　使同步、使同時發生

The first lesson of a two-person dance is to synchronize with your partner.

跳雙人舞的第一課就是和你的舞伴同步。

....

★ **synchronous** [ˋsɪŋkrənəs]　*adj.*　同時發生的、同時存在的

The soldiers are expected to pass the auditorium with the synchronous walk during the parade.

士兵應在遊行時腳步一致地通過觀眾席。

....

★ **syndicate** [ˋsɪndɪkət]　*n.*　聯合組織　*v.*　組成聯合組織

The Ministry of Culture prepares certain amount of subsidy to encourage cultural innovation for individuals, syndicates, and companies to apply.

文化部為鼓勵文化創意發展準備了固定金額的補助金，開放讓個人、組織或公司申請。

....

★ **syndrome** [ˋsɪndrom]　*n.*　併發症、綜合症、症候群

A simple operation needs good care as well, or it could cause a serious syndrome, too.

簡單的手術也要小心照顧，否則也可能引起嚴重的併發症。

iso-
相等

解 源自於希臘字首「同等」、「相同」的意思。

 Track 239

★ **isobar** [`aɪsobɑr]　*n.*　等壓線

The weather forecast predicts that tomorrow will be a very windy day since isobars on the weather chart are very close to each other.
天氣預報預估明天風會很大，因為天氣圖上的等壓線十分密集。

★ **isochromatic** [ˌaɪsokrə`mætɪk]　*adj.*　同色的、等色的

This product can only be made isochromatic because it is still in the innovation stage.
這項產品僅能以同色製作，因為目前還在創新階段。

★ **isosceles** [aɪ`sɑsɪliz]　*adj.*　等腰的

It is a challenge for children to draw an isosceles triangle with only pencils and rulers.
對孩童來說徒手用鉛筆和尺畫出等腰三角形是個挑戰。

★ **isotope** [`aɪsətop]　*n.*　同位素

Oxygen's isotopes can be used to study the history of the earth.
氧氣的同位素可以用來研究地球的歷史。

Part
1
字根篇

Part
2
字首篇

Part
3
字尾篇

para-
旁邊

解 源自於希臘文「一旁」、「旁邊」或「超越」。

Track 240

★ **paradigm** [`pærədaɪm] *n.* 範例、典範

The reason he chose to support feminism is that when a society forms a paradigm for ideal women, it also means that there is a paradigm for men, which is what he wanted to break as well.
他選擇支持女性主義的原因是當一個社會中存在一個理想的女性典範，同時也代表存在一個理想的男性典範，這正是他想打破的。

★ **parallel** [`pærəlɛl] *adj.* 平行的；類似的　*adv.* 平行地　*n.* 平行線

I told my visitors that I lived in a small lane parallel to the main road, but they still could not find my place.
我告訴訪客我住在一條與大馬路平行的小巷子，但他們仍找不到我的住所。

★ **paralyze** [`pærəlaɪz] *v.* 癱瘓、使喪失活動能力（原指半邊行動不便的意思）

Fear can paralyze a person's mobility, so the training of a quick reaction is essential for outdoor survival.
恐懼會癱瘓人的行動能力，因此野外求生時的快速反應訓練有其必要。

quasi-
次要

解 源自於拉丁文「相似」、「彷彿」的意思，通常翻譯為「準…」。

 Track 241

★ **quasicrystal** [ˋkwezaɪkrɪstəl]　*n.*　準晶體

The structure of quasicrystal was first known by mathematicians and then was first discovered by a physician in 2011.
數學家率先得知準晶體的結構，然而到 2011 年才由一名物理學家發現。

★ **quasi-contract** [ˌkwezaɪˋkɑntrækt]　*n.*　準契約

In the U.S., the court is allowed to use quasi-contract as a method to solve civil disputes.
美國允許法院使用準契約作為解決民事紛爭的方法。

★ **quasi-science** [ˌkwezaɪˋsaɪns]　*n.*　準科學

Some scholars regarded linguistics as quasi-sciences because scientific methods are used in the studies.
有些學者將語言學視為準科學，因為語言學使用科學方法做研究。

★ **quasi-stellar** [ˌkwezaɪˋstɛlə]　*adj.*　類星體的

Hubble Telescope detected a new quasi-stellar object beyond our galaxy.
哈伯望遠鏡偵測到一個我們銀河系以外的新類星體。

Part **1** 字根篇

Part **2** 字首篇

Part **3** 字尾篇

vice-
次要的

解 源自於拉丁文「次要」
的意思，通常用在指稱
職位「副⋯」上。

 Track 242

★ **vice-admiral** [ˌvaɪsˋædmərəl]　*n.*　海軍中將

The retired vice-admiral liked to talk about his life and journey in the U.S Navy to his grandchildren.
退休的海軍中將喜歡跟他的孫子講他在美國海軍的生活和旅程。

★ **vice-chancellor** [ˌvaɪˋtʃɑnsələ]　*n.*　大學副校長

The vice-chancellor will preside at the opening ceremony of this international conference.
副校長將會主持這場國際研討會的開幕儀式。

★ **vice-president** [ˌvaɪsˋprɛsədənt]　*n.*　副總統、副總裁、副董事

The experience of being a vice-president of World Health Organization makes she realize there are still many different issues in the world.
擔任世界衛生組織副總裁的經驗，讓她了解這世界上還有許多不同的議題。

★ **vicegerent** [vaɪsˋdʒɪrənt]　*adj.*　代理的　*n.*　代理人

Since the president was impeached by the parliament, the vice-president would be the vicegerent till the next election.
由於總統被國會彈劾，因此副總統到下次選舉前會是元首代理人。

dia-
穿越

解 源自於希臘文「穿越」、「分離」或「跨越」的意思。

 Track 243

★ **diabetes** [daɪə`bitɪz]　*n.*　糖尿病（diabetes mellitus 的簡稱，希臘／拉丁文中 diabetes- 穿越，mellitus- 甜味）

There are two types of diabetes: while most people suffer from this illness in older ages, some have innate malfunction of their cells.
糖尿病有兩種型態：大部分的人在老年時才會因此病所苦，但有些人則是因先天細胞功能不全。

★ **diagnose** [`daɪəgnoz]　*v.*　診斷（dia- 分開，gnosis- 知道、指認）

The little child was diagnosed with a congenital disease.
那個小孩被診斷出有先天性疾病。

★ **diagonal** [daɪ`ægənəl]　*adj.*　斜線的、對角線的　*n.*　對角線

While dancing Waltz, most steps are diagonal, so it is important to find the corner of the dancing floor.
跳華爾滋時，大部分的腳步都是斜線的，所以尋找舞池的角落是很重要的一點。

★ **diameter** [daɪ`æmɪtə]　*n.*　直徑

They bought a trampoline with 5 meters in diameter for a holiday event.
他們為了準備假期活動，買了一個直徑五米的跳床。

Part
1
字根篇

Part
2
字首篇

Part
3
字尾篇

a-
否定

解 源自於希臘文「沒有」、「缺乏」等否定的意思。

 Track 244

★ **abyss** [ə`bɪs]　*n.*　深淵；絕境（byss- 底部）

Humans built artificial abysses because of the mining industry.
人們因礦業發展建造了人工的深坑。

. . . .

★ **amoral** [e`mɔrəl]　*adj.*　無道德觀的

Some believe that humans are born amoral and that it is education that reverses the situation.
有人相信人類出生就是無道德觀的，是教育反轉了這個情況。

. . . .

★ **amorphous** [ə`mɔrfəs]　*adj.*　無固定形狀的；無清楚架構的

She wished to make a ceramic bowl as a gift in this workshop, yet it ended up an amorphous earthenware.
她希望在工作坊中做一個陶碗當作禮物，但結果變成一團不成形的陶器。

. . . .

★ **apathetic** [æpə`θɛtɪk]　*adj.*　不關心的、沒興趣的、無動於衷的

The public think that those who study literature are apathetic about politics and social events, but do people who care those things pay attention to human nature?
大眾認為讀文學的人不關心政治與社會事件，但那些關心這些議題的人在意人的本性嗎？

an-
否定

解 與 a-同源，希臘文「沒有」、「缺乏」等否定的意思。

 Track 245

★ **anasthesia** [͵ænɪsˋθizɪə]　*n.*　麻醉狀態（asthesia- 感覺）

The dentist assured the patient that it would be partly anasthesia during the tooth extraction, so she would not feel any pain.

牙醫師向病人保證拔牙時會局部麻醉，所以她不會感到任何疼痛。

★ **analgesic** [͵ænəlˋdʒizɪk]　*n.*　止痛劑　*adj.*　止痛的

Analgesics are suggested is for the short-term use only; otherwise, they could cause poisoning effects.

止痛藥建議僅短期使用，否則可能造成中毒現象。

★ **anarchic** [əˋnɑrkɪk]　*adj.*　不守秩序的；無政府狀態的

The young generation is not satisfied with the current political condition but does not expect an anarchic situation as well, so some of them decided to change it.

年輕的世代不滿意現在的政治狀態，但也不希望進入無政府狀態，所以他們決定做出改變。

★ **anemia** [əˋnimɪə]　*n.*　貧血

The doctor suggests her to change her diet to see if the situation of anemia improve or not.

醫生建議她改變飲食看貧血狀況是否改善。

Part 1 字根篇

Part 2 字首篇

Part 3 字尾篇

de-
否定

源自於拉丁文「去除」、「反轉」等否定的意思。

 Track 246

★ **defect** [`difɛkt] *n.* 缺陷、缺點

The software company abandoned the old version of antivirus software due to its countless defects.
軟體公司放棄舊版的防毒軟體，因為它有太多缺點了。

★ **deficient** [dɪ`fɪʃənt] *adj.* 缺乏的、不足的

A diet deficient in vitamin B may cause Angular cheilitis, which is a warning for the unbalanced diet.
飲食中缺乏維他命 B 可能會導致口角炎，這也是飲食不均的警訊。

★ **deprive** [dɪ`praɪv] *v.* 剝奪、搶走

Heavy duties and overtime works deprived his rest time and health; but what he earns ended up paying for doctors.
繁重的責任和超時工作剝奪了他的休息時間和健康，但最後他賺的錢都付給了醫生。

★ **detach** [dɪ`tætʃt] *v.* 分離的、獨立的

When you face a bad situation, you should try to detach yourself from negative emotions to find a way out.
當你面對糟糕的情況時，你應試著與負面情緒分離，並尋找出路。

dis-
否定

解 拉丁文「否定」或「負面」意思的字首。

 Track 247

★ **disability** [dɪsəˋbɪlətɪ]　*n.*　殘疾、缺陷

Although she suffered from learning disability, she still finished her master degrees.
雖然她有學習障礙，但她仍完成了碩士學位。

★ **disagreement** [dɪsəˋgrimənt]　*n.*　意見不合、紛歧

He chose to find another job because there was a disagreement over his salary between him and the company.
他決定另謀他職，因為他和前公司談不攏他的薪資。

★ **disbelief** [dɪsbɪˋlif]　*n.*　不相信、懷疑

When their parents heard the news about the crime they committed, their first reaction was shaking their head in disbelief.
當他們的父母聽到他們犯罪的消息，第一個反應是搖頭不敢置信。

★ **disgrace** [dɪsˋgres]　*n.*　不光彩的行為、恥辱　*v.*　使…蒙羞

Making mistakes is common when learning, so it is not a disgrace to share these experiences with others.
學習中犯錯是常見的，因此向其他人分享這些經驗不是件不光彩的行為。

Part **1** 字根篇

Part **2** 字首篇

Part **3** 字尾篇

in-
否定

解 源自於拉丁文，有「不是」、「非」等否定的意思。

🔘 *Track 248*

★ **inaccurate** [ɪnˋækjʊrət]　*adj.*　不精確的

The data estimates proved to be wildly inaccurate when the results came out.

預估數據的結果出來後顯得是非常不精準的。

- -

★ **inactive** [ɪnˋæktɪv]　*adj.*　不活動的、不活躍的

The singer has been inactive for the past ten years, but next month he is going to show up at a joint concert.

那名歌手已經沉寂十年了，但他將於下個月的聯合音樂會現身。

- -

★ **indisposed** [ɪndɪˋspozd]　*adj.*　不舒服的；不願意的

The secretary wished to ask for a day-off because she felt indisposed.

那位秘書想要請一天假，因為她覺得身體不太舒服。

- -

★ **inexpensive** [ɪnɪkˋspɛnsɪv]　*adj.*　不貴的、便宜的

With a very limited budget, we have to think of an inexpensive but feasible solution.

因為預算有限，我們必須想出一個不貴但行得通的辦法。

il-
否定

解 與 in-同源，有「不是」、「非」等否定的意思，置於 l 開頭的單字前。

 Track 249

★ **illegible** [ɪˋlɛdʒɪbəl]　*adj.*　不可讀的、難辨認的

The letter was thrown into a washing machine, and the words on it became very illegible.

這封信被丟入洗衣機裡，而上面的字跡變得難以辨認。

★ **illegitimate** [͵ɪlɪˋdʒɪtɪmət]　*adj.*　非法的；私生的

Few residences still think that government's decision to demolish their places is illegitimate.

仍有少數居民認為政府拆除他們的房子是非法的。

★ **illiterate** [ɪˋlɪtərət]　*adj.*　不識字的；所知甚少的、外行的

He was legally illiterate, but an accident he encountered turned him into an expert of law.

他原本對法律所知甚少，但一場發生在他身上的意外讓他變成法律專家。

★ **illogical** [ɪˋlɑdʒɪkəl]　*adj.*　不合邏輯的

The politician defended herself with a seemingly eloquent speech, but the content was actually illogical.

政客以看似有說服力的演講為自己辯護，但其實內容卻不合邏輯。

Part 1 字根篇

Part 2 字首篇

Part 3 字尾篇

im-
否定

解 與 in- 同源，有「不是」、「非」等否定的意思，置於 b, m 開頭的單字前。

Track 250

★ **imbalanced** [ɪmˋbælənst] *adj.* 不均衡的、失調的

The negotiation between the two countries did not go very well due to their imbalanced power.

由於兩國之間的權力不對等，他們之間的談判不是很順利。

....

★ **immature** [ˌɪməˋtjʊə] *adj.* 不成熟的、沒經驗的、未發育的

Being childlike is not an immature behavior, but doing things without considering others is.

像小孩一樣不是不成熟的行為，做事不為他人考量才是。

....

★ **immovable** [ɪˋmuvəbəl] *adj.* 不可移動的、堅定不移的

The huge falling rocks are immovable, so the Department of Transportation decided to close the mountain road forever.

由於巨大的落石無法被移走，因此交通局決定永久封閉此山路。

....

★ **immune** [ɪˋmjun] *adj.* 免疫的；不受影響的；豁免的、免除的

The president is immune from all the accusations except for the impeachment from the parliament during his or her term of office.

除了來自立法院的彈劾，總統就任期間可豁免其餘控告。

ir-
否定

 解 與 in- 同源，有「不是」、「非」等否定的意思，置於 r 開頭的單字前。

Track 251

★ **irregular** [ɪˋrɛgjʊlə]　*adj.*　不規則的、不合常規的、不正常的

They challenge to put a hundred irregular pieces of porcelain together on the wall and made a picture out of them.
他們挑戰將一百片不規則的磁磚拼起來做成一幅畫。

★ **irrelevant** [ɪˋrɛlɪvənt]　*adj.*　不相關的

The teacher suggests us not to mention any irrelevant information during our oral presentation.
老師建議我們在口頭報告中不要提到不相關的資訊。

★ **irresistible** [ɪrɪˋzɪstəbəl]　*adj.*　無法抗拒的、不可抵擋的

The imposing manner of their school's basketball team is irresistible. So far, they have already won seven games in the row.
他們學校籃球隊的氣勢銳不可當，目前他們已經連贏七場了。

★ **irrespective** [ɪrɪˋspɛktɪv]　*adj.*　不考慮、不論

The apartment management committee decided a set managing fee, irrespective of how large of each apartment is.
大樓管理委員會決定不論每間房子的大小都收固定的管理費。

Part 1 字根篇

Part 2 字首篇

Part 3 字尾篇

non-
否定

解 源自於拉丁文「沒有」、「不是」的否定意思。

 Track 252

★ **non-alcoholic** [nɑnælkə`hɔlɪk] *adj.* 不含酒精的

Pregnant women should drink non-alcoholic and non-caffeine beverages.

懷孕婦女應飲用不含酒精、不含咖啡因的飲料。

....

★ **noncommittal** [nɑnkə`mɪtəl] *adj.* 不表態的、含糊其辭的

Before the company makes the final decision, what journalists can get from the representative is only noncommittal answers.

在公司做出最後決定之前，記者從代表那裏得到的都是含糊的答案。

....

★ **non-flammable** [nɑn`flæməbəl] *adj.* 不易燃的

They chose non-flammable materials for their interior decoration and furniture.

他們選擇不易燃的材料做室內裝潢和家具。

....

★ **non-violent** [nɑn`vaɪələnt] *adj.* 非暴力的

He established a group to advocate non-violent society, encouraging people to deal with every issue from protests to daily arguments without using violence.

他成立了一個提倡反暴力社會的團體，鼓勵人們在處理所有議題時都不要使用暴力，大到抗議小至日常紛爭。

neg-
否定

解 源自於拉丁文「不是」、「否定」等意思。

 Track 253

★ **negation** [nɪ`geʃən]　*n.*　否定

We need a result before the end of this week, no matter if it is a confirmation or a negation.

我們這週結束前需要一個答案，無論是肯定還是否定。

....

★ **negative** [`nɛɡətɪv]　*adj.*　否定的、拒絕的

She felt relieved when the blood test showed a negative result of virus infection.

當血液測試顯示沒有病毒感染時，她鬆了一口氣。

....

★ **neglect** [nɪ`glɛkt]　*v.*　疏忽、忽略、忽視

The short little child was often neglected in the class; therefore, when the accident happened, no one was there to help him.

那名個子矮小的男孩在班上常被忽略，所以當意外發生時，沒有人在第一時間幫忙救他。

....

★ **negligent** [`nɛglɪdʒənt]　*adj.*　疏忽的、失職的

The public was very dissatisfied with the legislators who were negligent in revising laws.

民眾對那些怠忽職守、不修法的立法委員相當不滿。

Part **1** 字根篇

Part **2** 字首篇

Part **3** 字尾篇

anti-
反對

解 源自於希臘文「反對」、「相反」等對立的意思。

 Track 254

★ **antibiotic** [ˌæntɪbaɪˋɑtɪk] *n.* 抗生素

If you are taking a course of antibiotic, you should comply with doctor's prescription and do not stop the course.
若你正在接受抗生素療程，你應遵守醫生的指示且不得中斷療程。

★ **antibody** [ˋæntɪbɑdɪ] *n.* 抗體

The purpose of vaccine is to create antibodies before being infected.
疫苗的目的就是在被感染前先產生抗體。

★ **anticlimax** [æntɪˋklaɪmæks] *n.* 反高潮、掃興的結尾

The whole film caught my attentions and provided me with a high expectation, but the anticlimax ending left me in astonishment.
整部電影抓住我的注意也給我很高的期待，但掃興的結尾卻讓我很錯愕。

★ **antidote** [ˋæntɪdot] *n.* 解毒劑；緩解方法、對抗手段

Some of my colleagues regard yoga and meditation as antidotes to daily stress.
我某些同事視瑜珈和冥想為紓解日常壓力的方法。

contra-
相反

解 拉丁文「相反」、「相對」或「衝突」的意思。

 Track 255

★ **contradict** [kɑntrəˋdɪkt]　*v.*　反駁、否定；與…矛盾、牴觸

In the actress' short statement, she contradicted herself four times.
在女演員簡短的聲明中,她自我矛盾了四次。

★ **contradictory** [kɑntrəˋdɪktərɪ]　*adj.*　對立的、相互矛盾的

When you are hesitated and indecisive, you could ask some advice but do not be surprised if you receive contradictory one.
當你感到徬徨且猶豫不決時,你可以詢問一些意見,但你若聽到相反的意見時可別驚訝。

★ **contrary** [ˋkɑntrərɪ]　*adj.*　相反的、對立的　*n.*　相反、對立面

I thought he would be angry with my frank critique; yet on the contrary, he accepted it with the gratitude.
我以為他會對我直白的批評感到憤怒,但相反地他卻感激地接受了。

★ **contrast** [ˋkɑntræst]　*n.*　差異、對比、對照

The contrast between the bright yellow shorts with dark blue T-shirt makes her look younger and energetic.
艷黃色短褲和深藍 T 恤的對比使她看起來更年輕、有活力。

Part 1 字根篇

Part 2 字首篇

Part 3 字尾篇

269

counter-
反對

解 和contra-同源，有「相反」、「反對」或「對抗」的意思。

Track 256

★ **counteract** [kaʊntɚˋækt]　*v.*　抵銷、減少、對抗

Airbags and seat belts are proved able to counteract the striking force from the accidents.
安全氣囊與安全帶證明可以抵銷事故發生時帶來的撞擊力。

★ **counterbalance** [ˋkaʊntɚˌbæləns]　*v.*　*n.*　（使）平衡、彌補

She agilely uses a leverage mechanism to counterbalance herself on her left leg.
她靈活地使用槓桿原理，以她的左腳平衡全身。

★ **counterclockwise** [kaʊntɚˋklɑkwaɪz]　*adj.*　*adv.*　逆時鐘方向的（地）

There is no conclusion for running counterclockwise on the sport fields.
目前仍沒有定論為何在運動場上要逆時鐘跑。

★ **counterpart** [ˋkaʊntɚpɑrt]　*n.*　相對應者

The children should play with their counterparts of their ages more often during the elementary school time.
小孩子在小學階段應該多與同齡人玩耍。

re-
往回

解 源自於拉丁文「向後」、「往回」或「重複」的意思。

 Track 257

★ **reciprocal** [rɪ`sɪprəkəl]　*adj.*　回報的；互補的；倒數的

She believes that doing a real charity means not expecting any for reciprocal benefits.

她相信做真正的慈善就是不求任何回報。

....

★ **reclaim** [rɪ`klem]　*v.*　取回、拿回、收回

Please leave your coat and bag in the cloakroom, and you will receive a card for later reclaiming.

麻煩請將您的大衣和包包留在衣帽間，您將會收到一張卡片，稍後可憑卡取回。

....

★ **refund** [rɪ`fʌnd]　*v.*　退款、退還

In most international airports, there is usually a special counter for tax refunding.

在大多數的國際機場通常會有一個特別退稅櫃台。

....

★ **rejection** [rɪ`dʒɛkʃən]　*n.*　拒絕

Because of his visa issue, all his job applications so far were rejections.

由於簽證的問題，目前為止他所有的工作申請都遭到拒絕。

Part
1
字根篇

Part
2
字首篇

Part
3
字尾篇

em-
使成為

解 源自於希臘文，使名詞
變成動作的字首。

 Track 258

★ **embark** [ɪmˋbɑrk] *v.* 登船

After the end of World War II, my grandmother's fiancé embarked
for Japan and then lost contact afterwards.
二戰之後我奶奶的未婚夫登船回到日本，之後就失去聯繫了。

★ **embed** [ɪmˋbɛd] *v.* 鑲嵌、嵌入

Most people now do not like to read pure texts, so bloggers embed
various photos, pictures, or videos in their posts.
現在大部分的人都不喜歡閱讀純文字，所以部落客在他們的文章中會嵌
入照片、圖片或影片。

★ **embrace** [ɪmˋbres] *v.* 擁抱；欣然接受、採納；包括

The new environment provides Amy with a wider world, and she
is excited and ready to embrace anything novel.
新的環境帶給艾美一個更寬廣的世界，興奮的她已經準備好接受任何新
事物。

★ **emphasis** [ˋɛmfəsɪs] *n.* 強調、重視

During classes, the teacher put a great emphasis on
implementation than texts in the book.
課堂中，教師十分強調實作勝過課本中的文字。

en-
使成為

解 與em-同源，使名詞變成動作的字首，有「提供」的意涵。

 Track 259

Part **1** 字根篇

Part **2** 字首篇

Part **3** 字尾篇

★ **enlarge** [ɪnˋlɑrdʒ]　*v.*　放大

My father showed me an ordinary photo, but when he enlarged it, I saw an amazing hidden surprise!

我父親給我看一張平凡的照片，但當他將照片放大後，我看到了驚人的隱藏驚喜！

★ **enlighten** [ɪnˋlaɪtən]　*v.*　啟發、啟蒙、開導

The Classic of poetry has enlightened generations of writers, poets, and even playwrights.

詩經啟發了數代的作家、詩人甚至有劇作家。

★ **enrich** [ɪnˋrɪtʃ]　*v.*　使豐富、充實；使…富有

I made friends with some really good people, and their company enriched my life of studying aboard.

我與一些很好的人成為朋友，他們的陪伴豐富了我的留學生活。

★ **ensue** [ɪnˋsju]　*v.*　接著發生

The lightning and the ensuing thunder are actually from the same source, just appear in different ways.

閃電之後接著發生的打雷其實是同一來源，只不過表現於不同形式罷了。

in-
使成為

解 源自於拉丁文，原指「向內的」，後衍生為「促使」、「成為」等意思。

Track 260

★ **inaugurate** [ɪˈnɔgjʊret] *v.* 正式就職；啟用；開創、開始

The light rail train to the airport will be inaugurated in two years.
通往機場的輕軌電車將會於兩年後啟用。

. . . .

★ **incentive** [ɪnˈsɛntɪv] *n.* 激勵、鼓勵

According to a survey, convenience and inexpensive prices are main incentives for taking the public transportation.
根據一則調查，便利性和便宜的價格是搭乘大眾交通工具的主要激勵誘因。

. . . .

★ **induce** [ɪnˈdjus] *v.* 誘使、勸說；導致

My friend induced me to read a series of fictions which I did not have any interest at all.
我朋友誘使我去讀一系列我原本沒興趣的小說。

. . . .

★ **inflict** [ɪnˈflɪkt] *v.* 使遭受、承受

A huge earthquake inflicted serious damages on the villages and imposed a harmful impact on victims' mentality.
大地震使村莊遭受嚴重的損毀，也為受難者的心理帶來不良影響。

im-
使成為

解 與in-同源，原指「向內的」，後衍生為「促使」、「成為」等意思。

 Track 261

★ **imminent** [ˋɪmɪnənt] *adj.* 即將來臨的

An imminent political storm is at the corner, but some just cannot see the omen.

一場政治風暴即將來臨，但就是有些人無法看見預兆。

. . . .

★ **impart** [ɪmˋpɑrt] *v.* 傳授、告知；賦予

Shiitake and light soy sauce impart a rich and luscious flavor to this rice dish.

香菇和淡醬油賦予這道米飯佳餚豐富甜美的味道。

. . . .

★ **imperative** [ɪmˋpɛrətɪv] *adj.* 緊急迫切的、十分重要的

The institution has formulated a standard operating procedures for imperative actions on emergent moments.

組織已經為緊急狀況制定了標準作業程序以即時反應。

. . . .

★ **impulse** [ˋɪmpʌls] *n.* 強烈慾望、心血來潮、一時興起

Whenever I visit a bookshop, I end up buying dozens of books on impulse.

每次我去書店，最後總是心血來潮地買了好幾本書。

Part
1
字根篇

Part
2
字首篇

Part
3
字尾篇

ex-
使成為

解 源自於希臘文「外面的」，後衍生為「完成」、「完全」等意思。

🔘 *Track 262*

★ **excerpt** [ɛkˋsɝpt] *v.* *n.* 摘錄、節錄

He prefers reading excerpts of books from magazines or newspaper before borrowing them.

他偏好借書前先讀雜誌或報紙上書籍的節錄內容。

★ **execute** [ˋɛksɪkjut] *v.* 履行、實行、執行

Our representative will execute the deal with the foreign agent in Singapore.

我們的代表會到新加坡和外商代理人履行交易。

★ **expedition** [ɛkspɪˋdɪʃən] *n.* 遠征、探險、考察

A group of geological students are preparing their expedition to US National Parks during the summer.

一群地質學學生正準備夏天時到美國國家公園展開考察之旅。

★ **extort** [ɪkˋstɔrt] *v.* 勒索、敲詐

An anonymous person attempted to extort money from the agency of the actor, seemingly wishing to damage his reputation.

一位匿名人士試圖向那名演員的經紀公司勒索，似乎想要毀壞他的名聲。

de-
去除

解 源自於拉丁文「遠離」，在此衍生為「去除」、「消失」的意思。

 Track 263

★ **default** [dɪˋfɔlt] *n.* 　預設值、既定結果；違約、拖欠　*v.* 　默認、預設為…；違約

The repairer explained that his phone which got virus is repairable, but it will be reverted to the default setting.
修理師告訴他中毒的手機修得好，但會被還原到預設狀態。

★ **deter** [dɪˋtɝ] *v.* 　嚇阻、威懾；使不敢、使斷念

The ideas of feeling guilty and being afraid of getting hurt deter people from examining and reflecting on themselves.
罪惡感和害怕受傷的想法使人們不敢檢視並反省自身。

★ **devalue** [diˋvælju] *v.* 　貶值；輕視、貶低

Many female staffs in the technology industry complain that their ability and achievements are often devalued.
許多科技業的女性員工抱怨她們的能力和成就常常被輕視。

★ **devastating** [ˋdɛvəstetɪŋ] *adj.* 　毀滅性的；驚人的、令人震撼的

The late autumn typhoon brought devastating effects to this small crowded island.
晚秋的颱風為這座小而擁擠的島嶼帶來了毀滅性的災害。

dis-
去除

解 源自於拉丁文，「分開」、「去除」等意思。

Track 264

★ **discomfort** [dɪsˋkʌmfət] *n.* 不適、不安

A study implies that violent pictures in movies may cause discomfort to young children.

一項研究指出電影中暴力的畫面可能會造成幼兒感到不安。

....

★ **dissipate** [ˋdɪsəˌpet] *v.* 逐漸消失、逐漸浪費

Her resentment and anger toward her ex-boyfriend dissipated after one year.

一年後，她對前男友的怨恨和憤怒才慢慢消失。

....

★ **distil** [dɪˋstɪl] *v.* 蒸餾；濃縮

The teacher prepared a bottle of distilled water for tomorrow's experiment in the class.

教師為明天課堂上的實驗準備了一瓶蒸餾水。

....

★ **distract** [dɪˋstrakt] *v.* 使分心

The tutor found out that the pupil attempted to distract her from the truth.

導師發現學童試圖使她從真相上面轉移注意。

out-
去除

解 源自於古英文，原有「外面」的意思，亦衍生為「消除」、「去除」之意。

 Track 265

★ **outage** [`aʊtɪdʒ] *n.* 停電期間

The electricity company posted an announcement which stated that due to planned maintenance work, there would be a power outage lasting half a day.

電力公司貼出一個公告，宣布因維修作業，將停電半天。

- -

★ **outgas** [aʊt`gæs] *v.* 除氣、釋出氣體

The accident of toxic chemicals outgassing reminds the government of hidden threat to the public.

毒氣體外洩的意外提醒政府公共潛在威脅。

- -

★ **outlaw** [`aʊtlɔ] *n.* 不法之徒　*v.* 使成為非法、禁止

Smoking in public indoor places with more than three people is outlawed since 2007.

從 2007 年開始，在超過三人的室內公眾場所禁止吸菸。

- -

★ **outwash** [`aʊtwɑʃ] *n.* 冰川沖刷、外洗平原

Our tour guide brought us to a hill and showed us the outwash and moraine left by the glacier in the last century.

我們導遊帶我們到一座山丘上，看上世紀冰川留下來的外洗平原和冰磧石。

Part **1** 字根篇

Part **2** 字首篇

Part **3** 字尾篇

un-
消除

 源自希臘文anti-，有「移除」、「消除」或「開放」等意思。

Track 266

★ **uncover** [ʌn`kʌvɚ] *v.* 揭露、揭開、發掘

The diary of Anne Frank uncovers not only Nazi's brutality but also victims' inner voice.

安妮・法蘭克的日記不僅揭露了納粹的殘暴，還有受害者的心聲。

★ **undo** [ʌn`du] *v.* 解開、大開；消除、抵銷

You have to learn to control yourself when you are angry because the physical and verbal hurts cannot be undone.

當你生氣時你必須學會控制自己，因為肢體或語言的傷害是無法消除的。

★ **unload** [ʌn`lod] *v.* 去除、卸下、取出

Children ran away excitedly to the playground when reaching the destination, leaving their parents to unload the baggage.

一到目的地時，孩子們興奮地衝去遊樂場，只留父母卸下行李。

★ **unpack** [ʌn`pæk] *v.* 打開（行李）；解釋、說明

They were so tired and they did not want to unpack their luggage after they lay down on the bed.

他們感到十分疲憊，因此當他們躺到床上後就不想打開行李。

Part 3
字尾篇

-ain
人

解 源自於拉丁文，代表「與…相關的人」。

 Track 267

★ **captain** [ˋkæptɪn] *n.* 機長、船長、隊長；上校、上尉

Good morning! This is Captain Mario speaking. Welcome on board.

早安！我是機長馬力歐，歡迎登機。

....

★ **chaplain** [ˋtʃæplɪn] *n.* 特遣牧師，於非宗教場所服務的牧師

After finishing his study of theology in the university, he is considering becoming a prison chaplain in the future.

自大學神學系畢業後，他未來考慮在監獄當牧師。

....

★ **swain** [sweɪn] *n.* （文學中）年輕的戀人或追求者

Don't be a blind lovesick swain who indulges in sweet vague love poems. Live at the moment!

別當一個為愛相思的盲目戀人，沉浸在甜膩空洞的情詩上。活在當下吧！

....

★ **villain** [ˋvɪlən] *n.* 反派

Villains in the reality are more complex than those in the stories because they are real human beings.

現實生活中的反派比故事中的更複雜，因為他們是有血有肉的人。

-aire
人

解 源自於拉丁文，指有某中特質的人，通常加在來自法文的單字字尾。

 Track 268

★ **concessionaire** [kənˌsɛʃəˋnɛr] *n.* 特許經銷商

The watchdog group emphasizes that BOT should not allow certain concessionaires to gain illegal profits.
監督團體強調政府民間合作案不應允許特許經銷商獲得不法利益。

★ **commissionaire** [kəˌmɪʃəˋnɛr] *n.* 看門員、門口警衛

When my uncle was little, he often slipped into cinemas with other kids when the commissionaires were unaware.
我舅舅小時候常趁電影院看門人不注意時，和同伴偷偷溜進去。

★ **legionnaire** [ˌlidʒəˋnɛr] *n.* 軍團

He is writing a memoir-like fiction depicting a general and his legionnaire.
他正在寫一部類自傳的小說，內容描述一位將軍和他的軍團。

★ **millionaire** [mɪljəˋnɛr] *n.* 百萬富翁

Mr. Lin next to my door became a millionaire by winning the lottery.
我隔壁的林先生因贏得樂透而成為百萬富翁。

Part **1** 字根篇

Part **2** 字首篇

Part **3** 字尾篇

-ian
人

解 演化自拉丁文字尾 -an，指專家或特殊的人物。

🎵 **Track 269**

★ **barbarian** [bɑrˋbɛrɪən]　*n.*　野蠻人；無教化的人

You cannot call them barbarians merely because they have different cultures from you.

你不能因為他們的文化和你的不同就稱呼他們野蠻人。

......

★ **comedian** [kəˋmidɪən]　*n.*　喜劇演員

A report concluded that successful comedians are super smart people who know how to criticize the society in funny ways.

一篇報導結語道：成功的喜劇演員是十分聰明的人，他們知道如何以滑稽的方式批評社會。

......

★ **lesbian** [ˋlɛzbɪən]　*n.*　女同性戀者

The preschool teacher found a German picture book using the story of a lesbian family to deal with the topic of homosexuality.

那名幼教老師發現一本德文圖畫書，以女同性戀者家庭的故事處理同性戀的議題。

......

★ **statistician** [stætɪˋstɪʃən]　*n.*　統計學家、統計員

The financial company is recruiting a statistician.

那家金融公司正在招聘一名統計員。

-ant, -ent

人

 源自於拉丁文，意思為「…的人」。

Track 270

Part **1** 字根篇

★ **attendant** [ə`tɛndənt] *n.* 服務員、侍者

With his fluent English and charming smile, he successfully became a flight attendant.

憑著流利的英文和迷人的笑容，他成功地成為一名空服員。

★ **defendant** [dɪ`fɛndənt] *n.* 被告人

The court sent a notice to inform that the defendant and his defence counsel must attend the next court.

法院寄出通知，要求被告和其辯護律師務必出席下次開庭。

Part **2** 字首篇

★ **correspondent** [kɔrɪ`spandənt] *n.* 通訊記者、通信人

I did not know that my ex-classmate is a correspondent in France now until I contacted her.

直到我聯絡以前的同學，才知道她現在是駐法通訊記者。

Part **3** 字尾篇

★ **tyrant** [`taɪrənt] *n.* 暴君、專橫的人

The secretary complained to her friends that her boss is a modern tyrant.

那位秘書向她的朋友抱怨她的老闆是個現代暴君。

-ar, -or
人

解 源自於拉丁文「與…相關的人」的字尾。

 Track 271

★ **administrator** [əd`mɪnɪstretɚ] *n.* 行政人員

The conductor was annoyed that she needed a approval of the administrator every time she chose performing pieces.
那名指揮對於她每次選擇的表演曲目都要經過行政人員同意感到很不悅。

★ **bachelor** [`bætʃələ] *n.* 單身漢；學士

We had a great fun on my friend's bachelor party, where we shared our nice memories and his good news.
我們在朋友的單身告別派對上玩得很快樂，我們一起分享那些美好的回憶和他的好消息。

★ **counselor** [`kaʊnsələ] *n.* 顧問、律師；輔導員

Our apartment committee hired a law counselor due to the real estate dispute.
我們的公寓委員會因房地紛爭聘請了一位法律顧問。

★ **vicar** [`vɪkə] *n.* 教區（堂）牧師

The vicar in this district helps many teenagers who went astray to find their meaning of life.
這區的牧師幫助很多迷途的青少年找回他們的生命意義。

-er
人

解 源自於古英文的字尾，廣泛用於職業人員或其他帶有特別特質的人。

 Track 272

★ **retailer** [ˈritelɚ] *n.* 零售商

As the biggest book retailer in the country, the company provides multiple services to attract more customers.

身為全國最大的零售商，該公司提供多元服務以吸引更多客戶。

....

★ **shareholder** [ˈʃɛrholdɚ] *n.* 股票持有人、股東

The chairman will hold an information meeting for shareholders to explain the direction of the development in the future.

董事長將會為股東主辦一場說明會，解釋未來發展的方向。

....

★ **toddler** [ˈtɑdlɚ] *n.* 初學走路的幼兒

The publishing company just released a box of picture books and toys for toddlers.

那間出版社剛推出一盒給幼兒的圖畫書與玩具。

....

★ **taxpayer** [ˈtækspeɚ] *n.* 納稅人

The commentator published an article on the newspaper, listing a number of policies which wasted taxpayers' money.

那名評論家在報紙上發表一篇文章，列舉許多政策其實是在浪費納稅人的錢。

Part **1** 字根篇

Part **2** 字首篇

Part **3** 字尾篇

解 源自於古法文，代表有某種習慣或特性的人。

 Track 273

★ **coward** [ˋkaʊəd]　*n.*　膽小鬼、懦夫

Her cautiousness and prudence made her be regarded as a coward in schooldays.

她的小心謹慎使她在學生時期被視為一個膽小鬼。

★ **drunkard** [ˋdrʌŋkəd]　*n.*　酗酒者、酒鬼

The social interaction of my friend's husband's workplace turns him into a drunkard.

職場上的應酬讓我朋友的先生成為一個酗酒者。

★ **steward** [ˋstjuəd]　*n.*　服務員；負責人、管家

All stewards on this luxury cruise know the legendary old lady who is on board almost all the year except few days.

這艘豪華郵輪上的所有服務員都知道那位傳奇性的年長女士，她一年中除了少數幾天以外，幾乎都待在船上。

★ **wizard** [ˋwɪzəd]　*n.*　巫師

Fantasy stories about wizards and witches became extremely popular after the publishing of Harry Potter series.

自從哈利波特系列推出後，有關巫師和女巫的奇幻故事便十分受歡迎。

-arian
人

 源自於拉丁文，出現於 -ary 結尾變成的名詞中。

Track 274

★ **humanitarian** [hjʊˌmænɪˋtɛrɪən]　*n.*　人道主義者

She does not consider herself a humanitarian because she thinks that everyone has the right and power to be involved.
她不認為自己是一名人道主義者，因為她認為每個人都有權、有力量能參與這件事。

★ **librarian** [laɪˋbrɛrɪən]　*n.*　圖書館員

The best-selling comic book this week reveals the secret story between the librarian and high school students in Japan.
這週最暢銷的漫畫書揭露了日本圖書館員和高中學生之間的祕密故事。

★ **vegetarian** [vɛdʒɪˋtɛrɪən]　*n.*　素食者

Lisa is happy that more and more restaurants in Taiwan provide additional options for vegetarians.
麗莎很高興越來越多臺灣的餐廳提供素食者 額外的選擇。

★ **veterinarian** [ˌvɛtərɪˋnɛrɪən]　*n.*　獸醫

My sister determined to become a veterinarian after our dog died of cancer.
我妹妹在我們家的狗因癌症過世後，立志要當一名獸醫。

Part 1 字根篇

Part 2 字首篇

Part 3 字尾篇

-ary
人

解 源自於拉丁文，意指「…樣的人」。

 Track 275

★ **adversary** [ˋædvəsərɪ]　*n.*　對手、敵手

Jim cannot believe that his friend from school's archery club is his adversary in this contest.

吉姆不敢相信他在學校箭術社的朋友就是他這場比賽的對手。

★ **judiciary** [dʒʊˋdɪʃərɪ]　*n.*　法官（總稱）、審判官

The government claimed that judiciary's opinions had been consulted and collected before drafting the policy.

政府表示在草擬政策之前就已徵詢和採納法官的意見。

★ **luminary** [ˋlumɪnərɪ]　*n.*　專家、著名學者

This interview project includes many local folk custom luminaries and keepers of temples.

此訪談計畫包含許多當地的民俗專家和廟祝。

★ **missionary** [ˋmɪʃənərɪ]　*n.*　傳教士

The local people raised fund and built a hospital to memorize the missionary who contributed his life to this land 50 years.

當地的居民募資蓋了一間醫院，以紀念將一生五十年奉獻於這塊土地的傳教士。

-ast
人

解 源自於希臘文的字尾，通常改變自-ize動詞，「…的人」。

 Track 276

★ **encomiast** [ɛn`komɪæst]　*n.*　阿諛者、讚美者

Do not be a blind encomiast, but be a critical thinker that helps to improve the system.
別成為盲目的阿諛者，要成為有批判性思考的人以協助改進體制。

- -

★ **enthusiast** [ɪn`θjuzɪæst]　*n.*　熱衷於…者、愛好者

Her husband is a bungee jumping enthusiast.
她的先生是高空彈跳的愛好者。

- -

★ **gymnast** [`dʒɪmnæst]　*n.*　體操運動員

A gymnast realized that he could not totally control his body until he learnt how to control his mind.
有位體操運動員體會到，除非他先學會控制自己的意念，否則他無法完全控制自己的肢體。

- -

★ **iconoclast** [aɪ`kɑnəklæst]　*n.*　反對偶像崇拜者、批評某價值者

Many priceless ancient books and buildings were destroyed by iconoclasts during Cultural Revolution.
在文化大革命中，有許多無價的古老典籍和建築被反舊習者破壞。

Part 1 字根篇

Part 2 字首篇

Part 3 字尾篇

-ate
人

解 源自拉丁文，有「做…事的人」或是和官方有關者。

 Track 277

★ **advocate** [ˈædvəkət] *n.* 支持者、擁護者

The lawyer was attacked because he is an advocate of the abolishment of death penalty.

那名律師因為是一名廢死支持者而遭受攻擊。

- -

★ **consulate** [ˈkɑnsjʊlət] *n.* 領事館、領事

The newly arrived consulate is busy with understanding the intelligence information of the leakage of data.

新任的領事正忙於瞭解資料外洩的機密情報。

- -

★ **delegate** [ˈdɛlɪgət] *n.* 代表

The first day of the book fair is dedicated to all the delegates of publishing companies all around the world to negotiate the copyright of books.

書展的第一天專門給來自全世界出版社的代表談書籍版權。

- -

★ **inmate** [ˈɪnmet] *n.* 囚犯；病人

The prison makes money by having inmates involved in the handicraft production.

這間監獄藉由讓囚犯參與手工藝品製作而賺錢。

-ator
者

 拉丁字尾，將-ate動詞改變成名詞的結尾。

Track 278

★ **creator** [kri`etə] *n.* 創造者、創作者

Although there are still some arguments, the creator of Teddy Bears is generally believed to be a designer from a German toy company.

雖然還有一些爭論，但一般多相信泰迪熊的創造者是來自德國玩具公司的設計師。

★ **dictator** [dɪk`tetə] *n.* 獨裁者、獨斷專行者

In the modern society, fewer fathers behave like a dictator in families.

現代社會中，較少父親在家庭中表現地像獨裁者了。

★ **legislator** [`lɛdʒɪsletə] *n.* 立法者

Reducing the seats number in the parliament implies that the power and the influence of the individual legislator are stronger.

立法院席次減少意味著個別立法者的權力和影響力都變大了。

★ **negotiator** [nɪ`goʃietə] *n.* 談判者、談判專家

The police found the negotiator to convince the kidnapper to release hostages.

警方找到談判專家說服綁匪釋放人質。

-ee
者

解 拉丁字尾，代表接受某種動作的人。

 Track 279

★ **examinee** [ɪgzæmɪˋni] *n.* 受試者、考生

Do not worry. The university has already prepared an alternative plan for examinees who are intervened by the severe weather.

別擔心，這所大學已經為被惡劣天氣阻撓的考生準備好備案了。

★ **nominee** [nɑmɪˋni] *n.* 被提名者

His sister-in-law was a great judge and was once a nominee of Justice of Constitutional Court.

他的小姨子是名好法官，還曾被提名為大法官。

★ **referee** [rɛfəˋri] *n.* 裁判；仲裁者；推薦者

The company asked the candidates to provide the contact information of at least two referees.

公司要求求職者提供至少兩個推薦者的聯絡資料。

★ **trainee** [treˋni] *n.* 受訓者、實習生

Her excellent performance as a trainee in a marketing company impressed the supervisor.

她在行銷公司擔任實習生的優良表現讓主管印象深刻。

-eer
人

 解 源自於拉丁文，代表「做…的人」。

Track 280

★ **pioneer** [paɪə`nɪə]　*n.*　先鋒、創始人、開拓者

Apple computer was the pioneer of personal computers.
蘋果電腦是個人電腦的先鋒。

★ **profiteer** [prɑfɪ`tɪə]　*n.*　奸商、投機商

After serious natural disasters, there are always profiteers
appearing to earn the huge profit.
嚴重的天災過後總會有投機商出現賺取暴利。

★ **overseer** [`ovəsɪə]　*n.*　工頭、監工

The overseer of this construction site did not expect that
inhabitants of this community would have such strong complaints.
這個工地的監工沒預料到這個社區的居民會有如此強烈的抱怨。

★ **volunteer** [ˌvɑlən`tɪə]　*n.*　志願者、志工

She was an environmental volunteer when she was a student, and
now she continues her service even when she becomes an office
worker.
她在大學時代就是環境志工，即使現在開始上班仍繼續服務。

-el

人

解 代表「⋯人」的意思，由南歐語系如法、義大利文演變而來的詞語。

 Track 281

★ **colonel** [ˋkɝnəl] *n.* （陸、空軍）上校

The army held a grand and solemn funeral for the colonel who died in the line of duty.

軍方為殉職的上校舉辦一場隆重且莊嚴的喪禮。

★ **infidel** [ˋɪnfɪdəl] *n.* 異教徒

He believes that if a society has freedom of religion, it implies that there is no infidel to be converted into a certain religion.

他相信若一個社會有信仰自由，那就意味著沒有所謂異教徒需要被歸化到特定宗教。

★ **minstrel** [ˋmɪnstrəl] *n.* （中世紀的）吟遊歌手

It is believed that folktales are originated from songs and stories which were sung and told by minstrels.

民間故事據信是源自於中世紀吟遊歌手所吟唱或述說的故事與歌曲。

★ **personnel** [pɝsəˋnɛl] *n.* 人事、員工

There will be a major personnel change in the near future.

不久的將來將會有大規模人事異動。

-ese
人

解 源自於拉丁文，表示「來自…的人」。

 Track 282

★ **Japanese** [dʒæpəˋniz]　*n.*　日本人

My ex-supervisor's fiancée was a Japanese.
我前主管的未婚妻是個日本人。

★ **Portuguese** [ˌpɔrtʃʊˋgiz]　*n.*　葡萄牙人

They heard that the singer with a beautiful voice is a Portuguese, who is able to sing traditional fado.
他們聽說那位有著美妙歌聲的歌手是葡萄牙人，而且她還會唱傳統的葡萄牙法朵歌曲。

★ **Viennese** [vɪəˋniz]　*n.*　維也納人

One Viennese gave a bitter smile and said that he was once asked by a foreigner whether he was good at dancing Viennese Waltz.
有位維也納人苦笑說，他有次曾被外國人詢問他是否很會跳維也納華爾滋。

★ **Vietnamese** [ˌvɪɛtnəˋmiz]　*n.*　越南人

It wasn't common to meet Vietnamese during her study abroad, though people from other South East Asian countries were.
她留學時，東南亞其他國家的人都滿常見到的，但越南人卻不常見。

Part
1
字根篇

Part
2
字首篇

Part
3
字尾篇

-eur
人

解 源自於法文，由特定動詞轉化為名詞，「…人」的意思。

 Track 283

★ **entrepreneur** [ˌɑntrəprəˋnɝ]   *n.*   企業家、創業家

The Startup Forum of the university invited several famous entrepreneurs to share their precious experiences.
大學的創業論壇邀請多位創業家分享他們寶貴的經驗。

★ **flaneur** [flɑˋnɝ]   *n.*   漫遊者

A flaneur is a person who wanders around in a city and observes every special detail there.
漫遊者即是一個在城市遊蕩的人，觀察每一個獨特的細節。

★ **masseur** [mæˋsɝ]   *n.*   按摩師

The freelance masseur tries all the methods, such as Internet promotion and discount to attract customers.
那名特約按摩師用盡各種方法，如網路宣傳和折扣，以吸引顧客。

★ **voyeur** [vwɑˋjɝ]   *n.*   偷窺者

The voyeur of the female public toilet was caught on the spot by two tourists.
女用公共廁所的偷窺者被兩名旅客當場逮到。

-ist

人

解 源自於希臘文，指「從事或參與…的人」。

 Track 284

★ **activist** [ˋæktɪvɪst] *n.* 積極分子、行動分子

The political protest gathered many activists from young to elderly.

這場政治抗議活動聚集了許多從年輕到老的積極分子。

★ **columnist** [ˋkɑləmnɪst] *n.* 專欄作家

The writer who currently lives in Los Angeles is invited to be a columnist of a literary magazine.

這位目前居住在洛杉磯的作家獲邀成為文學雜誌的專欄作家。

★ **environmentalist** [ɪnˏvaɪrənˋmɛntəlɪst] *n.* 環境保護主義者

A group of environmentalists held a series of event to raise people's awareness of the Nature on April 22nd, the Earth day.

一群環保主義者在 4 月 22 日地球日這天舉辦一系列活動，以提高人們的環境意識。

★ **pharmacist** [ˋfɑrməsɪst] *n.* 藥劑師

It is better to ask pharmacists' suggestion even if you are purchasing non-prescription medicine.

即便是購買非處方用藥，最好還是詢問藥師的意見。

Part **1** 字根篇

Part **2** 字首篇

Part **3** 字尾篇

-logist
學者

 解 源自於希臘文，指某特別領域的學者。

Track 285

★ **ecologist** [ɪˋkɑlədʒɪst]   *n.*   生態學家

A French ecologist came to Malaysia to study the rainforest there.
一名法國生態學家到馬來西亞研究當地的雨林。

★ **meteorologist** [ˌmitɪəˋrɑlədʒɪst]   *n.*   氣象學家

The meteorologist gave up his professor position.
那位氣象學家放棄教授的職位。

★ **psychologist** [saɪˋkɑlədʒɪst]   *n.*   心理學家

The publisher collaborated with educational experts and child psychologists to release a series of picture books about emotions.
出版社和教育專家及兒童心理學家合作，推出了一系列和情緒有關的繪本。

★ **sociologist** [sosɪˋɑlədʒɪst]   *n.*   社會學家

Sociologists study the problem that most people ignore and lead the public to think of a better solution.
社會學家研究大部分人不關心的問題，並引領大眾思考更好的解決方法。

-nik
者

 解 源自斯拉夫語系，指特定政治、文化等狀態或信仰相關的支持者或響應者。

Track 286

★ **beatnik** [`bitnɪk] *n.* （五、六〇年代）「垮掉的一代」成員

He was a beatnik who wore loose clothes and had long hair to express their dissatisfaction to mainstream values.

他過去曾是垮掉一代的成員，他們穿寬鬆的衣物並留著長髮，以示他們對主流價值的不滿。

★ **computernik** [kəm`pjutənɪk] *n.* 電腦迷

She is always complaining about her computernik brother.

她總是不斷抱怨她那電腦迷的弟弟。

★ **peacenik** [`pisnɪk] *n.* 反戰分子

The Vietnam War during 1960s raised people's antipathy of wars and the term "peacenik" was invented at that time.

一九六〇年代的越戰激起人們對戰爭的反感，而「反戰分子」這個名詞即是當時創造的。

★ **refusenik** [rɪ`fjuznɪk] *n.* 被拒移民者

Political instability and serious racial discrimination leave large quantity of refuseniks in despair.

政局動盪加上嚴重的種族歧視使大量被拒絕移民者處於絕望中。

Part **1** 字根篇

Part **2** 字首篇

Part **3** 字尾篇

-ster
人

解 源自於古英文，指有特殊職業或習慣的人。

 *Track 287*

★ **gamester** [ˋɡɛmstɚ] *n.* 賭徒

Someone ironically comments that businessmen are legal gamesters who either earn a fortune or lose everything.
有人諷刺地評論說，商人就是合法的職業賭徒，要不大賺一筆、要不失去所有。

★ **gangster** [ˋɡæŋstɚ] *n.* 歹徒；犯罪集團成員

The unfortunate gangsters encountered the police officer who was on his day off and was caught on the spot.
這名不幸的歹徒遇上正在休假的警察，當場被捕。

★ **trickster** [ˋtrɪkstɚ] *n.* 騙子、狡猾的人

Current international trickster gang incidents cause controversies among the society. It seems it is the time to face the problems.
目前國際詐騙集團事件在社會間引發爭議，是時候來面對這個問題了。

★ **youngster** [ˋjʌŋstɚ] *n.* 少年

Game shops are always one of the most popular gathering places for youngsters.
遊戲店一直是少年喜愛的聚集地之一。

-enne
女⋯

解 源自於法文中的陰性名詞，代表「女性的⋯」，在英文中已越來越少見。

 Track 288

★ **comedienne** [kəˌmidɪˋɛn]　*n.*　女喜劇演員

Comediennes are still not very common nowadays because females are still expected to act like a lady.
女喜劇演員至今仍不多見，因為女性仍被期望表現得像淑女。

★ **doyenne** [dɔɪˋɛn]　*n.*　女前輩、女老專家

Judi Dench, the "M" in James Bond series, is a doyenne in British theatrical circle and film industry.
龐德電影系列中的 M 女士茱蒂 ・ 丹契是英國劇場界和電影界中的女前輩。

★ **equestrienne** [ɪˌkwɛstrɪˋɛn]　*n.*　女騎手表演者

With a great equestrienne profile, she still decided to go back to her hometown and help her uncle breed horses.
雖擁有非常棒的女騎手資歷，她仍決定回老家幫舅舅養馬。

★ **tragedienne** [trəˌdʒidɪˋɛn]　*n.*　女悲劇演員

She is not only an outstanding soprano but also an uncommon opera tragedienne.
她不僅是優秀的女高音，更是難得的女悲劇演員。

Part 1 字根篇

Part 2 字首篇

Part 3 字尾篇

-ess
女⋯

解 從希臘文演變而來的陰性字尾，代表特定女性身分。

Track 289

★ **duchess** [ˈdʌtʃəs] *n.* 公爵夫人、女公爵

Kate Middleton married Prince William in 2011 and became Duchess of Cambridge.

凱特‧密道頓於 2011 年嫁給威廉王子而成為劍橋公爵夫人。

★ **goddess** [ˈgɑdɪs] *n.* 女神

A Japanese literary scholar collected myths and legends from around the world and wrote a book introducing different goddesses.

一名日本文學研究者蒐集了各國的神話，並撰寫了一本介紹全球女神的書。

★ **governess** [ˈgʌvə·nəs] *n.* 家庭女教師

In Charlotte Bronte's famous novel, Jane Eyre was a poor governess with a kind heart and the persistent spirit.

在夏綠蒂‧布朗著名的小說中，簡‧愛是一名貧困的家庭教師，但有著一顆善良的心和堅毅的精神。

★ **hostess** [ˈhostəs] *n.* 女主人

During our trip to Edinburgh, we were welcomed by a kind hostess in a Bed and Breakfast.

我們在愛丁堡旅遊時，受到一位善良的民宿女主人接待。

-ress
女⋯

 解 與-ess同源，從希臘文演變而來的陰性字尾，代表特定女性身分。

Track 290

★ **actress** [`æktrəs]　*n.*　女演員

The girl wanted to be an actress with intelligence, not merely a beautiful vase.

女孩想成為一個有智慧的女演員，而不只是個漂亮的花瓶。

★ **laundress** [`lɔndrəs]　*n.*　洗衣婦

Mr. Toad, who went into the jail due to burglary of a car in *The Wind in the Willows*, escaped from the prison by pretending to be an old laundress.

在《柳林中的風聲》裡因偷竊車子而被關入牢中的癩蝦蟆先生，裝成老洗衣婦逃獄。

★ **mistress** [`mɪstrəs]　*n.*　女主人；情婦

Knowing that the first thing to keep herself as a mistress of her own life after the marriage is to make sure that she is economically independent.

她知道要確保婚後做自己的主人的第一步就是，保證自己經濟獨立。

Part **1** 字根篇

Part **2** 字首篇

Part **3** 字尾篇

-trix
女性的

解 源自於拉丁文，代表「女性的」、「陰性的」等意思。

🔘 *Track 291*

★ **aviatrix** [ˌevɪˋetrɪks]　*n.*　（舊）女飛行員

Amelia Earhart was one of the best pilots in the twentieth century and also the first aviatrix who crossed the Atlantic Ocean alone.

愛蜜莉‧艾爾哈特是二十世紀最優秀的飛行員之一，也是第一位獨自橫跨大西洋的女飛行員。

....

★ **dominatrix** [ˌdɑmɪˋnetrɪks]　*n.*　母夜叉

People made fun of the fearless major, saying that the only person he was afraid of is the dominatrix at home.

人們調侃那位無畏的市長，說他唯一害怕的人就是家裡的母夜叉。

....

★ **executrix** [ɪgˋzɛkjutrɪks]　*n.*　女遺囑執行人

Her mother is the first executrix and beneficiary of her conservative family.

她母親是她守舊家族中第一個女性遺囑執行人和受益者。

....

★ **testatrix** [tɛˋstetrɪks]　*n.*　女性立遺囑人

The judge received a case with a testatrix leaving a weird will to her heirs and heiress.

法官接到一個案子，一名女遺囑人留下奇怪的遺囑給她的繼承者們。

-ade
做…事的過程

 Track 292

★ **arcade** [ɑrˋked]　*n.*　拱廊；拱廊商店街

After graduating for ten years, the artist found what she reminisced most was the arcade circulating the garden in the department building.

畢業十年後，這名藝術家發現她最懷念的是環繞系館花園的拱廊。

. . . .

★ **brigade** [brɪˋged]　*n.*　軍旅；隊、幫、派

The lieutenant led a brigade of 300 soldiers to converge with the captain.

陸軍中尉率領三百位士兵和上尉會合。

. . . .

★ **crusade** [kruˋsed]　*n.*　十字軍；（為理想而奮鬥的）運動

My cousin joined the crusade against drunk driving after experiencing the loss of her boyfriend on a car accident.

我堂妹在因為車禍喪失男友後，加入了反酒駕的運動。

. . . .

★ **parade** [pəˋred]　*n.*　遊行；一系列事務、一隊人

The public formed a parade to welcome their national heroes - the champions of Olympic Games.

民眾形成了一隊遊行，歡迎他們的國家英雄─奧運的奪冠者。

Part **1** 字根篇

Part **2** 字首篇

Part **3** 字尾篇

-ant
帶有⋯特質

解 源自於拉丁文，將動詞轉為形容詞或名詞，指帶有⋯特質的事物。

 Track 293

★ **contaminant** [kən`tæmɪnənt] *n.* 汙染物

The islanders firmly expressed their dissatisfaction of living near to nuclear contaminants.

島嶼居民嚴正表達他們對住在核電汙染物附近的不滿。

★ **covenant** [`kʌvənənt] *n.* 契約、協定、承諾

It is common for brides and grooms from wealthy families to sign a marriage covenant of property.

有錢人新郎新娘之間常會簽訂婚姻財產契約。

★ **remnant** [`rɛmnənt] *n.* 殘餘、剩餘部分；零頭、零料

Books are the remnants of a person's past, but they share knowledge and feelings.

書是一個人過去的一部份，但它分享知識與感受。

★ **toxicant** [`tɑksɪkənt] *n.* 有毒物質

The explosion of the chemical factory released many toxicants in the environment.

化學工廠的爆炸釋出許多有毒物質到環境中。

-ar
和…有關、有…天性

 解 源自於拉丁文，指和…有關或有…天性的事物。

Track 294

★ **altar** [ˋɔltɚ]　*n.*　聖壇、祭壇

The pyramids belonging to Maya civilization are believed to be ancient altars of rituals.
馬雅文明中的金字塔據信是祭典儀式的祭壇。

★ **cellar** [ˋsɛlɚ]　*n.*　地下室、地窖

The architect built a pretty and luminous wine cellar in his new house as a surprising gift to his wife.
那名建築師在他的新房子內造了一個美觀且明亮的酒窖，當作給他妻子的驚喜禮物。

★ **seminar** [ˋsɛmɪnɑr]　*n.*　研討會、專題討論會

The students were grouped and required to prepare a presentation in the next week's seminar.
學生們進行分組並要為下週的研討會準備小組報告。

★ **pillar** [ˋpɪlɚ]　*n.*　柱子

The 134 huge pillars with a vivid relief in Karnak Temple of Egypt are stunning to all the visitors till now.
埃及卡納克神廟中帶有浮雕的 134 根巨大的柱子震撼每個來訪的旅客。

Part **1** 字根篇

Part **2** 字首篇

Part **3** 字尾篇

-ary
與…有關、帶有…特色

解 拉丁字尾，與…有關或帶有…特色的事物或地點。

 Track 295

★ **boundary** [`baʊndərɪ] *n.* 分界線、邊界、界限

As an island country, there are no country boundary problems but issues of territorial waters.

一個海島型國家沒有國土邊界問題，但有海域的議題。

....

★ **documentary** [dɑkjʊ`mɛntərɪ] *n.* 紀錄片

The documentary of dogs captured into animal shelters raised the public awareness of stray animals.

有關狗狗被抓進收容所的紀錄片喚起大眾對流浪動物的注意。

....

★ **obituary** [o`bɪtʃʊərɪ] *n.* 訃聞

The author was interested in reading obituaries in the newspaper, trying to construct a story for those lucky or unlucky souls.

那名作家曾迷上閱讀報紙上的訃聞，並試著為那些幸運或不幸的靈魂建構故事。

....

★ **sanctuary** [`sæŋktjʊərɪ] *n.* 保護、庇護所、避難所；保護區

The volunteers were almost heart-broken when finding dozens of endangered wild animals were hunted in this sanctuary.

當發現保護區內有多隻瀕臨絕種的野生動物被捕獵時，環境志工感到十分痛心。

-ator
動詞轉做名詞字尾

 源自於拉丁文，將動詞轉換成名詞的字尾。

🎵 *Track 296*

★ **equator** [ɪˋkwetɚ]　*n.*　赤道

The weather around equator is steadier than many parts of the earth.

赤道附近的天氣比地球上很多地方來得穩定。

. . . .

★ **indicator** [ˋɪndɪketɚ]　*n.*　指標

The little boy learnt how to read the indicator of the apparatus in the science classroom because of his father.

這名小男孩因為父親的關係，學會讀取自然教室裡儀器設備的指標。

. . . .

★ **motivator** [ˋmotɪvetɚ]　*n.*　動力、激發因素

Happiness is the motivator to keep on doing certain things and living to most people.

對大部分人來說，快樂是持續做某些事和生活的動力。

. . . .

★ **radiator** [ˋredɪetɚ]　*n.*　散熱器、冷卻器

The repairman found that the radiator of our air conditioner was disfuntional and the replacement fee was high.

修理工發現我們冷氣的散熱器失靈，而換修費十分高。

Part **1** 字根篇

Part **2** 字首篇

Part **3** 字尾篇

-cle
某一動作結果、某種方法

解 源自於古法文,代表某一動作的結果或某種方法。

 **Track 297**

★ **miracle** [`mɪrəkəl] *n.* 奇蹟

Her total recovery from the breast cancer without medical treatments was regarded as a miracle.
她不靠醫療而完全從乳癌康復被視為一個奇蹟。

★ **obstacle** [`ɑbstəkəl] *n.* 阻礙

His ex-girlfriend told him that his unwillingness to communicate was the obstacle of the development of their relationship.
他前女友告訴他,他不願意溝通是他們戀情發展的阻礙。

★ **oracle** [ɔrəkəl] *n.* 神諭;神使、聖人

My grandfather told us the legend of a man claiming to be an oracle who brought message from gods.
外公告訴我們一個傳說,有一個男人自稱他是來傳遞訊息的神使。

★ **spectacle** [`spɛtəkəl] *n.* 奇觀、(壯麗的)景象、場面

The old man went to the concert of a legendary singer and thought it was a great spectacle.
那位老先生去聽一位傳奇性歌手的演唱會,並認為那是一個盛大的場面。

-ette
小

解 源自於法文，表示「小的…」。

 Track 298

★ **barrette** [bæ`rɛt] *n.* 小髮夾

The little girl was very excited and happy to receive her first barrette as her birthday gift.
小女孩很高興且興奮地收到她生平第一個小髮夾作為生日禮物。

★ **cigarette** [sɪgə`rɛt] *n.* 香菸（cigar- 雪茄）

He was mad when he found his favorite brand of cigarettes was sold out in the store.
當他發現他最愛抽的香菸牌子在商店售完時，他十分生氣。

★ **kitchenette** [kɪtʃɪ`nɛt] *n.* 小廚房

She happily prepared a dinner for her best friend in the kitchenette of her studio after work.
下班後，她很高興地在她套房裡的小廚房為她最好的朋友準備晚餐。

★ **palette** [`pælɪt] *n.* 調色板

My little cousin carefully prepared a watercolor brush, paints and his little palette for the art course tomorrow.
我堂弟小心翼翼地為明天的美術課準備水彩筆、顏料和他的小調色盤。

Part
1
字根篇

Part
2
字首篇

Part
3
字尾篇

-arium
某特定場所

 源自於希臘文，依據前面字根的意思代表某特定場所。

Track 299

★ **aquarium** [əˋkwɛrɪəm]　*n.*　水族箱；水族館

The little boy's wonder of ocean started from the day when his parents brought him to an aquarium on his ninth birthday.
小男孩對海洋的好奇始於他父母在他九歲生日當天，帶他去參觀水族館的那日起。

★ **planetarium** [ˌplænɪˋtɛrɪəm]　*n.*　天文館

When she watched the clear night sky, she always remembered the first lesson in a planetarium.
每當她仰望晴朗的夜空，她總是想起在天文館的第一堂課。

★ **sanitarium** [ˌsænɪˋtɛrɪəm]　*n.*　療養院

The boy who suffered from serious tuberculosis had to stop his lessons in schools and stayed in a sanitarium for several months.
那名患有嚴重肺結核的男孩必須中止學業，並到療養院待上幾個月。

★ **solarium** [səˋlɛrɪəm]　*n.*　日光浴室

People from the southern countries are surprised to find out how popular solariums are in the northern places.
來自南方國家的人很訝異的發現日光浴室在北方有多受歡迎。

-orium
…的地方

解 源自於拉丁文，指「…的地方」。

 Track 300

★ **auditorium** [ˌɔdɪˈtɔrɪəm] *n.* 聽眾席、觀眾席；（美）音樂廳、禮堂

Smoking and eating are forbidden in the auditorium of this theater.
在這家劇院的觀眾席禁止抽菸和吃東西。

★ **crematorium** [ˌkrɛməˈtɔrɪəm] *n.* 火葬場

According to the custom, people older than the deceased are not allowed to accompany the body to the crematorium.
根據習俗，死者的長輩不能跟著去火葬場。

★ **emporium** [ɛmˈpɔrɪəm] *n.* 商場；大百貨商店

On her day-off, she invited some friends to go shopping in the emporiums of the city center.
她在休假時約了幾位好友一起到市中心的百貨商場逛街。

Part 1 字根篇

Part 2 字首篇

Part 3 字尾篇

-age
某種狀態、功能；
動作的結果

解 拉丁文字尾，表示某種狀態、功能或是動作的結果。

Track 301

★ **beverage** [ˋbɛvərɪdʒ] *n.* 飲料（bever = 拉丁文 bibere- 喝）

The cross-country trains provide various hot and cold beverages but do not include alcoholic ones.

跨縣市的長途火車提供各種冷熱飲，但不包含酒精飲料。

. . . .

★ **coverage** [ˋkʌvərɪdʒ] *n.* 涵蓋、涉及；新聞報導；保險

Al Jazeera broadcast a special coverage of Turkey, Europe Union, and Syrian refugees.

半島電視台播放了一則關於土耳其、歐盟和敘利亞難民的特別報導。

. . . .

★ **dosage** [ˋdosɪdʒ] *n.* 劑量

It is still better to consult a nutritionist about the dietary supplements for daily dosage.

最好還是諮詢營養師營養品一天的食用劑量。

. . . .

★ **footage** [ˋfʊtɪdʒ] *n.* 片段、一段影片；鏡頭

The footage of his grandmother's seashore life in his graduation work touched professors' and classmates' hearts.

他畢業影片作品中，外婆海濱生活的片段，感動了教授和同學。

-cy
一種狀態、情況

 解 源自拉丁文，代表一種狀態、情況或是行為結果。

🔘 *Track 302*

★ **bureaucracy** [ˌbjʊˋrɑkrəsɪ]　*n.*　官僚體制、官僚作風

The artist was very disappointed by the inefficiency of bureaucracy and withdrew from the public art project.
那位藝術家對官僚體制的低效率感到不滿，因而退出這項公共藝術計畫。

★ **conspiracy** [kənˋspɪrəsɪ]　*n.*　密謀、陰謀

The National Security Bureau revealed a conspiracy of attacking a busy business building in the city center.
國安局揭發一場攻擊市中心繁忙商業大樓的密謀。

★ **discrepancy** [dɪsˋkrɛpənsɪ]　*n.*　不一致、出入、差異

The prosecutor found the discrepancy between two suspects' statements, but he did not have the key evidence to prove who lied.
檢察官發現兩名嫌疑犯供詞有出入，但沒有關鍵的證據證明誰說謊。

★ **intimacy** [ˋɪntəməsɪ]　*n.*　親密、密切關係

Strong intimacy between a couple is based on mutual understandings and good communication between them.
伴侶間堅固的親密關係是基於他們的相互理解和良好溝通。

Part **1** 字根篇

Part **2** 字首篇

Part **3** 字尾篇

-faction
使…成為

解 源自於拉丁文,有「使…成為」、「致使」、「形成」等意思。

🔘 *Track 303*

★ **benefaction** [ˌbɛnɪˋfækʃən]　*n.*　捐助、恩惠、施捨

Religion benefactions did not drop even during economic crises.
即使在經濟危機時,宗教的捐助仍沒有減少。

....

★ **faction** [ˋfækʃən]　*n.*　派別、小集團

Various factions within the ruling party prevented the policy from being revised and implemented.
執政黨中各派系阻撓該政策的修改與施行。

....

★ **liquefaction** [lɪkwɪˋfækʃən]　*n.*　液化(作用)

The liquefaction temperature of mercury is lower than that of most metals.
汞的液化溫度比大多數的金屬都來得低。

....

★ **olfaction** [ɑlˋfækʃən]　*n.*　嗅覺

The article published by a neurobiologist points out the difficulty of olfaction studies.
一位神經生物學家發表的文章點出嗅覺研究的困難。

-ment
某動作、方法或結果

 源自於拉丁文，表示某動作、方法或結果。

Track 304

★ **contentment** [kənˋtɛntmənt]　*n.*　滿足、滿意

He found the contentment of a simple life in countrysides with a person understanding him is precious.

他發現和一個懂他的人在鄉間簡單生活所帶來的滿足是非常珍貴的。

★ **engagement** [ɪnˋgedʒmənt]　*n.*　訂婚；約定、安排；參與

They decided to hold their wedding after three months of the engagement.

他們決定在訂婚後的三個月結婚。

★ **harassment** [həˋræsmənt]　*n.*　騷擾行為

The couple could not withstand their neighbor's daily harassment anymore, so they called the police finally.

那對情侶再也無法忍受鄰居天天騷擾，因此最後去報警了。

★ **testament** [ˋtɛstəmənt]　*n.*　證明；遺囑

A deaf woman went to a dancing competition as a testament of her inner ability and courage.

一位聽障女士參加了舞蹈比賽，以證明她天生的能力與勇氣。

Part 1 字根篇

Part 2 字首篇

Part 3 字尾篇

-ness
名詞字尾，
代表狀態、品質

解 將形容詞轉為名詞的字尾，代表一種狀態或品質。

 Track 305

★ **consciousness** [ˋkɑnʃəsnɪs] *n.* 意識、感覺、知覺、神智（清醒）

After the car accident, he lost his consciousness for three days.
車禍之後，他失去意識三天。

....

★ **illness** [ˋɪlnəs] *n.* 疾病、生病

Excessive intake of meat may cause illness related to high cholesterol.
過度攝取肉類可能會造成高膽固醇相關的疾病。

....

★ **thickness** [ˋθɪknəs] *n.* 厚度；厚、粗；一層⋯

He felt that the thickness of the moss near a dead volcano was like a carpet on the ground.
他感覺死火山旁地苔的厚度像地毯一樣厚。

....

★ **weakness** [ˋwiknəs] *n.* 軟弱；缺點、弱點

It is very tricky to answer the question of personal weaknesses in an interview.
在面試中回答個人缺點的問題十分難應對。

-tion
名詞字尾，某狀態或動作

解 將動詞轉為名詞的拉丁詞尾，代表某狀態或動作。

 Track 306

★ **adaptation** [ædəpˋteʃən] *n.* 適應；改編

The chief editor announced the next project is a series adaptation of classic adult fictions for children.

主編宣布下一個計劃是一系列為兒童改編的經典成人小說。

★ **conservation** [kɑnsɚˋveʃən] *n.* 保育；保護、節約

Human activities, such as research study, tourism and development are limited in nature conservation areas.

人類活動在自然保護區內受到一定的限制，如研究調查、旅遊和開發。

★ **intonation** [ɪntəˋneʃən] *n.* 聲調、語調；音準

Her foreign friend has a strange intonation when speaking Chinese, so sometimes it is a bit difficult to understand him.

她的外國朋友說中文時有個奇怪的語調，因此有時有點難懂他的話語。

★ **meditation** [mɛdɪˋteʃən] *n.* 沉思、冥想、深思

After talking to a Zen master, the nomadic writer was left in a deep meditation for quite a long time.

和禪學大師談論過後，那名流浪的作家陷入了一陣長久的沉思當中。

Part **1** 字根篇

Part **2** 字首篇

Part **3** 字尾篇

-sion
名詞字尾，
表示狀況與行動

 解 將動詞轉為名詞的拉丁詞尾，也是表示狀況與行動。

Track 307

★ **collision** [kə`lɪʒən] *n.* 碰撞、相撞；牴觸、衝突

He did not expect that there would be collisions of opinions on marketing between his company and the co-operator.
他沒料到他公司和合作者之間在行銷方面會有意見衝突。

★ **confession** [kən`fɛʃən] *n.* 坦白、承認、招認；（宗教）懺悔

Previous cases show that suspects' confession is an important evidence of a crime, but it cannot be the only piece.
前車之鑑證明嫌疑人的自白是重要的犯罪證據，但不能是唯一的證據。

★ **illusion** [ɪ`luʒən] *n.* 幻想、幻覺；錯覺、假象

After years of experience, she already has no illusions about men who dress too trendy.
經過多年的經驗，她已對裝扮過於時髦的男性沒有過多的幻想。

★ **provision** [prə`vɪʒən] *n.* 供給、提供、準備；糧食、物資

The contract states clearly that the company has no right to terminate the provision of service without noticing customers.
合約中清楚指出，公司不能在沒有知會消費者的情況下，就任意終止服務。

-ure
動作、結果或狀態

 解 源自於拉丁文，代表動作、結果或狀態的詞尾。

Track 308

★ **expenditure** [ɪk`spɛndɪtʃə] *n.*　全部支出、花費、耗費

The old artist was happy to know that government's annual expenditure on art education and subsidy increased gradually.

這名老藝術家很高興得知政府在藝術教育和補助上的年度支出逐漸增加。

★ **fixture** [`fɪkstʃə] *n.*　固定裝置、設備；固定成員

No one knows that the manager of a financial company is a fixture of a jazz band.

沒人知道這名金融公司的主管是爵士樂團的固定班底。

★ **posture** [`pɑstʃə] *n.*　姿勢、儀態；立場、態度

Keeping the posture is one important point when learning ballroom dances.

學習國標舞時，保持姿勢是重要的一個項目。

★ **torture** [`tɔrtʃə] *n.*　折磨、煎熬；虐待、拷打

Three weeks' waiting for the exam result was a torture for the prospective graduates.

等待考試結果的三個星期對準畢業生來說是個折磨。

-dom
表示身分或狀態

 抽象和集合名詞字尾，表示身分或狀態。

Track 309

★ **boredom** [`bɔrdəm] *n.* 無聊、乏味

The teenagers told the police that they joined brawls simply out of boredom.

青少年向警察表示，他們參與鬥毆僅出於無聊。

★ **chiefdom** [`tʃifdəm] *n.* 領導、首領地位

Many members left the organization due to their doubt of the inconvincible chiefdom.

組織中許多成員因對其無法令人信服的領導存疑而出走。

★ **freedom** [`fridəm] *n.* 自由

"Freedom is sweet on the beat. Freedom is sweet to the reet complete. It's got zestness and bestness," they sang.

他們唱道：「自由在大街上漫遊是討人喜歡的，完全自由自在真是愉悅。自由有獨特的風味和最棒的體驗！」

★ **wisdom** [`wɪzdəm] *n.* 智慧

Wisdom comes from not only people's intelligence but also their experiences.

智慧不僅來自於人們聰明才智，還有他們的經歷。

-hood
身分同質性

 解 源自於古英文的字尾，表示一群人的身分同質性。

Track 310

★ **adulthood** [ˋædʌlthʊd]　*n.*　成年（身分）

She felt that her adulthood began when she first time left home for living at her 20.

她二十歲第一次離家過生活時，覺得自己正式開始了她的成年時期。

. . . .

★ **brotherhood** [ˋbrʌðəhʊd]　*n.*　兄弟情誼；同手足的友誼；同道會

Five years' living and working together formed an unbreakable brotherhood among these young dreamers.

五年一起生活工作的日子，在這群年輕夢想家之間形成了堅不可摧的兄弟情誼。

. . . .

★ **childhood** [ˋtʃaɪldhʊd]　*n.*　童年、孩童時代

Historian experts stated that the idea of childhood was constructed around 18th century by some educators.

歷史專家說童年這個概念是大約在十八世紀時由一些教育家建構的。

. . . .

★ **motherhood** [ˋmʌðəhʊd]　*n.*　母親身分

She confessed that she was not yet ready for motherhood.

她坦承她還沒準備好成為一個母親。

Part **1** 字根篇

Part **2** 字首篇

Part **3** 字尾篇

325

-able
可以…的

解 拉丁字尾，表示「可以…的」或是「能夠…的」的意思。

 Track 311

★ **amiable** [ˈemɪəbəl] *adj.* 和藹可親的、友好的（ami- 朋友）

She enjoys the amiable atmosphere in her working environment where colleagues help each other.
她很享受工作環境中同事們互相幫助的友好氣氛。

- -

★ **notable** [ˈnotəbəl] *adj.* 顯著的、值得注意的

One notable highlight of this exhibition in National Gallery is the new-found paintings of Picasso.
這場國家藝廊展覽其中一個值得注意的亮點，就是新發現的畢卡索作品。

- -

★ **liable** [ˈlaɪəbəl] *adj.* 承擔（法律）責任的；非常可能會發生的

When it rained, this area was liable to floods because of its low altitude.
此地因地勢低窪，每當下雨時很常淹水。

- -

★ **vulnerable** [ˈvʌlnərəbəl] *adj.* 易受傷害的、脆弱的、易受攻擊的

Naive children have a very sensitive heart; therefore, they are vulnerable to sharp words.
天真的孩童有顆敏感的心，因此很容易受到尖銳語言的影響。

-ible
可以…的

解 與-able同源，表示「可以…的」或是「能夠…的」的意思。

 Track 312

★ **accessible** [əkˋsɛsəbəl]　*adj.*　可接近的、能進入的、易使用的

According to a designer's observation, many buildings in Taiwan still do not have accessible entrance for the disables.

根據一位設計師的觀察，臺灣許多建築仍沒有易於身障者使用的出入通道。

Part 1 字根篇

★ **eligible** [ˋɛlɪdʒəbəl]　*adj.*　有…資格的、具備條件的

Despite the young man was not eligible for the university, his talent made the professors ask schools for an exception.

雖然那位年輕人不具備進入大學的資格，但他的天賦讓教授們要求學校破例一次。

Part 2 字首篇

★ **negligible** [ˋnɛglɪdʒəbəl]　*adj.*　微不足道的、可忽略的

Since the difference of the temperature between these two days is negligible, he believes the experiment is very reliable.

由於這兩天氣溫差異很小，因此他相信這個實驗頗可信。

Part 3 字尾篇

★ **plausible** [ˋplɔzəbəl]　*adj.*　看似可行的、貌似有理的

His theory for tigers' behavior seemed plausible to explain the incident happened in the zoo last week.

他對老虎行為的理論，似乎可以解釋上週動物園發生的事件。

-ile
有能力…的、有…傾向的

解 源自於拉丁文，表示「有能力…的」、「適合…的」或「有…傾向的」。

 Track 313

★ **agile** [ˋædʒaɪl] *adj.* 靈敏的；機靈的

The children were amazed at how agile grandmother's fingers were when knitting clothes.

小孩子們驚奇於祖母織衣服的手指有多麼靈巧。

★ **fertile** [ˋfɝtəl] *adj.* 富饒的、肥沃的

The old couple was very grateful for their ancestors leaving such fertile fields for them.

那對老夫妻很感激祖先留下如此肥沃的土地給他們。

★ **fragile** [ˋfrædʒəl] *adj.* 易碎的、脆弱的、易損壞的

Some people have fragile self-esteem, and they tried best to obtain others' admiration.

有些人的自尊心很脆弱，因此他們盡其所能做好每件事以博得別人的讚賞。

★ **mobile** [ˋmobɪl] *adj.* 流動的、活動的、可移動的

She met a person who had the same idea with her, which is to open a mobile library and coffee shop.

她遇到一個和她一樣夢想開一家行動圖書館和咖啡店的人。

-aceous
和…有關

解 拉丁字尾，指「和…有關」、「有…特性或天性」的意思。

 Track 314

★ **carbonaceous** [ˌkɑrbəˈneʃəs] *adj.* 含炭的、炭質的

The carbonaceous rock formation was found, but the exploitation kept delayed due to environmental issues.

已發現含炭的岩層，但因環境問題遲遲沒有開採。

★ **crustaceous** [krʌˈsteʃəs] *adj.* 外殼的；甲殼類的

Crabs, lobsters, and shrimps are crustaceous animals and are also called "insects under water".

螃蟹、龍蝦和蝦子是甲殼類動物，也被稱為「水中的昆蟲」。

★ **curvaceous** [kɚˈveʃəs] *adj.* 身材曲線優美的

Women who are too slim with low BMI do not look curvaceous and attractive.

太瘦和 BMI 值過低的女性看起來曲線不優美也不吸引人。

★ **herbaceous** [hɚˈbeʃəs] *adj.* 草本的

The successful author bought a house with yards connected to an herbaceous border.

那名成功的作家買了一棟有院子的房子，後院還連接到一片草地。

Part **1** 字根篇

Part **2** 字首篇

Part **3** 字尾篇

-esque
有…特性的

解 來自法文的詞尾,將名詞轉為形容詞,表示「有…特性的」、「像…的」等意思。

🔘 *Track 315*

★ **grotesque** [gro`tɛsk] *adj.* 怪異的、荒誕的、奇形怪狀的

During a masquerade, people wore grotesque masks walking around and some children were scared.

化裝舞會中,人們戴著奇怪的面具走來走去,有些小孩因此被嚇到了。

....

★ **gigantesque** [dʒaɪ`gæn͵tɛsk] *adj.* 像巨人的、龐大的

A child told the teacher in the kindergarten there was a gigantesque monster haunted in her dream last night.

小朋友告訴幼稚園的老師她昨天晚上夢到一隻巨大的怪獸。

....

★ **Romanesque** [͵romə`nɛsk] *adj.* 羅馬式的

He wished to plan a travel and experience the authentic Romanesque life.

他希望能計畫一趟旅行,去體驗道地的羅馬式生活。

....

★ **statuesque** [͵stætʃʊ`ɛsk] *adj.* 像雕像的;高挑優雅的

Her daughter's statuesque figure was discovered by a talent scout and thus entered the model career.

她女兒高挑優雅的身材被星探相中,因而進入了模特兒這個行業。

-form
有…形狀的

解 源自於拉丁文，表示「有…形狀的」之意。

 Track 316

★ **aliform** [ˈelɪfɔrm] *adj.* 翼狀的

They put an aliform decoration on the Christmas tree as a new modelling this year.
他們在聖誕樹上放上一個翼狀的裝飾品，做為今年的造型。

★ **cordiform** [ˈkɔrdəˌfɔrm] *adj.* 心型的

We made the pedals in cardiform shape as the ending of today's flora watching trip.
我們用花瓣排成心形以作為今日賞花之旅的結尾。

★ **cruciform** [ˈkrusɪfɔrm] *adj.* 十字形的

The national flag of Switzerland is a white cruciform shape with a red background while that of the Red Cross is the opposite.
瑞士的國旗是白十字形襯紅底，而紅十字會旗剛好相反。

★ **fungiform** [ˈfʌŋdʒɪfɔrm] *adj.* 蕈狀的

My niece tells me her favorite picture in all the story books is the one which a mouse hides under a fungiform umbrella.
我姪女告訴我在所有故事書中，她最喜歡的是一隻小老鼠躲在蕈狀傘下的圖。

Part **1** 字根篇

Part **2** 字首篇

Part **3** 字尾篇

-ine
與…相似

解 源自於希臘文，表示「與…相似」、「像…的」或「有…特質」的意思。

 Track 317

★ **crystalline** [ˋkrɪstəlaɪn] *adj.* 水晶般晶瑩剔透的

He likes the crystalline laugh of her girlfriend and also likes to make her laugh.

他喜歡他女友水晶般的笑聲，也喜歡逗她笑。

....

★ **divine** [dɪˋvaɪn] *adj.* 神的、如神一般的

It is said that the descendants of Gods and human beings would have divine powers.

據說人神一起生下的孩子會擁有非凡的力量。

....

★ **feline** [ˋfilaɪn] *adj.* 貓科的

Egyptologists said that in ancient times, feline gods were wildly worshiped.

古埃及學家說古時貓神被廣泛崇拜。

....

★ **pristine** [ˋprɪstɪn] *adj.* 嶄新的、狀態良好的；原始的、純樸的

As an adult, he has learned to see this world with pristine eyes from the beginning.

身為一個大人，他學會從一開始就用純樸的眼光看世界。

-ish
像是…

解 古英文字尾，指「像是…、接近…」或「有…傾向」之意。

Track 318

★ **lavish** [ˋlævɪʃ]　*adj.*　奢華的；慷慨大方的

She was impressed by the lavish party with gorgeous food, but she still felt the emptiness in this event.

她對這場有美味食物的奢華派對印象深刻，但她仍感覺得到其中的空虛。

★ **reddish** [ˋrɛdɪʃ]　*adj.*　略帶紅色的、淡紅色的

Her boyfriend's reddish brown hair is easily distinguishable among Asian people.

她男朋友略帶紅色的棕色頭髮在亞洲人中特別顯而易見。

★ **snobbish** [ˋsnɑbɪʃ]　*adj.*　勢利的、愛虛榮的

He sensed the snobbish attitude of his future colleagues and tried to stay away from them.

他感覺到他未來同事們勢利的態度，因此試圖遠離他們。

★ **stylish** [ˋstaɪlɪʃ]　*adj.*　時髦的、精緻優雅的

The host showed his plain and quiet house to his friend and surprised them with the stylish inner decoration.

主人帶朋友參觀他平凡且安靜的房子，而時髦的內部裝潢令朋友非常驚喜。

Part 1 字根篇

Part 2 字首篇

Part 3 字尾篇

-like
像…一樣

 源自於古英文，表示
「像…一樣」的意思。

Track 319

★ **childlike** [`tʃaɪldlaɪk]   *adj.*   孩子般的、純真無邪的

His childlike quality does not disappear even though he has
already passed his 40th birthday.
即使他已年過四十，仍保有那股孩子般的特質。

★ **dreamlike** [`drimlaɪk]   *adj.*   夢幻的、如夢般的

The little girl standing in a dreamlike glade smiled to all what her
eyes met.
小女孩站在夢幻般的林中草地，對她目光所及的東西微笑。

★ **ladylike** [`ledɪlaɪk]   *adj.*   淑女般的、端莊的

The appearance of story of *Pippi Longstocking* broke the myth
that girls must have ladylike behaviors all the time.
《長襪皮皮》故事的出現打破了女孩一定要如淑女般端莊的迷思。

★ **lifelike** [`laɪflaɪk]   *adj.*   逼真的、栩栩如生的

His lifelike eagle sculpture is made by glass with various colors.
他栩栩如生的老鷹雕像是由許多不同顏色的玻璃做成的。

-ular
像…的

解 拉丁字尾，有「像…的」之意，多用在形狀。

 Track 320

★ **circular** [ˋsɝkjʊlɚ]　*adj.*　圓形的、環形的

My aunt put a circular tablecloth on the tea table as an implication of the beginning of afternoon tea time!

我阿姨將一塊圓形的桌布披到茶几上，暗示下午茶時間要開始了！

....

★ **globular** [ˋglɑbjʊlɚ]　*adj.*　球狀的

Near a big window hangs a globular campanula she bought from last trip.

大窗戶旁掛著一個她上次旅行買回來的球形風鈴。

....

★ **rectangular** [rɛkˋtæŋgjʊlɚ]　*adj.*　矩形的、長方形的

The painter cleared up a rectangular space on the desk and prepared to create this year's Christmas card.

畫家在桌面上清理出一塊矩形的空間，準備創作今年聖誕節的卡片。

....

★ **tubular** [ˋtjubjʊlɚ]　*adj.*　管狀的

He remembers his son's favorite recreational facility in the Water Park is the tubular slide.

他記得管狀溜滑梯是他兒子在水上樂園中最喜歡的遊樂設施。

Part 1 字根篇

Part 2 字首篇

Part 3 字尾篇

-y
有…特質的

 解 源自於希臘文，代表
「有…特質的」之意。

🔵 *Track 321*

★ **furry** [ˋfɝɪ] *adj.* 毛茸茸的

The little girl has no resistance to any furry cute animals and toys.
那名小女孩對毛茸茸、可愛的小動物和玩具完全沒有抵抗力。

★ **gloomy** [ˋglumɪ] *adj.* 黑暗的；沮喪的、憂愁的

Seeing his gloomy face, you know that he failed to achieve selling goals again.
看到他沮喪的臉，你就知道他又沒達到銷售目標了。

★ **rocky** [ˋrɑkɪ] *adj.* 多岩石的；崎嶇的

Local residences suggested tourists avoid roads with rocky cliffs on one side.
當地居民建議遊客避開有許多岩石峭壁的路。

★ **sandy** [ˋsændɪ] *adj.* 含沙的

Walking on a sandy path with bare feet on a beautiful island is an enjoyable moment.
赤腳走在美麗海島上的沙灘步道是令人享受的時刻。

-ful
充滿…

解 源自於古英文，代表「充滿…」的意思。

 Track 322

★ **disgraceful** [dɪs`gresfʊl] *adj.* 不光彩的、可恥的

Some old doctors still think that it is disgraceful if their grandchildren do not become a doctor as well.

有些老醫生還是認為他的孫子們沒有成為醫生是很不光彩的。

....

★ **fearful** [`fɪəfʊl] *adj.* 害怕的、擔心恐懼的

She was fearful of how her parents would react to her decision on her way home.

她在回家的路上擔心父母對她的決定會有什麼反應。

....

★ **fruitful** [`frutfʊl] *adj.* 結許多果實的；很有成果的

The director was happy of the fruitful conference and ready to initiate all the plans.

導演對豐碩的會議結果感到很開心，並準備起草計畫。

....

★ **playful** [`plefʊl] *adj.* 有趣的、玩樂心態的、逗著玩的

He woke up in a sunny Saturday and had a playful and light mood.

他在一個晴朗的週六起床後，感覺心情十分輕鬆、想玩樂。

Part **1** 字根篇

Part **2** 字首篇

Part **3** 字尾篇

-ous
充滿…特質的

解 拉丁字尾，表示「充滿…特質的」之意。

 Track 323

★ **ambiguous** [æm`bɪgjʊəs] *adj.* 含糊不清的、模稜兩可的

She is tired of his ambiguous reasons he gave for his travelling all the time.

她已經受不了他每次出去旅行總是給她含糊不清的原因。

★ **fabulous** [`fæbjʊləs] *adj.* 極好的、絕佳的；虛構的

We had a fabulous time during our five-day graduation trip.

我們在五天的畢業旅行度過極好的時光。

★ **glamorous** [`glæmərəs] *adj.* 迷人的、有魅力的、令人嚮往的

Perhaps she is not the most beautiful woman in the company, but her manner and inner beauty make her a glamorous one.

她也許不是公司裡最漂亮的女生，但她的舉止和內在美使她成為一個富有魅力的女人。

★ **notorious** [no`tɔrɪəs] *adj.* 惡名昭彰的

The company is notorious for manipulating funds from various channels.

這家公司以從各種管道操弄資金而惡名昭彰。

-olent, -ulent
充滿…、非常…

 解 源自於拉丁文，表示「充滿…」或「非常…」的意思。

Track 324

★ **feculent** [`fɛkjʊlənt] *adj.* 骯髒的、不潔淨的

My brother walked the dog after a heavy rain, so its feculent feet made a mess in the entrance of the apartment.

我弟弟在一場大雨後去遛狗，所以小狗髒髒的腳把公寓門口弄得一團亂。

★ **insolent** [`ɪnsələnt] *adj.* 傲慢無禮的

With an insolent gesture, the chairman dismissed the staff member who was in charge of the successful project.

董事長比出一個傲慢無禮的手勢，趕走那位負責一個成功企劃的職員。

★ **opulent** [`ɑpjʊlənt] *adj.* 奢侈的、豪華的

The musician was carried by an opulent limousine to perform for the family of an entrepreneur.

那名音樂家被一輛豪華的轎車載去為企業家的家人表演。

★ **turbulent** [`tɝbjʊlənt] *adj.* 動盪的、混亂的；湍急的、洶湧的

The cruise sailed through a turbulent sea and many passengers were seasick.

郵輪航駛過一片洶湧的海水，許多乘客都暈船了。

Part **1** 字根篇

Part **2** 字首篇

Part **3** 字尾篇

-acious
有⋯傾向

解 源自於拉丁文，代表「有⋯傾向」、「和⋯有關」的意思。

 Track 325

★ **audacious** [ɔ`deʃəs] *adj.* 大膽的；魯莽的、放肆的

Newly elected major's audacious policies raised many discussions.

新任市長大膽的政策引起大眾議論紛紛。

★ **capacious** [kə`peʃəs] *adj.* 內部空間大的

Her mother-in-low likes those handbags with the capacious design, so she visited many stores to choose a proper one as a birthday gift.

她的婆婆喜歡內部空間大的手提包，因此她到處逛了很多店面，想找出最適合的生日禮物。

★ **gracious** [`greʃəs] *adj.* 親切的、有禮貌的、和藹的

Even though he lost the game, he still congratulated the winner with a gracious smile.

雖然輸了比賽，他仍面帶禮貌的微笑並恭賀對手。

★ **spacious** [`speʃəs] *adj.* 寬敞的、大空間的

The travellers were surprised to find a guesthouse with spacious bedroom in such a small village.

旅人對於能在這麼小的村落裡找到有如此寬敞臥房的民宿感到驚訝。

-aneous
帶有…性質

解 拉丁複合式字尾，有「帶有…性質」的意思。

 Track 326

★ **instantaneous** [ˌɪnstən`tenɪəs]　*adj.*　立即的、瞬間的

Modern offices are usually equipped with technology devices that provide instantaneous communication.

現代辦公室大多配有可以立即通訊的科技設備。

★ **miscellaneous** [ˌmɪsə`lenɪəs]　*adj.*　各式各樣的、混雜的

The prince's party was full of miscellaneous people from all around the world.

王子的派對裏頭有來自世界各地、各式各樣的賓客。

★ **simultaneous** [ˌsɪməl`tenɪəs]　*adj.*　同時的

All three bombing cases happened at the simultaneous moment, so the police suspected there was an organization which instigated behind.

三起爆炸案都發生在同一個時間點，因此警方懷疑幕後有一個集團指使。

★ **spontaneous** [spɑn`tenɪəs]　*adj.*　自發的

The green field and the sunny sky with pretty little white clouds caused a spontaneous smile on their faces.

綠色的田野和有小白雲點綴的晴空讓他們不自覺地微笑。

Part 1 字根篇

Part 2 字首篇

Part 3 字尾篇

-ar
和⋯有關

解 源自於拉丁文，表示「和⋯有關」、「有⋯特性的」。

 Track 327

★ **linear** [ˋlɪnɪə] *adj.* 直的、線性的

Not many dances have only linear movements, so a dancer has to be cautious of the direction of each movement.
很少有舞蹈只有直線前進的舞步，因此舞者要隨時注意每一步的方向。

★ **muscular** [ˋmʌskjʊlə] *adj.* 肌肉的；肌肉發達的、強壯的

No one expects that the pretty model has a muscular figure.
沒有人想到漂亮的模特兒有一身肌肉。

★ **polar** [ˋpolə] *adj.* 兩極的

A Japanese picture book about polar bears was published earlier this year, wishing to raise the concern of global warming.
一本關於北極熊的日文圖畫書於今年稍早出版，希望能喚起對全球暖化的重視。

★ **spectacular** [spɛkˋtækjʊlə] *adj.* 壯觀的、驚人的；巨大的

After climbing for the whole morning, they finally saw the spectacular view of volcano in Iceland.
爬了一上午的山，他們終於看到冰島火山壯麗的景觀。

-ate
擁有…特性

解 拉丁文字尾，代表「擁有…特性」的意思。

 Track 328

★ **fortunate** [ˋfɔrtʃənət] *adj.* 幸運的

Some said that if we still have time to complain about our lives, then we are actually very fortunate.

有人說假使我們還有時間抱怨生活，那其實我們已經很幸運了。

★ **intricate** [ˋɪntrɪkət] *adj.* 錯綜複雜的、難以理解的

My local friend led me to explore the intricate lanes of the old town in their capital.

我當地的朋友帶我去探索他們首都舊城裡錯綜複雜的巷弄。

★ **literate** [ˋlɪtərət] *adj.* 識字的；通曉…的

The newspaper company now releases a vacancy for a scientifically literate editor.

這間報社現在開出了一個職缺，想聘請通曉科學知識的編輯。

★ **ultimate** [ˋʌltɪmət] *adj.* 最終的、最基礎的、最佳的

The ultimate goal of this funny book is to teach basic common sense in earth science.

這本有趣的書的最終目的是教導有關地球科學的基本常識。

Part **1** 字根篇

Part **2** 字首篇

Part **3** 字尾篇

-ary
和…有關

解 拉丁字尾，表示「和…有關」、「有…特性」的意思。

 Track 329

★ **arbitrary** [`ɑrbətrərɪ] *adj.* 任意的、隨機的、隨心所欲的；武斷的

The choice of representative of each class is arbitrary, so every pupil has to prepare for the possible speech.
每個班級代表是隨機抽選的，因此每個學童都得準備可能要上台演講。

- -

★ **customary** [`kʌstəmərɪ] *adj.* 慣常的；傳統習俗的

The chief manager likes to drink a cup of tea with his customary cup in the morning.
那名主管喜歡在早上時用常用的那只杯子泡杯茶喝。

- -

★ **disciplinary** [`dɪsəplɪnərɪ] *adj.* 有紀律的

Soldiers are expected to have disciplinary actions during their service.
士兵在服役期間被要求有紀律的行動。

- -

★ **unnecessary** [ʌn`nɛsəsərɪ] *adj.* 不需要的、多餘的

When revising an essay, the professor asked her student to cut off unnecessary sentences or words.
在修改文章時，教授要求她的學生刪掉多餘的字句。

-ent
和⋯動作有關

解 拉丁形容詞字尾，表示「和⋯動作有關」的意思。

 Track 330

★ **abhorrent** [əbˋhɔrənt]　*adj.*　令人厭惡的、可惡的

After coming back from studying aboard, he found the abhorrent racism was so common in his native country.

一趟留學之旅回來後，他發現令他深惡痛絕的種族主義竟在他的家鄉如此常見。

★ **coherent** [koˋhɪrənt]　*adj.*　前後一致的、有條理的、連貫的

The public felt confused when the policies from ex- and current majors were not coherent.

民眾對前後任市長的政策不一致感到困惑。

★ **insentient** [ɪnˋsɛnʃənt]　*adj.*　無情的、無知覺的

Doctors confirm that fetuses of few weeks are not insentient cells anymore.

醫生證實幾週大的胎兒已經不是無知覺的細胞了。

★ **reminiscent** [rɛmɪˋnɪsənt]　*adj.*　使人想起⋯的；使回憶起的

The clear blue sky is reminiscent of the days I spent with my grandparents.

湛藍乾淨的天空讓我想起之前和祖父母一起生活的日子。

Part **1** 字根篇

Part **2** 字首篇

Part **3** 字尾篇

-eous
有…性質

解 源自於拉丁文，表示「有…性質」的意思。

 Track 331

★ **erroneous** [ɪˋronɪəs] *adj.* 錯誤的、不正確的

Insufficient information may lead to an erroneous assumption.
資訊不足會導致錯誤的設想。

★ **gorgeous** [ˋgɔrdʒəs] *adj.* 極其動人的、令人愉悅的

The mother looked at her gorgeous daughter in her wedding dress with tears.
那名母親含淚看著她穿著婚紗、美麗動人的女兒。

★ **homogeneous** [ˌhɑmoˋdʒɪnɪəs] *adj.* 同質的、類似的、同類的

Her current job is homogeneous to the previous one, so she gets started easily.
她這份工作和上一份工作性質相同，因此她十分容易就上手了。

★ **outrageous** [aʊtˋredʒəs] *adj.* 駭人的、令人震驚的、無法接受的

On the first day of his work, his outrageous behavior has already been reported by three colleagues.
第一天上班，他駭人的行為舉止已經被三位同事舉報了。

-ial
和…有關

解 拉丁字尾，代表「和…有關」、「有…特性」、「與…類似」的意思。

 Track 332

★ **colloquial** [kə`lokwɪəl] *adj.* 　口語的、非正式的

Living with local people can learn some colloquial phrases and words.

和當地人一起生活會學到很多口語上的字詞。

......

★ **crucial** [`kruʃəl] *adj.* 　關鍵的、決定性的

He was appointed to deliver a crucial document to the overseas branch in person.

他被指派親自將一份關鍵的文件送到海外分部。

......

★ **martial** [`mɑrʃəl] *adj.* 　戰爭的、武打的

Boys and girls inspired by Bruce Lee all have a dream of becoming a martial art master.

受李小龍啟發的男孩女孩們都有著變成武術大師的夢想。

......

★ **trivial** [`trɪvɪəl] *adj.* 　瑣碎的、微不足到的；容易解決的

Nervous people often worry too much about trivial stuffs.

緊張的人通常擔憂過多不重要的小事。

Part
1
字根篇

Part
2
字首篇

Part
3
字尾篇

-ic
與…相關的

解 古希臘字尾，表示「與…相關的」、「有…類似特質的」。

🔘 *Track 333*

★ **allergic** [əˋlɝdʒɪk] *adj.* 過敏（性）的；對…極反感的

If you are allergic to any medicine or food, please tell the doctor at the end of the investigation.

如果你有對任何藥物或食物過敏，請在看診結束時告訴醫生。

....

★ **Arctic** [ˋɑrktɪk] *adj.* 北極的

While there is mostly water within the Arctic, the Antarctic is mainly lands.

北極圈內大部分是海水，而南極圈則大部分是陸地。

....

★ **ceramic** [sɪˋræmɪk] *adj.* 瓷的

He received a refined Japanese ceramic bowl from a girl, and he only uses it in very special occasions.

他從一個女孩那裡收到一個精緻的日本瓷碗，他只有在特別的場合裡才會使用。

....

★ **ecstatic** [ɪkˋstætɪk] *adj.* 狂喜的、欣喜若狂的

Ecstatic fans waited patiently in the airport, hoping to welcome their athletic hero.

欣喜若狂的粉絲們在機場耐心守候，希望能迎接他們的運動英雄。

-ical
與⋯有關

解 源自於拉丁文，將名詞轉為形容的字尾，表示「與⋯有關」、「有⋯特性」或「由⋯組成的」。　Track 334

★ **periodical** [pɪrɪˋɑdɪkəl]　*adj.*　定期的、間歇的、時而發生的

There will be a periodical review of each staff's working performance in one year.

每年都會有對員工工作表現的定期審查。

★ **skeptical** [ˋskɛptɪkəl]　*adj.*　持懷疑態度的

Many voters were skeptical about the candidate's political opinions.

許多選民仍對候選人的政治主張有些懷疑。

★ **theoretical** [θɪəˋrɛtɪkəl]　*adj.*　理論上的

She could only give theoretical opinions she read from books because she does not have practical experiences.

她僅能將書上讀到的理論化為建議，因為她沒有實務經驗。

★ **vertical** [ˋvɝtɪkəl]　*adj.*　垂直的、豎立的

More and more people do not keep their back vertical when standing, and it would cause scoliosis.

越來越多人站立時不將背打直，這會造成脊椎側彎。

Part 1 字根篇

Part 2 字首篇

Part 3 字尾篇

-ior
與…有關

解 拉丁字尾，表示「與…有關」的意思。

 Track 335

★ **interior** [ɪn`tɪərɪ⋅] *adj.* 內部的

A few girls rent an apartment, did some interior redecoration, and then opened a gallery in two months.

一些女孩租了間房子並重新裝潢內部，兩個月後開了一家畫廊。

★ **prior** [`praɪə] *adj.* 事先的、在…之前的

This position requires prior knowledge of some softwares and German.

這份工作必須了解一些軟體和德文。

★ **superior** [su`pɪərɪə] *adj.* 優越的、好於平均的

Her talent and performance is superior to her peers, so the coach has a great expectation on her.

她的天賦和表現都優於她的同儕，因此教練對她期望很高。

★ **ulterior** [ʌl`tɪrɪə] *adj.* 不可告人的

His weird question must have an ulterior motive behind.

他奇怪的問題背後一定有不可告人的動機。

-ive
有…特性

 源自於拉丁文，表示「有…特性」或「有…傾向」的意思。

Track 336

★ **comprehensive** [kɑmprɪˋhɛnsɪv] *adj.*　全面的、綜合的

The cram school promises to offer a comprehensive course package for students.

那間補習班答應會提供學生一個綜合的學習課程。

....

★ **distinctive** [dɪˋstɪŋktɪv] *adj.*　與眾不同的、獨特的

The actor has a distinctive voice; you can easily recognize him even without watching the screen.

那名演員有著獨特的嗓音，即使不看螢幕也能認出他來。

....

★ **massive** [ˋmæsɪv] *adj.*　巨大的、大量的

The strong wind of typhoon blew down a massive rock from the mountain and blocked the road.

颱風的強風將一顆巨大的石頭吹下山，阻斷了路。

....

★ **subjective** [səbˋdʒɛktɪv] *adj.*　主觀的

The judge cannot deny the subjective elements in every judgement.

法官無法否認每個判決中都含有主觀成分。

Part **1** 字根篇

Part **2** 字首篇

Part **3** 字尾篇

-ory
和⋯有關

解 拉丁字尾，表示「和⋯有關」、「與⋯相似」的意思。

 Track 337

★ **compulsory** [kəm`pʌlsərɪ] *adj.* 必須的、強制的

Education in elementary and junior high schools is compulsory for every child in Taiwan.

台灣的每個孩童都必須接受國小及國中的教育。

....

★ **contradictory** [kɑntrə`dɪktərɪ] *adj.* 對立的、相互矛盾的

No one found that the principal's behavior was contradictory to his words.

沒人發現校長的行為和他的說詞相互矛盾。

....

★ **obligatory** [ə`blɪgətərɪ] *adj.* 有義務的、強制性的

Taiwanese men from 19 to 36 are obligatory to do their military service.

台灣十九到三十六歲的男生有服兵役的義務。

....

★ **statutory** [`stætʃʊtərɪ] *adj.* 法定的

Farmers wish that there will be statutory control prices for seasonal fruits; otherwise, they sometimes cannot earn much from what they grow.

農民希望當季水果有法定規定價格，否則有時他們根本賺不了錢。

-proof
防…的

解 源自於古英文，表示「不受…的」、「防…的」之意。

Track 338

★ **burglarproof** [`bɝglə͵pruf] *adj.* 防小偷的

Modern houses and offices are often equipped with burglarproof devices at the entrance.
現代住家或公司入口大多設有防竊裝置。

★ **childproof** [`tʃaɪldpruf] *adj.* 防兒童使用的

The bottle of detergent has a childproof design at the top.
清潔劑的罐子上方有防兒童使用的設計。

★ **fireproof** [`faɪrpruf] *adj.* 防火的

The tenant wish the wall could be made with fireproof material, or at least with a layer of fireproof wallpaper.
房客希望牆壁能以防火材料製作，或是至少用防火的壁紙。

★ **waterproof** [`wɑtə͵pruf] *adj.* 防水的

Waterproof cellphones and cameras are more and more popular nowadays.
現在防水的手機和相機越來越受歡迎。

-some
有…特色的

解 古英文字尾，表示「有…特色的」、「有…傾向的」。

 Track 339

★ **awesome** [ˋɔsəm]　*adj.*　令人驚嘆的、令人敬畏的

The pianist's awesome interpretation of Chopin's pieces raised a ten-minute applause.

那位鋼琴家對蕭邦作品的詮釋令人驚嘆，觀眾熱烈鼓掌了十分鐘。

....

★ **lonesome** [ˋlonsəm]　*adj.*　孤獨的、寂寞的

Most mothers feel lonesome when all their kids go out for their living.

許多母親在孩子自立門戶後感到寂寞。

....

★ **quarrelsome** [ˋkwɔrəlsəm]　*adj.*　愛爭吵的

The parents feel helpless when facing their quarrelsome children.

家長對愛吵架的孩子們束手無策。

....

★ **wholesome** [ˋholsəm]　*adj.*　有益的

With much more correct ideas, people now take in wholesome food more often.

現在人們有更多正確的觀念，所以更常攝取有益的健康食品。

-stic
和…有關

解 古希臘字尾，表示「和…有關」的意思。

 Track 340

★ **drastic** [`dræstɪk]　*adj.*　嚴厲的、猛烈的

Employee benefits suffered from a drastic reduction this year due to serious deficit.
由於嚴重赤字，今年的員工福利大幅減少。

★ **majestic** [mə`dʒɛstɪk]　*adj.*　雄偉的、壯麗的

They could not believe that there are such majestic mountains and rivers in this small place.
他們無法相信這麼小的地方有如此雄偉的山川。

★ **optimistic** [ɑptə`mɪstɪk]　*adj.*　樂觀的

Before departing, the athlete was optimistic about entering final rounds in the Open Games.
出發前，運動選手對進入公開賽決賽感到樂觀。

★ **realistic** [rɪə`lɪstɪk]　*adj.*　現實的、實事求是的

He has mostly realistic expectations to his life, so he seldom feels disappointed when bad things happen.
他對生活大多抱持現實的期望，因此他很少因為壞事發生而感到失望。

Part 1 字根篇

Part 2 字首篇

Part 3 字尾篇

-fic
造成⋯的

解 拉丁形容詞字尾，表示「造成⋯的」或「致使⋯的」。

 Track 341

★ **horrific** [hɔ`rɪfɪk] *adj.* 極可怕的、令人震驚的

Horrific crimes had been committed in 19ᵗʰ century's London, where at least five women were killed in the same crude way.
十九世紀的倫敦發生了令人震驚的犯罪，至少有五名女性被用同一種極其慘忍的方式殺害。

★ **honorific** [ɑnə`rɪfɪk] *adj.* 表示尊敬的、尊敬的

In old languages such as French, German, and Japanese, there are still some honorific pronouns and verbs.
在一些比較古老的語言如法文、德文和日文裡，仍然有敬稱的代名詞和動詞。

★ **pacific** [pə`sɪfɪk] *adj.* 和平的、求和的

The boy bought a bouquet and the cake and sent to the girl to show his pacific intention.
男孩買了一束花和蛋糕送給女孩，以示他求和的意圖。

★ **specific** [spə`sɪfɪk] *adj.* 特定的、特有的；明確的、具體的

When answering questions in the speaking test, it is better to provide specific examples.
在口試中回答問題時，最好舉出具體的例子。

-ways
表示方向或態度

解 古英文副詞字尾，表示方向或態度的意思。

 Track 342

★ **always** [`ɔlwez] *adv.* 總是、每次都

He never pays attentions to learning, so he always makes the same mistakes.

他從不專心學習，因此他總是犯同樣的錯誤。

Part **1** 字根篇

★ **breadthways** [`brɛdθwez] *adv.* 橫向地

The government will extend the old roads breadthways from two lanes to four lanes.

政府要將雙線道的公路拓寬到四線道。

Part **2** 字首篇

★ **lengthways** [`lɛŋθwez] *adv.* 縱向地

It would be easier to eat grapefruits if you cut them lengthways.

縱向切葡萄柚之後會比較容易食用。

Part **3** 字尾篇

★ **sideways** [`saɪdwez] *adv.* 側向地

Students who were late slid sideways from the door to their seats quietly.

遲到的學生悄悄地從門口側身溜到他們的座位上。

-wise
表示方向、方式、位置

解 源自於古英文，表示方向、方式、位置等意思。

 Track 343

★ **crosswise** [ˋkrɑswaɪz] *adv.* 成十字形地、斜過去地、交叉地

Pupils know when the teacher is angry, she would put her arms on her chest crosswise.

學童知道當他們老師生氣時，會將手交叉在胸口。

. . . .

★ **endwise** [ˋɛndwez] *adv.* 末端朝前地

He stabbed his sword endwise into the ground in front of his rival, indicating he had no willingness to continue.

他在對手面前將劍倒插至土裡，表示他無意再戰下去。

. . . .

★ **edgewise** [ˋɛdʒwaɪz] *adv.* 側著地

The smart dog figured out how to carry his stick edgewise to go through the small hole.

那隻聰明的狗找到叼著樹枝、側著通過小洞的方法。

. . . .

★ **otherwise** [ˋʌðəwaɪz] *adv.* 別樣地、反方面地；除此之外

"You need to revise your conclusion for this speech tomorrow, but otherwise the rest of it is pretty good," said the professor.

教授說：「你必須修改明天演說的結尾，除此之外其他部分都很好。」

-wards
朝…方向地

解 源自古英文，表示「朝…方向地」之意。

 Track 344

★ **afterwards** [ˋæftəwədz]　*adv.*　過後、之後

When spraining, you should ice the affected area and cover it with a warm towel afterwards.

扭傷時，你應先冰敷傷患部位，之後再用熱毛巾覆蓋。

....

★ **backwards** [ˋbækwədz]　*adv.*　向後地

Practicing walking backwards in a safe environment can train the sense of balance and reduce the pressure of knees.

在安全的環境練習向後走可以訓練平衡感，以及減少膝蓋的壓力。

....

★ **forwards** [ˋfɔrwədz]　*adv.*　向前地、將來地

During the lowest ebb of his life, he found that it was time for him to look forwards more optimistically.

在人生最低潮的時候，他發現是時候更樂觀地向前看了。

....

★ **towards** [təˋwɔrdz]　*adv.*　*prep.*　向著

The trick to make your listeners feel that you are sincere is looking towards their eyes when you are talking.

讓聽眾覺得你很誠懇的技巧，就是在說話時看向他們的眼睛。

Part **1** 字根篇

Part **2** 字首篇

Part **3** 字尾篇

-ate
做…、使…

解 拉丁動詞字尾，表示「做…」或「使…」的意思。

Track 345

★ **contaminate** [kən`tæmɪnet] *v.* 汙染、弄髒

Farmers were angry to find their harvest was contaminated by waste water from a nearby chemical factory.

農夫們很生氣地發現作物被附近一間化學工廠排放的廢水汙染。

....

★ **deviate** [`dɪvɪet] *v.* 脫離、違背、偏離

The company strictly requires the employees not to deviate from the inner regulations.

公司嚴格要求員工不得違背內部規則條例。

....

★ **initiate** [ɪ`nɪʃɪet] *v.* 開始

During the first discussion among this well-cooperated team, no one wanted to initiate.

這個相互配合很好的小組，在第一次討論時沒有人願意第一個發言。

....

★ **integrate** [`ɪntəgret] *v.* 使…融合、整合

Before starting an essay, you need to integrate sources related to your topic so that you will know which direction you will develop to.

在開始寫小論文前，你要先整合和題目相關的資源，這樣才知道要往什麼方向發展。

-en
使…

 解 源自於拉丁文，將形容詞或名詞轉為動詞的字尾，表示「使…」的意思。

Track 346

★ **broaden** [ˋbrɔrdən] *v.* 使…變寬闊、拓展

Following a good leader is like following a tutor. You can broaden your expertise faster than average people do.

跟隨好的領導者如同跟隨好的導師，你能比一般人更迅速拓展你的專業知識。

★ **deafen** [ˋdɛfən] *v.* 使…失聰

She feels she is almost deafened by neighbor's loud music every evening.

她覺得她快被鄰居每晚大聲的音樂給震聾了。

★ **glisten** [ˋglɪsən] *v.* 閃耀、閃光

He sent away his best friend from the airport with his eyes glistening with tears.

他從機場送走了他最好的朋友，眼中閃著淚光。

★ **soften** [ˋsɑfən] *v.* 使…軟化、使…和緩

His granddaughter's naive and sincere smile softens the old man's heart.

她孫女天真但真誠的笑容軟化了老人的心。

Part **1** 字根篇

Part **2** 字首篇

Part **3** 字尾篇

-esce
動作開始

解 「動作開始但尚未結束」的意思。

 Track 347

★ **acquiesce** [ˌakwɪˈɛs] *v.* 勉強同意 , 默許

We are not going to cooperate or acquiesce in any ways.
我們不會以任何方式合作或默許。

......

★ **adolescence** [adəˈlɛs(ə)ns] *n.* 青春期

Parental pressure can produce burnout to the children during the adolescence.
在青春期時，來自父母的壓力會導致孩子們的倦怠。

......

★ **fluorescence** [flʊəˈrɛs(ə)ns,flɔːˈrɛs(ə)ns] *n.* 螢光

Immediate photon emission is called fluorescence, a type of photoluminescence.
立即光子發射稱為螢光，一種光致發光。

......

★ **incandescence** [ˌɪnkənˈdɛsns] *n.* 熾熱 , 白熱化

The light is produced by a combination of incandescence and candle luminescence.
光是通過白熾和燭光發光的組合產生的。

-fy
使做…、造成…

解 拉丁字尾，表示「使做…」或「造成…」的意思。

 Track 348

★ **modify** [ˋmɑdəfaɪ]　*v.*　修改、更改、修飾

Her husband tries to modify her sharp critique towards the design of clothes.

她丈夫試圖修飾她對衣服設計的尖銳批評。

★ **purify** [ˋpjʊrəfaɪ]　*v.*　淨化

Plants are able to purify a large quantity of water and air.
植物能夠淨化大量的水和空氣。

★ **signify** [ˋsɪgnəfaɪ]　*v.*　意味著、表示、表明、要緊

The meeting of US president and the Cuban leader signified the vanishment of the hatred between two countries.
美國總統與古巴領袖的會面，意味著兩國間的仇恨已冰釋。

★ **unify** [ˋjunəfaɪ]　*v.*　整合、統一

Cyprus was separated into two parts after the war in 1976, but most citizens wish one day the nation would be unified again.
賽普勒斯在 1976 年的戰爭過後分裂成兩個部分，但多數的人民仍希望之後國家能再次統一。

Part 1 字根篇

Part 2 字首篇

Part 3 字尾篇

-ish
使…

 源自於拉丁文，表示「使…」的意思。

Track 349

★ **diminish** [dɪˋmɪnɪʃ] *v.* 減少、降低

With enough rest, the pain and the uncomfortableness will gradually diminish in two to three days.
只要有充足的休息，疼痛與不適會在兩三天內漸漸減少。

....

★ **extinguish** [ɪkˋstɪŋgwɪʃ] *v.* 撲滅、消滅、澆熄

She claims that nothing will extinguish her love for her idol.
她聲稱沒有什麼東西能澆熄她對偶像的熱愛。

....

★ **flourish** [ˋflʌrɪʃ] *v.* 繁榮、蓬勃發展

This small town once flourished due to its ceramic industry; but now it has to think another way to keep on its success.
這座小鎮曾因陶瓷工業而蓬勃發展，但現在它必須要另想新出路以保持發展。

....

★ **perish** [ˋpɛrɪʃ] *v.* 死亡、喪身、毀滅、（物品）老化

Thousands of people perished in this earthquake and the tsunami afterwards.
上千人因這場地震和伴隨其後的海嘯喪生。

-itious
充滿…的

 解 有「充滿」，「具有… 特徵的」的意思。

🔊 *Track 350*

★ **nutritious** [njʊˈtrɪʃəs]　*adj.*　有營養的

In this semester, kids need to learn how to prepare nutritious meals.

在這學期中，孩子們需要學習如何準備有營養的餐點。

★ **superstitious** [suːpəˈstɪʃəs]　*adj.*　迷信的

Knowing how superstitious he is, I thought he was kidding about skipping church.

知道他是多麼迷信，我以為他在開玩笑不去教堂。

★ **expeditious** [ˌɛkspɪˈdɪʃəs]　*adj.*　迅速完成的；迅速的

We are committed to an expeditious search for the truth.

-　我們致力於快速地尋找真相。

★ **repetitious** [rɛpɪˈtɪʃəs]　*adj.*　反覆的；嘮叨的，重複的

Many workers in Vietnam work in the factory and keep doing repetitious works.

許多越南的工人都在工廠不停地從事重複的工作。

Part **1** 字根篇

Part **2** 字首篇

Part **3** 字尾篇

-ize
使…做…

解 拉丁動詞字尾，表示「使…做…」或是「依…而做…」的意思。

 Track 351

★ **socialize** [ˋsoʃəlaɪz] *v.* 交際、參加社交活動；社會化、適應群體生活

She could not adapt to go out and socialize every evening when she studied in the university.
她讀大學期間，無法適應每晚出門去社交的生活。

....

★ **specialize** [ˋspɛʃəlaɪz] *v.* 專門（從事、研究）、專攻

Her dissertation instructor specializes in the nineteenth century French literature.
她論文的指導老師專門研究十九世紀法國文學。

....

★ **utilize** [ˋjutəlaɪz] *v.* 利用

The teacher asked students to build a tower with only utilizing materials at present.
老師要求學生僅用現有的材料建造一個塔。

....

★ **visualize** [ˋvɪʒʊəlaɪz] *v.* 視覺化、形象化

Moviemakers tried to visualize the exciting scenes from a best-selling novel.
電影製作者盡力將暢銷小說中精采的片段視覺化。

-ute
做…、使…

解 拉丁字尾，與–ate同源，表示「做…」或「使…」的意思。

 Track 352

★ **dilute** [daɪˋlut]　*v.*　稀釋、淡化

My mom diluted the honey vinegar with ice water, and it became the best drink for a hot afternoon.

媽媽將蜂蜜醋用冰水稀釋後，變成炎熱午後的最佳飲品。

....

★ **execute** [ˋɛksɪkjut]　*v.*　實施、履行、執行；處決

He had the promotion because he executed the deal impressively in such a tough time.

他在如此困難的時期令人驚豔地執行這場交易，因此得到升職。

....

★ **prosecute** [ˋprɑsɪkjut]　*v.*　起訴、檢舉；繼續進行到底

The suspect was not prosecuted due to the lack of evidence, but the victims' family was not satisfied with the result.

嫌疑犯因證據不足不予起訴，但受害者的家人不滿意這個結果。

....

★ **refute** [rɪˋfjut]　*v.*　反駁、駁斥、否認

If you think logically, you can easily refute many politicians' opinions.

如果你能按邏輯思考，你就能輕易地反駁許多政治家的觀點。

Part **1** 字根篇

Part **2** 字首篇

Part **3** 字尾篇

國家圖書館出版品預行編目(CIP)資料

用字根、字首、字尾戰勝必考英文單字 /
倍斯特編輯部著. -- 初版. -- 臺北市：倍斯特
2019.02面；公分. --（考用英語系列 ;015）
ISBN 978-986-97075-3-4（平裝附光碟）
1.英語 2.詞彙

805.12   108000235

考用英語 015

用字根、字首、字尾戰勝必考英文單字(附MP3)

| 初　　版 | 2019年2月 |
| 定　　價 | 新台幣399元 |

作　　者	倍斯特編輯部
出　　版	倍斯特出版事業有限公司
發 行 人	周瑞德
電　　話	886-2-8245-6905
傳　　真	886-2-2245-6398
地　　址	23358 新北市中和區立業路83巷7號4樓
E - m a i l	best.books.service@gmail.com
官　　網	www.bestbookstw.com
執行總監	齊心瑀
執行編輯	曾品綺
校對人員	洪婉婷、周鈺敏
封面構成	盧穎作
內頁構成	菩薩蠻數位文化有限公司
印　　製	大亞彩色印刷製版股份有限公司

港澳地區總經銷	泛華發行代理有限公司
地　　址	香港新界將軍澳工業邨駿昌街7號2樓
電　　話	852-2798-2323
傳　　真	852-3181-3973